ROTBUCH KRIMI

D1926138

Zu diesem Buch: Feuer ist 28 Jahre und Privatdetektiv. Flamingo hat rote Haare und dünne Waden, heißt eigentlich Laila Flemming und macht Privatfernsehen, großes Vorbild: Faye Dunaway in »Network«. Zusammengeklebt wird dieses hohe Paar durch Zucker. Feuer ermittelt in einer Serie von Überfällen auf Nahrungsmittelforscher und zahnärztliche Werbeträger für die kleinen weißen Kristalle, und Flamingo arbeitet an einer Gesünder-Leben-Reportage. Ihr süßes Leben wird durch eine Leiche in der Zuckerfabrik dekoriert, für die eine Aktionsgruppe *Bitterer Zucker* die Verantwortung übernimmt, die Überfälle allerdings will ein Konkurrenzunternehmen namens *Karies-nein-Danke* verübt haben. Neben freiberuflichen Ermittlern schaltet sich nun auch die Staatsmacht ein, die eine Einsatztruppe *Zuckerwürfel* bildet.
»Bei der in jeder Hinsicht heftigen Affäre zwischen Feuer und Flamingo fliegen die Fetzen. Norbert Klugmann überschüttet die Leser mit Gags und skurrilen Einfällen. Er trifft einen eigenen Ton, der unabhängig ist von den großen angloamerikanischen Krimi-nal-Schriftstellern und von den biederen deutschen Fernseh-Krimis« *FAZ*

NORBERT KLUGMANN
FEUER UND FLAMINGO

Rotbuch Verlag Berlin

1. Auflage 1992
© für diese Ausgabe
1992 Rotbuch Verlag Berlin
© 1988 Rotbuch Verlag Berlin
Umschlag von Hendrik Dorgathen
Gesamtherstellung bei Wagner GmbH, Nördlingen
Printed in Germany. Alle Rechte vorbehalten
ISBN 3 88022 071 9

Der Schrei, dieser Schrei! Grell und furchtbar, nicht etwa sich steigernd, sondern gleichbleibend, in einer Frequenz, die sich unter Feuers Kopfdecke fraß. Die Luft voll von diesem Schrei. Die Augen des Tiers waren flach vor Todesangst.
»Bißchen Beeilung, die Herrschaften«, rief der Schlachter mit der Gummischürze.
Mit einem Stock schickte er die Tiere in die Richtung, die der Ablauf vorschrieb. Der Arzt wartete schon.
»Wenn ich Sie sehe, bin ich richtig beruhigt«, blaffte Feuer ihn an.
Der Arzt blickte sich irritiert um und fragte den Schlachter mit der Gummischürze:
»Was will der? Will der was? Der soll bloß was wollen.«
»Guck nach vorne«, forderte ihn der Schlachter freundlich auf, und der Arzt konzentrierte sich murrend auf seine Arbeit.
»Ist doch Blödsinn«, wandte sich Feuer an den in der Gummischürze. »Wie erkennt er, ob die krank sind?«
»Natürlich ist er überflüssig«, entgegnete der in der Gummischürze und schlug einem Tier, das außer Rand und Band war, ansatzlos den Stock über die Schnauze. »Siehst du«, sagte der Schlachter, »du kannst die Viecher vor seinen Augen triezen, und er merkt es nicht. Dabei soll er auch darauf achten, daß keiner von uns am Quälen ist.«
»Sodomie«, entwich es Feuer.
Der in der Gummischürze lachte gemütlich: »Ein bißchen Freude braucht der Mensch. Aber ich dachte jetzt mehr an astreine Quälerei, also daß du ihnen mit dem Enddarm von einem Geschwisterchen vor der Nase rumwedelst.«
Feuer verfluchte diesen Tag. Dabei hatte er um 3 Uhr 15 kaum begonnen.
»Wie haltet ihr das nur aus?« murmelte er.
Die Gummischürze lachte: »Wie hält ein Lehrer das aus? Oder ein Chirurg? Oder guck dir die Politiker im Fernsehen an. Das glaubt doch keiner, daß die das aushalten.«
»Aber wie hältst du das aus?«
»Nachher gehen wir beiden schick was spachteln.«
Die Antwort stand Feuer ins Gesicht geschrieben.
»Das gibt sich«, lachte der in der Gummischürze. »Nach einem

halben Jahr murkst du mit rechts einen Ringelschwanz ab, und mit links fährst du deiner Liebsten über die Backe. Oder Wange, wie du's lieber hast.« Er grinste dem verkniffenen Feuer zu, wandte sich ab und rief, indem er dem erstbesten Tier auf die Flanke schlug: »Nun mal los mit die jungen Pferde.«

Zu zweit trieben sie die rasenden, vor Angst pfeifenden Tiere auf die Blutsauger zu. »Nicht den Anschluß verlieren«, rief der in der Gummischürze. Er schlug vor Ärger mit dem Stock auf den Boden: »Da hats zwei Kandidaten geworfen. Mist verdammter.« Er rief nach Kollegen. Sie fesselten die regungslosen Tiere mit einer Kette und zerrten sie über den Hof.

»Die leben doch noch«, sagte Feuer tonlos.

»Klar leben die noch«, rief der Schlachter. »So schnell stirbt kein Schwein.«

»Wo bringt ihr die hin?«

»In den OP.« Der Schlachter lachte gutmütig: »Für diese Zwecke haben wir ein Notschlachthaus. Bei uns wird nichts weggeworfen. Da würde jede sparsame Hausfrau feuchte Augen kriegen, wenn sie sieht, wie wir mit den Resten umgehen.«

»Was ... was macht ihr mit den Augen?« Feuer hatte Mühe, die Frage zu stellen.

»Auf die Kullerdinger sind die Schulen ganz scharf. Die beleben damit ihren Biologie-Unterricht. Finde ich lobenswert, nicht ewig diese armen Frösche vierzuteilen, sondern appetitlich ein Rinderauge zu sezieren.«

Lachend schlug der Schlachter dem erstbesten Schwein auf die Schwarte, daß es in den Hinterläufen einbrach.

»Und wie halten Sie das aus?« fragte Feuer im Vorbeigehen den Tierarzt.

Der blickte sich hektisch um: »Auch die Dreckarbeit will getan sein. Aber natürlich ist dies hier keine Dreckarbeit.«

»Natürlich nicht«, knurrte Feuer und sah ergeben zu, wie die Schlachter die Kette um ein neues Infarkt-Schwein schlossen.

»Dies hier ist etwas ganz Feines.«

»Aber ja«, sagte der Tierarzt wichtig. »Dazu braucht es Gefühl und das Wissen um das große Ganze, in dem wir alle stehen. Sie und ich und jedes einzelne der Tiere.«

»Lassen Sie's gut sein«, sagte Feuer und schleppte sich vorwärts. Der mit der Gummischürze arbeitete mit einer Art Filzstift und markierte die Tiere.

»Tötefalle«, rief er. Feuer spürte verwundert, wie ihn ein gigantisches Hungergefühl packte. Das Schreien wurde nun wieder unerträglich, und die Gesichter der Schlachter waren voller Konzentration. Die Stromstöße fällten ein Tier nach dem anderen.

»Wahnsinn«, flüsterte Feuer. Dann hingen sie vor ihm, Tierkörper neben Tierkörper neben Tierkörper neben Tierkörper, und zwischendurch erschien Kopf oder Schulter eines Schlachters, der damit beschäftigt war, das nächste Tier mit den Hinterbeinen an die Haken zu spießen. Bis jetzt war es der trockene Tod, dumpf und stumpf.

Plötzlich hielt der Schlachter mit der Gummischürze des Messer in der Hand, wirbelte es virtuos herum, setzte die Klinge an, zog sie durch – Feuer hatte so fest vorgehabt, sich abzuwenden, wenn das Blut beginnen würde, aus der Kehle zu schießen. Doch er sah zu, wie das Blut des Schweins den Schlachter rotfärbte, seine Hände, seine Unterarme, seine Schürze. Der Schlachter stach bereits das nächste Schwein ab, als Feuers Augen immer noch das Blut verfolgten, wie es aus der klaffenden Wunde drückte, in die Wanne darunter floß, wo es sich mit dem Blut des vorigen und des folgenden und aller Schweine zu einem dampfend-gurgelnden Blutsee vereinigte.

»Sieben Liter pro Tier«, rief der Schlachter. »Bei Rindern kommst du auf 20.«

Körper und Blut nahmen nun getrennte Wege. Feuer wurde die Vorstellung nicht los, daß die Schlagadern der Schweine mit einem lauten Knall aufplatzten. Er wischte sich den Schweißfilm vom Gesicht und blickte verdutzt auf das Papiertaschentuch, das ihm eine Hand darbot.

»Ich kenne das«, sagte der Verkaufsleiter.

Feuer tupfte sich mit dem Tuch die Stirn: »Warum sind Sie schon so früh im Haus? Die Zahlen warten doch. Im Gegensatz zu den Schweinen.«

»Vergessen Sie die Rinder nicht«, rief der Verkaufsleiter, der fast versonnen wirkte. »Wissen Sie, jeder von uns hat seine ganz besonderen Lieblinge. Bei mir sind's die Kuhaugen. Das ist wie bei den Frauen. Ich persönlich bevorzuge blonde, mehr nordische.«

Feuer starrte den Unglücksmenschen an.

»Sehen Sie, der da vorne, der als einziger eine blaue Gummischürze trägt, der kommt von den Schweinen nicht los. Sagt, sie geben ihm was. So verschieden sind die Menschen.«

»Vielleicht ist er auf dem Bauernhof großgeworden«, sagte Feuer, und der Schlachter spitzte das Beil an einer Feile an.

»Wieso das denn?« wunderte sich der Verkaufsleiter und warf ein Pfefferminz ein. »Wir sind alles Stadtkinder hier. Land verzärtelt nur. Das wäre das Ende des Schlachthofs. Was soll der Verbraucher sagen? Der Verbraucher hat einen Anspruch auf ...«

»Klar doch«, sagte Feuer. »Der Verbraucher.«

»Für den machen wir doch die ganze gigantische Schweinerei«, behauptete der Verkaufsleiter und zerknackte das Pfefferminz. »Eine große Aufgabe, aber auch eine dankbare Aufgabe. Nehmen Sie nur mal die Puler.«

»Was ist denn das schon wieder?« fragte Feuer und bat um ein zweites Papiertaschentuch.

»Sie kennen unsere Puler nicht?« rief der Verkaufsleiter freudestrahlend. »Die müssen Sie unbedingt kennenlernen. Das sind die Cracks. Das sind Künstler, Virtuosen mit dem Messer. Für unsere Puler ist das warme Fleisch, was für den Bildhauer der kalte Marmor, Sie verstehen?«

Niemand hatte Feuer gewarnt, er lief unvorbereitet in den Anblick hinein.

»Hicke hacke hoi hoi hoi«, rief der Verkaufsleiter dem blutdurchtränkten Schlachter zu. Der holte aus und schlug das Beil in den Leib des Schweins. Knochen splitterten.

»Immer von hinten zum Kopf«, rief der Verkaufsleiter. »Nie umgekehrt. Ist ja klar, wie soll ...?«

»Völlig klar«, sagte Feuer müde.

Dann rief irgend jemand in der Halle nach dem Schlachthof-Manager. Er drückte Feuer die angebrochene Packung Taschentücher in die feuchten Hände und sagte noch:

»Halten Sie sich ran. Die verschwundenen Schweine und Rinder untergraben die Solidarität meiner Leute.«

»Wieso?« fragte Feuer mühsam. »Den Schaden haben doch die Mäster, deren Tiere verschwun ...«
Der Verkaufsleiter blieb noch einmal stehen. »Das einzige, was auf einem Schlachter kleben darf, sind Blut, Hirn und andere schöne Körpersäfte. Aber kein Verdacht. Auf keinen Fall Verdacht. Halten Sie sich ran!«
»Okay«, sagte Feuer, der im Moment ganz sicher unfähig war, auch nur den Diebstahl einer Tüte Gummibärchen aufzuklären.
Er starrte dem davonstürmenden Mann nach, während neben ihm das Beil des Schlachters mit schierem Geräusch in das Fleisch fuhr.
Verwundert blickte Feuer dann auf das Telefon. Es hing an einer nackten Steinwand.
»Feuer. Könnte ich bitte Katja sprechen? – Weiß ich, könnte ich sie vielleicht trotzdem sprechen? Danke.«
»Keine Zeit.«
»Katja, tust du mir einen Gefallen?«
»Du hörst dich so leise an? Ist was?«
»Wir sind verabredet.«
»Natürlich sind wir ... willst du mir etwa sagen, daß du ...?«
»Bitte, Katja, laß uns nicht zum Italiener gehen.«
»Ja, wohin denn dann?«
»In der Osterstraße soll ein entzückendes vegetarisches Restaurant aufgemacht haben. Bis dann. Ciao.«

Um fünf war Feuer draußen. Von den ersten 12 Menschen, die ihm außerhalb der Schlacht-Hallen begegneten, trugen neun eine blutige Schürze. Feuer legte einige Straßen zwischen sich und den Schlachthof, dann nahm die Zahl der Kunstleder-Jacken und Popeline-Mäntel zu.
Auf dem Weg zum Wagen rief er aus einer Telefonzelle die Zentrale an.
»Ist später geworden.«
»Macht doch nichts, Süßer«, rief Tita, die Frühdienst schob, mit ihrem machtvollen Bariton. »Brechbühl ist noch nicht da.«
»Hat er eine Freundin?«
Tita lachte. Es hörte sich an, als wenn ein Traktor gestartet wird. »Das soll er machen«, sagte sie. »Das soll er einmal machen. Kein

lautes Wort, keine Szene, aber ich hack ihm was ab. Einfach aus dem Handgelenk, zack, fertig.«
Bei neun von zehn Gesprächen, die Feuer mit der Frau des Chefs führte, schrumpelte ihm nach wenigen Worten der Hodensack in alarmierender Weise.
»Wo steckt unser aller Meister denn?« fragte Feuer.
»Mußte zum Zahnarzt. Hat eine Sklerose im Hauer oder wie das heißt.«
»So heißt es bestimmt nicht.«
»Der Herr Abiturient weiß es natürlich wieder ganz genau«, grummelte Tita. Feuer wußte, daß sie sich jetzt mit einem Lineal oder einer Schere auf dem Rücken kratzen würde. Feuer liebte seine Chefin auf eine bestimmte Weise. Hätte sie ihm damals nicht die 8 000 Mark geliehen, wäre er in den Bau gewandert.
»Ich bin in einer Stunde da«, sagte Feuer und beobachtete beim Einhängen des Hörers, wie ein Mann seine Frau aus einer Parklücke winkte. Der Mann schien gereizt zu sein, und auch der Wagen fuhr sehr zackig, schoß mal nach vorne, mal nach hinten, tat jedenfalls, was er tat, ohne sichtbares Ergebnis. Die Frau kurbelte wie wild am Lenkrad herum, und der Mann schien nun nicht mehr helfend mit den Armen zu wedeln. Es sah aus, als ob er abwinkte. Die Frau kurbelte die Scheibe herunter und schrie, obwohl bestimmt schon 15 Passanten die Szene beobachteten:
»Ich hasse dich.«

Der Jüngling lehnte sich über das Büffet und fragte:
»Sind die Topinambur auch in echter Butter gedünstet?«
Der komplett in weiß gewandete Mann hinter dem Büffet blickte den Jüngling an, als wenn er ihm soeben einen unzüchtigen Antrag gemacht hätte.
»Wir verwenden in unserem Betrieb ausschließlich gute Butter.«
»Aha«, sagte der Jüngling. »Da bin ich beruhigt.«
»Wird das heute noch was?« fauchte Feuer den Jüngling an. Der sprang erschreckt einen Schritt zur Seite. Seine Begleiterin bot ihm einen Arm, damit er was hatte, woran er sich festhalten konnte.
»Na los«, drängelte Feuer den Jüngling. »Ist doch alles so lecker hier.« Feuer wies über die fünf Meter Büffet-Fläche.

»Ja, ich weiß nicht«, begann der Jüngling verzagt.
»Wenn Sie Butter wollen, sollten Sie Butterkuchen versuchen«, sagte Feuer. Er hatte es nur gutgemeint, aber Katja kniff ihn dermaßen in den Arm, daß Feuer aufstöhnte.
»Butterkuchen«, sagte der Weiße hinter dem Büffet und starrte Feuer an.
Katja zog ihn zu einem Zweier-Tisch, drückte ihn auf den Stuhl und sagte: »Man muß sich ja schämen mit dir.«
»Mußt du nicht«, sagte Feuer. »Seit dem 13. April letzten Jahres mußt du nicht mehr.«
»Ein geschiedener Mann hängt einer Frau am Bein wie Hundescheiße am Schuh«, stellte Katja klar. Feuer durfte ihr von weitem zusehen, wie sie in solidarischem Dialog mit dem Weißen zwei Teller vollschaufelte. Anschließend wollte sie ihm den Haufen als »köstliches Sprossen-Frühstück« nahebringen. Feuer pickte in seiner Ration herum und murmelte:
»Bißchen was zwischen die Zähne wäre nicht schlecht gewesen.«
Katja stellte kampflustig die Gabel mit den Zinken nach oben neben ihren Teller.
»Wie gehts denn so?« fragte Feuer schnell.
»Fang nicht an, mich einzuwickeln«, zischte Katja.
»Ich habe nicht mal daran gedacht, dich einzu ...«
»Mmmh, sehr lecker«, sagte Katja, griff über den Tisch und aß mit solcher Selbstverständlichkeit Feuers Teller leer, daß ihm zärtliche Gefühle wie Flügel wuchsen.
»Diese Vertrautheit«, sagte er verträumt.
»Welche Vertrautheit?« fragte Katja, und Feuer brach diesen Gesprächsfaden ab.
»Könnten wir langsam zum Thema kommen?« Katja gönnte sich ein zierliches Bäuerchen. Feuer hatte diese Schamhaftigkeit immer sehr gern gehabt. In der letzten Zeit ihrer Ehe hatte er sie seltener erlebt als in den ersten Jahren.
»Ja, das Thema«, sagte Feuer und fummelte den Briefumschlag aus der Jackentasche. »Also Thilo hat geschrieben, und er sagt, ich muß mir das nicht gefallen lassen.«
»Hah«, sagte Katja. Nach diesem »hah« konnte man einpacken, und das hatte Feuer vor eineinhalb Jahren ja auch getan. Aller-

dings war Katja zwei Wochen früher mit dem Einpacken fertig gewesen.
»Thilo schreibt, rechtlich ist die Sache klar.«
»Rechtlich!«, rief Katja etwas schrill. »Bestell deinem Thilo, er soll es zur Abwechslung mal wieder mit einer richtigen Frau treiben und nicht immer mit seinen Büchern und Paragra ...«
»Ist doch albern, einen zweiten Anwalt hinzuzuziehen, nur weil dir der erste an die Wäsche ...« hob Feuer an.
Katja stieß die Gabel auf den Marmortisch, und stille wurd's.
»Das nimmst du zurück«, sagte sie mit gefährlicher Betonung, und Feuer nahm es zurück.
»Ich habe dir hundertmal gesagt, wie das damals gelaufen ist«, behauptete Katja. Die Zahlenangabe mochte stimmen. Leider existierten auch ungefähr so viele verschiedene, sich gegenseitig ausschließende Versionen der vier bis sieben Stunden, die sie mit Thilo Beerbaum im Anschluß an die Premiere im Schauspielhaus in Thilos Wohnung verbracht hatte. Die geheimnisvolle Nacht hatte sich in der Loslösungs-Phase des Ehepaars Feuer-Fadel ereignet; und Feuer wäre empörter gewesen, wenn ihm nicht im Herzen gebrannt hätte, was er selbst in nämlicher Nacht angestellt hatte.
»Jedenfalls ist Thilo Rechtsanwalt«, sagte Feuer. »Und er sagt, daß wir uns einigen sollen. Entweder wir vermieten das Haus, bestreiten davon den Schuldendienst und teilen uns, was übrig bleibt. Oder wir verkloppen die Hütte.«
»Und teilen uns die Verkaufssumme?« fragte Katja lauernd.
Die Aussicht auf Bargeld entzückte Feuer.
»Natürlich kriegt Paul das Geld«, hieb Katja dazwischen. »Leider ist das ja das einzige, was er von seinem Vater bekommt.«
»Meinem Konto würde ein bißchen Bargeld wirklich guttun.«
»Hat dich einer gezwungen, im zarten Alter von 31 zweimal geschieden zu sein und ein Kind von drei Jahren zu haben?«
»Nein«, sagte Feuer. »Das habe ich alles freiwillig getan. Aber sag selbst: Wie kann ein Mann dich kennenlernen und anschließend noch von Freiwilligkeit sprechen?« Katjas Gesicht wurde von einer Welle Rührung durchflutet.
»Na bitte, klappt doch noch«, murmelte Feuer zufrieden, als Katja aufgestanden war, um am Büffet Nachschlag zu ordern. Im Hin-

tergrund schaufelte eine ältere Dame frohgemut ihren Mangold; selbst der Jüngling hatte seine Entscheidungsunfähigkeit überwunden und löffelte an etwas herum, das Feuer auch nicht kannte. Katja kam und legte ihm eine Vollwert-Schnitte auf den Teller.

»Da, du Lump«, schnurrte sie.

Feuer knackte das Stück gehorsam weg. Es schmeckte nicht schlecht, es war nur zu hart. »Warum einfach, wenn's auch schwierig geht«, sagte er.

In diesem Moment wurde die Eingangstür geöffnet. Ein Mann mit einem Stativ über der Schulter betrat das Restaurant. Der Weiße hinterm Büffet eilte mit fliegenden Lakenschößen herbei. Dem Mann mit dem Stativ folgte ein zweiter Mann, der eine Tonbandmaschine und ein überdimensioniertes Mikrophon schleppte. So wie der erste Mann den Weißen stumm an den zweiten Mann verwiesen hatte, deutete der zweite Mann stumm nach draußen. Feuer sah, wie die Tür erneut geöffnet wurde. Nur war es diesmal mehr ein Aufreißen. Eine junge Frau stürmte den Laden. Sie hielt Papiere und ein Klemmbrett in der Hand, und sie hatte dunkelrote Haare. Sie war mittelgroß, eher größer und trug einen Rock, den Feuer erfrischend kurz fand. Allerdings kamen dadurch zwangsläufig ihre Waden zur Geltung. So dünne Waden hatte Feuer selten gesehen. Der Weiße redete auf die Frau ein. Sie hatte eine Art, ihn einerseits reden zu lassen und ihm andererseits keineswegs zuzuhören. Statt dessen dirigierte sie ihre Mitarbeiter vor das Büffet, wo sie die Technik aufbauten. Der Mann mit dem Stativ verließ den Laden, um schnell mit einer Kamera zurückzukehren.

»Glotz nicht immer zu der Roten rüber«, zischte Katja, die es auf den Tod nicht abkonnte, wenn ein Mann so tat, als wenn außer ihr noch eine zweite Frau im Raum weilte.

Erst in diesem Moment blickte Feuer die Frau richtig an. Im nächsten Moment hatte er sein Sodbrennen wegen der ungewohnten Sesamsprossen vergessen. Er stieß keinen Pfiff aus, Katjas Anwesenheit wirkte in dieser Hinsicht disziplinierend. Aber seine Augen saugten sich an der Roten fest. Sie trug die Haare kurz und strubbelig. Die Farbe des Gesichts, der Arme und der Beine war ein gesundes Braun. Nicht dieses verschissene Höhensonnenbraun, das war für Feuer wichtig.

Die Wangenknochen der Frau waren so hoch angesetzt, wie Feuer es mochte. Sein erster Eindruck war, daß sie indianisch aussah. Die Frau sprach schnell und viel, war mal hier, dann dort; und der Weiße, der unverdrossen das Wort an sie richtete, war vollauf damit beschäftigt, nicht den Anschluß zu verlieren. Die Frau trug eine große Brille, die sie häufig abnahm, um sie an einem Bügel herumzuschleudern. Dann knabberte sie kurz am Bügel, setzte die Brille auf, und das Spiel begann von vorn. Der Pullover unter der kurzen Lederjacke sah aus wie selbstgestrickt, mußte es aber nicht sein. Jedenfalls sah der Pullover teuer aus, türkis und teuer. Feuer hatte vor einem Jahr eine Woche im Boutiquen-Milieu recherchiert. Seitdem liebte er den Geruch von Lapidus pour homme und die Erinnerung an eine Person mit Tiger-Klamotten und Tiger-Bettwäsche.

Der Rock war schwarz und aus Leder. Kein karierter Rock, das fand Feuer gut. Mit Bürgertöchtern war er durch. Sie hatten ihn eine Ehe und fünf Jahre seines Lebens gekostet. Sie hieß Viola, und ihr Vater war immer noch Honorar-Konsul seines schönen Landes. Feuer hatte italienisch gelernt und konnte noch heute mit einer Verve im Lokal bestellen, die ihm und seiner Begleitung die schlimmsten Zumutungen der romanischen Küche für tumbe Germanen ersparte.

»Ist ja widerlich, so zu gaffen«, knirschte Katja. Feuer ließ die Beine der Roten in Ruhe und guckte ihr wieder ins Gesicht. Aber da war es am schlimmsten, denn das Gesicht mochte Feuer am meisten. »Das Haus bringt bestimmt 120 000 Mark«, sagte er.

»120 000? Da muß ich aber lachen. Unter 175 000 geht es nicht weg.«

»Soll mir recht sein«, sagte Feuer lächelnd.

»Du brauchst gar nicht zu rechnen«, stellte Katja klar. »Die Wertsteigerung geht allein auf mein Konto. Ich habe die Fenster abgebeizt. Ich habe die Fußböden abgezogen. Ich habe ...«

»In Zusammenarbeit mit deinem merkwürdigen Hausfreund.«

»Das war platonisch, und er war handwerklich unheimlich geschickt.«

»Konnte dafür wahrscheinlich lausig küssen.«

»Konnte er nicht. Er konnte ...« Katja mußte dringend husten, und Feuer weidete sich am Anblick der Roten. Der Weiße zappelte sich immer noch ab, aber soweit Feuer mitbekam, existierte eine Abmachung, daß die Profis in seinem Laden filmen durften. Nun entdeckte Feuer auch den Hummel TV-Aufkleber.

»Sieh mal an«, sagte er. »Das Privatfernsehen auf Achse.«

Katja hatte ausgehustet und feilschte nun verbissen um das Haus in der Heide, das Feuer zweimal im Jahr benutzte. Meistens war es an Katjas gigantischen Bekannten- und Freundeskreis vermietet.

Plötzlich wurde es am Büffet laut.

»Pinkeln Sie mich nicht an«, rief die Rote. »Seien Sie froh, daß ihre Klitsche ins Fernsehen kommt. Außerdem dient es einem guten Zweck! Sind Sie nun für gesundes Essen oder verhökern Sie es bloß?« Der Weiße verwahrte sich energisch.

»Wahnsinn«, murmelte Feuer. Und obwohl neben ihm ein warnendes »Ludwig« ertönte, gefolgt von »das ist frauenfeindlich, wie du gaffst«, wurde Ludwig Feuer in diesen Sekunden von einem Energie-Strom durchpulst.

»Ich muß los«, rief er plötzlich und hatte so einen einleuchtenden Grund, ans Büffet zu treten.

»Das geht aber nicht«, rief die Rote, und Feuer erschrak.

»Sie können nicht gehen jetzt.«

»Und warum kann ich nicht?« Er badete in ihrem Gesicht.

»Mensch, ich brauche Sie«, sagte die Reporterin.

»Mich!« stammelte Feuer. »Sie brauchen mich. Ich werde von Ihnen gebraucht.«

»Frag sie doch erst mal, wozu sie dich braucht«, erklang es neben ihm.

Ernüchtert blickte Feuer Katja an, und die Reporterin rief:

»Wir sammeln Statements. Zur Vollwerternährung, zur vegetarischen Ernährung, zur Ernährung des Großstadtmenschen. Also los, im Stehen. Da geht's am besten.«

Peinigend deutlich spürte Feuer Katjas höhnischen Blick. Im Stehen hatte es bei ihnen regelmäßig nicht geklappt. Sie hätten es eher im Fliegen, beim Laufen oder auf dem Kopf stehend gebracht. Die Reporterin trieb ihre Leute zur Eile an. Licht flammte auf, und die Rote pustete so lange in das Mikrophon, bis der Kollege mit den Kopfhörern »ja doch« sagte.

Sie packte das Mikrophon fester und sagte:
»Ernährung für berufstätige Menschen, ein ungelöstes Problem für die meisten von uns. Verraten Sie uns bitte, was Sie von Beruf sind.«
»Ich?« entgegnete Feuer entsetzt, und die Rote schlug entnervt den Schaumgummi-Aufsatz des Mikros gegen die Stirn.
»Sind Sie arbeitslos?« fragte sie. »Dann Entschuldigung. Soll nicht wieder vorkommen.«
»Nein, nein«, sagte Feuer schnell. »Ich bin nicht arbeitslos. Ich bin auch nicht verheiratet.«
»Ach«, sagte die Reporterin und lächelte ihn an. Sie strahlte so viel Energie und Attraktivität aus, daß Feuer sich ganz schwach fühlte. Es war eine wohlige Schwäche, wie ein letztes Verschnaufen, bevor das Leben die nächste Runde einläutet. Ein Jahr lang hatte sich Feuer geschont. Jetzt wußte er den Grund: Er hatte sich aufgespart.
»Und was sind Sie nun von Beruf?« fragte die Reporterin.
»Fragen Sie lieber mich«, bot sich Katja an. »Ich bin Lehrerin, ich weiß auf alles eine Antwort.«
Feuer blickte die Reporterin an, suhlte sich in ihren grünen Augen wie das Borstenvieh im Schlamm, und dann sagte er:
»Mein Name ist Ludwig Feuer, ich bin Privatdetektiv. Und wie heißen Sie?«
»Laila Flemming, Reporterin bei Hummel TV.«
»Angenehm«, rief Feuer und streckte der überraschten Frau die Hand hin. »Sehr, sehr angenehm.«

»Tita, das Leben ist schön. Wußtest du das?«
Feuer schlug die Tür gegen die Seidentapete und strahlte seine Chefin an, die sich gerade einem Problem ihrer Nagelhaut widmete.
»Verrat's nicht Brechbühl. Er könnte es für eine Provokation halten.«
»Wo steckt er denn, dein mutiger Mann?«
»Nebenan. Liegt flach.«
»Oh Gott. Der Zahnarzt?«
»Wenn du Brechbühl fragst, war es ein Sturmangriff. Elite-Trup-

pen, nahkampferfahren, Gefangene werden nicht gemacht und was er sonst noch alles zwischen Aperitif und erstem Gang erzählt.«

»Ein Mann ist, was seine Erinnerungen sind.«

»Dann bin ich mit einer Kalaschnikow verheiratet. Ich wundere mich seit Jahren, warum ich nach dem Liebesspiel immer so fettige Hände habe.«

Tita schnappte sich die Krücken und kam auf Feuer zu.

»Wie wars im Schlachthof?«

»Laß uns über was schöneres reden, ja?«

»Wie gehts deinem Hormonhaushalt?«

»Ich bat um ein schöneres Thema, nicht um eine Variation von Schlachthof.«

Tita lachte grunzend und schlug Feuer mit der linken Krücke in die Lendengegend.

Er nahm ein fürsorgliches »sei lieb zu ihm« mit in den Nebenraum.

Brechbühl hatte eine grotesk geschwollene Wange, seine schneidigen Gesichtszüge bekamen dadurch etwas Vertrauenerweckendes.

»Morgen Chef.«

Brechbühl nahm den Eisbeutel von der Stirn, legte ihn auf den Bauch und schlug die Augen auf.

»Wie wars im Schlachthof?«

»Tödlich.«

»Sie wollen ein Ergebnis sehen. War anscheinend eine Kampfabstimmung, die Polizei draußen zu lassen und es mit Fachleuten zu versuchen.«

Feuer goß sich einen Grapefruitsaft mit einer Winzigkeit Brandy ein, griff auf Brechbühls Bauch, fummelte einen Eiswürfel aus dem Tuch und warf ihn ins Glas.

»Soll doch eh zu viele Schweine geben. Liest man immer wieder.«

»Feuer, denen fehlen 35 Tonnen Schweine- und Rinderhälften. Das ist, das ist, das ist mehr als ein Leo II.«

»Ungeheurer Verkehr dort. Lieferwagen, Container, Kühlwagen, Kombis, Viehwagen. Allerdings kein Leo II.«

Brechbühl warf Feuer einen kurzen Blick zu und schichtete den Eisbeutel um.
»Wurzelbehandlungen sind hart«, behauptete er. »Aber sie sind nötig. Im Grunde liebe ich Wurzelbehandlungen. Wann stößt schon mal einer bis auf den Grund vor?«
Ilona stürzte herein und berichtete über den letzten Schultag. Sie war wieder mit den Nerven am Ende.
»Ich halt's nicht aus«, rief sie. »Was soll ich mit Latein?«
»Das weiß ich doch nicht, was du mit Latein sollst«, sagte Feuer abgelenkt. Brechbühls Würfelnatter war schon wieder am Züngeln. Feuer wurde das Gefühl nicht los, daß das Reptil schwerpunktmäßig auf Mäuse und Feuers Erscheinen reagierte. Sonst schlief die Boa wie eine Eins.
»Nicht für die Schule, für das Leben und so weiter«, sagte Brechbühl, dessen Aussprache immer nuscheliger wurde. »Du bist nun mal die einzige von uns, der man die Oberschülerin abnimmt. Hätte ich etwa Feuer hinschicken sollen? Das ist ein Gymnasium und keine Berufsschule.«
Ilona berichtete von ihren Fortschritten in der Oberprima. »Zwei Burschen sind spitz auf mich wie Nachbars Lumpi.«
»Tu ihnen nicht weh«, sagte Feuer. »Man kann so viel verderben bei einem jungen Mann. Gehören die Lumpis wenigstens zur Gang?«
»Einer unter Umständen.«
»Was für Umstände?« fragte Brechbühl alarmiert. »Mach bloß keine Umstände. Das möchte ich nicht erleben, daß eine meiner Frauen ...«
»Wer in deiner Agentur arbeitet, wünscht sich nach einem Jahr nicht mehr, seinen Nachwuchs dieser Welt auszusetzen.«
»Da bin ich aber beruhigt«, sagte Brechbühl. Feuer wußte, daß der Mann tatsächlich beruhigt war. Brechbühl hatte sich ja sogar über den verstaubten Wüstenfuchs gefreut, den ihm Feuer vorletztes Jahr zu Weihnachten geschenkt hatte. Feuers Gewährsmann vom Kiez hatte Stein und Bein geschworen, daß die angebliche Signierung unter der rechten Vorderpfote zwar nicht von Rommel persönlich stammte, aber durchaus stammen könnte.
»Sie dealen mit den Geräten von der ersten bis zur letzten Stunde«,

berichtete Ilona. »Und sie haben alles im Katalog: Autoradios, Kofferradios, Kassettenradios, Weltempfänger. Das kommt todsicher aus dem Freihafen. Wenn sie pro Fahrt durch den Zoll nur zwei bis drei Kartons reinstellen, fällt es überhaupt nicht auf.«
Ilona verschwand, und auch Feuer wollte sich verabschieden: »Ich frage meine verdächtigen Schlachter ab.«
Die Agentur »Samurai« hatte einen Verbindungsmann im Vorstrafenregister der Polizei.
»Das wirst du nicht tun.«
»Warum werde ich das nicht tun? Ist was mit unserem U-Boot?«
»Du gehst zum Zahnarzt.«
»Bitte was?«
»Riff. Norbert Riff. Wie die gleichnamige Klippe, über die wir unser Gewissen werfen, bevor wir diese hilfreichen kleinen Lausch-Lümmel montieren, die uns so eminent weiterhelfen.«
»Haben sie bei dir zufällig einen halben Meter zu weit oben gebohrt?«
»Riff braucht Hilfe.«
»Hat er ein Bauherrenmodell in den Sand gesetzt?«
»Darum geht es nicht. Böhmersweg.«
»Das ist ja in Pöseldorf.«
»Was hast du gegen Pöseldorf?«
»Ich gehe nicht zu Huren. Ich will mir keinen Anzug für 2800 Mark kaufen. Was also soll ich in Pöseldorf?«
Brechbühl kam ächzend in die Senkrechte. Er spülte den Mund aus und badete seine Wunde in Brandy.
»Ich höre da regelrechte Militanz bei dir heraus.«
»Ein, zwei Feinde braucht der Mann.«
Brechbühl lachte, stieß auf und sagte: »Riff. Norbert Riff. Riff wie Klippe.«

»Heute keine Sprechstunde.«
Die Sprechstundenhilfe sortierte vagabundierende DIN A 4-Blätter in einen Ordner ein. Die Praxis war eine Mischung aus türkisem Granit, weißen Wänden und üppigem Pflanzen-Mobiliar.
»Mein Name ist Feuer. Ich komme von Samurai.«
Die Sprechstundenhilfe drehte sich um.

»So sieht so einer also aus«, sagte sie. Feuer warf einen Blick um die Ecke. Das Wartezimmer war dermaßen geschmackvoll eingerichtet, daß er nur an der Aufschrift seinen Zweck erkannte. Auf einem Tablett standen Tassen, Untertassen, Isolierkanne.
Dann bog ein Mann um die Ecke, den Feuer vom ersten Moment an nicht mochte. Dabei sah er gar nicht einmal übertrieben gut aus.
»Herr Feuer«, behauptete der Mann.
Feuer, der sich vor Händedrücken fürchtete, sah keine Chance zu entkommen.
»Mein Name ist Norbert Riff.«
Riff war keine 40 und sah aus, wie im Fernsehen erfolgreiche Freiberufler aussehen. Feuer schätzte ihn auf eine Scheidung, zwei Kinder, einen BMW 535 i wahlweise einen großen Saab. Die zarte Hornbrille korrespondierte aufs lieblichste mit den dunkelblonden kurzen Haaren. Nicht der Hauch einer Geheimratsecke. Die Ohren sauber gewaschen, wie überhaupt der ganze Mann frisch gewaschen wirkte. Das Hemd weiß mit hauchdünnen schwarzen Streifen. Schwarze Jeans. Die Schuhe überraschend zierlich, maximal Größe 41.
»Brechbühl hat angekündigt, er schickt seinen besten Mann.«
»Das sagt er immer«, erwiderte Feuer und belauerte Riffs Reaktion. Der Mann schmunzelte.
Die Täter hatten das Wartezimmer verschont, hatten auch die Buchhaltung ausgelassen.
»Hier sitzen unsere Gaby und unsere Kerstin«, sagte Riff. »Sie sind unsere liebenswürdigsten Team-Mitglieder. Der Patient soll sich ja gut aufgehoben fühlen, nicht wahr? Ich habe da als Praktiker die schlechtesten Karten. Ich reiße mit dem Bohrer alles wieder ein, was Gaby und Kerstin zuvor mühsam aufgebaut haben. Das hier ist unsere EDV, kommt man nicht drum herum, heutzutage.«
»Klar, Computer haben wir auch«, sagte Feuer, dem bis zum heutigen Tag noch keiner ausreichend erklärt hatte, wozu diese Kästen gut waren.
Sie betraten die Praxisräume.
»Den Behandlungsstuhl haben sie nicht aus der Verankerung bekommen«, sagte Riff.

»Mann Gottes«, murmelte Feuer und suchte sich auf Zehenspitzen einen Weg durch das Tohuwabohu. »Wer kann einen Zahnarzt derart hassen?«

Riff führte Feuer um die Messer und Bohrerspitzen herum, die aus den umgestürzten Instrumentenschränken gefallen waren.

»Ich habe keine Feinde, weder finanziell noch politisch oder geschäftlich. Ich habe in der letzten Zeit keine Drohungen erhalten. Ich bin mit niemandem aneinandergeraten, weder in der Praxis noch im Privatbereich, auch nicht im Straßenverkehr. Ich habe zu meinen Angestellten ein herzliches Verhältnis. Das schließt auch meinen Kollegen Dr. Mahler ein. Im Berufsverband bin ich durchschnittlich aktiv, und ich glaube sagen zu dürfen überdurchschnittlich beliebt. Ich bin Mitglied in, warten Sie, vier Vereinen, darunter Tennis, ist ja klar. Mit meiner Autowerkstatt bin ich im großen und ganzen zufrieden, kleine Betrügereien der Jungens immer eingeschlossen. Ich spiele zwar nicht Klarinette wie Woody Allen, aber Baß. Ich tu das in der Kapelle ›Resurrection‹. Und ob Sie's glauben oder nicht, wir treten sogar manchmal auf. In dieser Kapelle wirke ich zusammen mit Studienfreunden und Berufskollegen. Meine Tochter geht in die zweite Klas ... Oh Pardon, habe ich Sie in die Messer gestoßen? Sehen Sie, in einer Zahnarztpraxis ist man nie in Sicherheit. Wo war ich stehen ...? Richtig, Friederike geht in die zweite Klasse der freien Schule, sie ist unser einziges Kind. Meine Frau sitzt im Elternbeirat oder wie das heißt. Dort ist es nie zu Messerstechereien gekommen. Was haben wir noch? Ich geniere mich fast, darüber zu sprechen, aber es gibt da eine kleine liberale Partei in unserer schönen Stadt, in die einzutreten ich vor fünf Jahren Gelegenheit fand. Die Überzeugung, die mich damals begleitete, ist mir zwischenzeitlich abhanden gekommen, so daß ich nach einer Phase gesteigerter Aktivität – Stichwort: Stellvertretender Vorsitzender des Arbeitskreises Gesundheit und Soziales – in die Passivität des zahlenden Mitglieds zurückgefallen bin. So, mein Lieber, sonst noch Fragen?«

Der Detektiv blickte den Mediziner an und sagte:

»Gibt es für Ihre Heiligsprechung schon einen festen Termin?«

Feuer duschte, was das Zeug hielt.
»Muß alles weg, der alte Adam«, rief er gegen das Rauschen der Brause an. Er schrubbte leidenschaftlich. »Sie muß süchtig nach dir werden.«
Feuer legte das Stück Seife aus der Hand, faßte versuchsweise an den Schniedel. Doch der knickte unter dem Wasser-Bombardement ein. Feuer mußte sich um 180 Grad drehen, dann ging es. Er wußte ja nicht, wie viele Milliliter er hervorzauberte. Er rechnete mit zwei bis drei und pro Milliliter mit 40 Millionen Spermien.
»Verdammt eng auf einmal unter der Dusche«, murmelte er, hielt die Brause drauf und erledigte das Problem der Übervölkerung auf elegante Weise. Nun sah er eine reelle Chance, beim ersten Mal die Zweiminuten-Grenze zu überspringen. Die Haut auf dem Rücken hatte sich seit der Scheidung beruhigt. Sie war immer noch zu fett, aber sie war kein Dungbeet mehr für Pickel, Mitesser und alles, was grauenhaft aussieht. Modemäßig war Feuer ein viel zu großer Ignorant, um mehr als eine Minute vor dem Schrank zu verbringen. Anfangs erwog er, sich sehr leger zu kleiden. Es wurde dann doch dieser hellbraune Sommeranzug.
Neben den Taschentüchern lag die Sig Sauer. Feuer steckte ein Taschentuch ein und nahm die Pistole in die Hand.
»Armes Hascherl. Bist ganz kalt, weil keiner mit dir spielt.«
Er stellte sich mit der Waffe vor den Flurspiegel, zog einmal, zweimal und ersparte sich das dritte Mal, als es muffig neben ihm ertönte:
»Du bist jung. Du hast Schwung.«
Ohne sich umzudrehen, sagte Feuer:
»Du mußt raus hier, Axel. Du mußt unter Leute.«
»Was soll ich denn unter Leuten?« fragte Axel Löffler. Feuer konnte ihn nun im Spiegel sehen.
»Axel, so geht das nicht weiter mit dir«, sagte Feuer. Ihn regte allein schon die Körperhaltung seines Freundes auf. Gramgebeugt, trübsinnig, schwunglos, wie ein alter Sack stand er im Flur, nippte an einer Flasche Malzbier und trug wieder das Trikot von Inter Mailand, in dem er auch schlief.
»Dir geht's gut«, sagte Axel matt. »Du riechst gut, du hast dir die Haare gewaschen. Wofür soll ich mir die Haare waschen?«

Feuer schlug Axel gegen beide Oberarme:
»Junge, reiß dich zusammen. Die Welt ist voller Weiber.«
»Deshalb bleibe ich ja auch zu Hause.«
»Aber vielleicht geht in diesem Moment deine Traumfrau unten am Haus vorbei.«
»Besser, sie sieht mich nicht. Sonst wäre ihr der ganze Abend verdorben. Der Trainer hat auch gesagt, wenn er meine Fresse sieht, hat er gesagt, kommt ihm immer das Essen von der Konfirmation hoch.«
»Axel, du sitzt schon seit fünf Wochen auf der Bank. Das ist kein guter Zustand.«
»Wenn Sabine zurückkommen würde, wäre ich sofort wieder erste Wahl für das defensive Mittelfeld. Ach, was rede ich denn? Dann könnte ich glatt im offensiven Mittel ...«
»Sabine hat gesagt, sie will nicht mehr.«
»Ach, das hat sie tausendmal gesagt.«
»Sabine hat gesagt, sie will nie mehr. Nicht mit dir.«
»Hat sie's wirklich so deutlich gesagt?« fragte Axel zaghaft.
»Es war neben den Schimpfworten, mit denen sie dich belegt hat, das deutlichste, was sie je gesagt hat, seit ich sie kenne.«
Axel Löffler war der kleine Bruder von Torsten Löffler, mit dem Feuer zusammen Abitur gemacht hatte. Als Feuer seinerzeit den Profivertrag beim HSV unterschrieben hatte, dribbelte Axel irgendwo zwischen F-Jugend und B-Jugend. Schon damals galt er als großes Talent; eine Saison in der zweiten Liga und dann die rauschende Feier zur Unterschrift unter den Zweijahres-Vertrag beim HSV. 10 500 Mark Basis-Gehalt plus Prämien für Punkte und das Erreichen nächster Runden in internationalen Wettbewerben. Axel Löffler, Seit' an Seit' mit seiner Jugendfreundin Sabine und Söhnchen Markus. Bezug eines Reihenhauses im Stadtteil Norderstedt und vier Wochen später die Erkenntnis, daß in Norderstedt der Hund begraben ist. Der Traum von einer Saison bei Inter Mailand hatte sich tief in Axels Psyche eingegraben. Sabine hatte ihm dann vorgemacht, wie man seine Träume realisiert. Er war Lehrer für deutsch und italienisch, und er besaß ein Häuschen in den Abruzzen. Abgang Sabine und Markus, Ende der Einsätze von Axel Löffler in der ersten Mannschaft.

Eine Fernsehaufzeichnung hatte nachgewiesen, daß er im Punktspiel gegen Stuttgart den Ball aus einer Entfernung von 45 Zentimetern über das Tor geschossen hatte. Der Trainer wollte ihn in der Halbzeitpause tätlich angreifen, aber da war Axel bereits im Gang zur Umkleidekabine mit der Stirn gegen den Feuermelder gerannt.

»Es ist eine Affäre«, sagte Axel mit für seine Verhältnisse fester Stimme. »Sabine hat Leidenschaft gesucht. Bei mir hat sie nur Sicherheit gefunden.«

»Wie seh ich aus?« fragte Feuer.

»Es muß schön sein, wenn man etwas vorhat.«

»Und dann noch dies«, sagte Feuer und vollführte hechelnde Atembewegungen.

»Das mach ich auch wieder«, behauptete Axel. »Wenn Sabine zu mir zurückkommt.«

»Bis dahin spielst du alte Herren, Junge.«

»Ein Mann muß Opfer bringen.«

»Aber die Bank will Zinsen sehen. Ich sage nur BauWo.«

»Das ist allerdings wahr«, gab Axel freimütig zu. Er hatte eine selten schöne Bauherrenmodell-Pleite inszeniert, an der außer ihm das gesamte Mittelfeld der ersten Mannschaft zu knacken hatte.

»Ich brauche einfach einen Halt«, dröhnte Axel dem zunehmend genervter werdenden Feuer die Ohren voll. »Vielleicht mache ich den Trainerschein.«

»Oder du machst eine Toto- und Lottoannahmestelle.«

Feuer stand vor seiner Duftwasser-Batterie.

»Was soll ich nehmen? Herb, süßlich?«

»Sabine hat Tapir am liebsten gehabt.«

»Ich treffe mich nicht mit Sabine.«

»Das geht auch nicht. Sabine trifft sich ja mit ihrem Italiener«, sagte Axel und bedeckte seine Augen mit einer Hand. »Aber weißt du, was mich trotzdem freut?« fragte er, während Feuer zu Versace griff. Er hatte das Gefühl, als ob Versace besonders fein mit seiner Paco Rabanne-Unterwäsche harmonieren würde. »Für Markus ist es gut, daß er jetzt in Italien ist. Nudeln haben unheimlich viele Kohlenhydrate. Das ist wichtig für einen jungen Sportler.«

Die Haustür war verschlossen.
»Suchen Sie was?« erklang es hinter Feuer.
»Wohnt hier Flemming?«
»Die Verrückte?«
»Nein, ich suche Frau Flemming.«
»Sag ich doch. Die verrückte Amerikanerin.«
Feuer nahm sich den eifernden Mittvierziger blickmäßig genauer vor.
»Sie kennen Frau Flemming?«
»Jeder hier kennt die verrückte Amerikanerin. Zur Hälfte ist sie Indianerin. Oder zu einem Viertel. Und Jüdin soll sie auch sein. Und beim Fernsehen ist sie, und einen japanischen Lieferwagen fährt sie.«
»Sprechen Sie gerade von einer einzigen Person oder zählen Sie alle Ihre Nachbarn auf?«
»Nachbarn? Welche Nachbarn denn? Ich wohne doch nicht hier. Ich sehe hier nur nach dem rechten. Hier wohnt überhaupt keiner außer der verrückten Amerikanerin. Hier sind sonst nur Büros.«
Der sechsstöckige Turm zwischen Chilehaus am Freihafen und der Mönckebergstraße wirkte um diese Stunde tatsächlich unbewohnt. Die Schilder im Türeingang wiesen Anwalts-Kanzleien, eine Stauerei, eine Im- und Exportfirma, eine Maklerfirma und allerhand Software aus.
»Und wie soll ich jetzt reinkommen?« fragte Feuer und rüttelte an der Tür.
»Ich habe einen Schlüssel,« sagte der Wachmann altklug.
Feuer sprang die Treppen hinauf. Es hätte ihm freigestanden, den Lift zu benutzen. Aber er fuhr nie Lift, er fuhr bestenfalls Paternoster. Die gab es in der Stadt nur noch in drei Häusern.
Durch die Wohnungstür hätte ein Lkw fahren können, man hätte ihn nur in den sechsten Stock hieven müssen. Eine doppelflügelige Blechtür in schwarz, übersät von Graffiti. Harro wünschte oder wollte »1 000 Küsse«, Mona war »stinksauer«, ein Ortwin hatte seine »Betroffenheit« hinterlassen, und natürlich gab's eine Menge Schniepel, Fratzen, Lippenstift-Münder und Herzen. Feuer schlug mit der flachen Hand gegen die Tür und stand im nächsten Moment einem Mädchen von vielleicht 16 Jahren gegenüber. Sie war

von solch strahlender Jugend, daß sich Feuer wie ein zugeschissener Sack vorkam. Der junge Mann, der an ihrer Seite erschien und seine Arme um ihre Taille legte, war eine Winzigkeit älter.
»Frau Flem ... Laila da?« knurrte Feuer und räusperte sich.
Das Mädchen griff zur Seite und hielt einen Haufen Karteikarten in der Hand.
»Bist du Dohnanyi?« fragte sie geschäftsmäßig. »Udo? Gretchen? Funkpiloten? Feuer? Rademacher & Jaco ...«
»Halt«, rief Feuer. »Feuer. Ich meine, ich bin Feuer.«
Das Mädchen drehte die Karteikarte um.
»Laila ist mit dem Schnitt nicht fertiggeworden, aber sie hat keine Schuld, weil der Cutter ein Arschloch ist. Komm in die City Nord, Hummel TV-Haus. Wir machen es dann von da aus.«
Das Mädchen strahlte Feuer an.
»Dann mach ich mich wohl mal auf den Weg«, sagte Feuer.
Jetzt kam er sich wieder wie ein zugeschissener, stinkender Sack vor. Das Erdgeschoß des Hauses bot ihm zwei hohe Spiegel. Feuer nahm den linken, blickte sich lange ins Gesicht und sagte dann:
»Sie waren nackt, sie waren beide völlig nackt.«

Die Bürostadt Nord war nichts für schwache Nerven. Arbeitstag für Arbeitstag liefen 28 000 Werktätige das gigantische Areal am Stadtpark an. Neun Stunden später verließen 27 950 Werktätige die unwirtliche Gegend auf kürzestem Weg. Die restlichen 50 hatten sich bereits im Verlauf des Tages abgesetzt. Hummel TV war ein Segen für die tote Gegend, weil der Sender bis nach Mitternacht Programm ausstrahlte und so lange lebendige Menschen in seinen Räumen herumwieselten. Feuer war auf einen der weit verbreiteten Pförtner eingestellt gewesen, es war dann aber eine Art Student: unversehrt, wenn auch etwas müde.
»Laila? Natürlich kenne ich Laila.«
Er deutete auf die Glastüren. Feuer passierte sie ungehindert. Danach wurde es ernst.
»Sieh mal an, unser Feuer«, sagte der zierlichere der beiden Männer.
»Hallo Bubi. Wie gehts der Rechtsauslage?«
»Reicht, um Fressen wie deine zu polieren.«

»Daraus schließe ich, daß das mit dem Benimm-Kurs damals doch nichts geworden ist.«
»Macht der dich an oder was?« erkundigte sich der zweite Wachhund bei Bubi.
Bubi stieß Feuer die Faust gegen die Rippenpartie.
»Warst immer ein schlauer Hund, Feuer«, sagte er. »Habe mich gewundert, was dich zu unserem Haufen verschlagen hat.«
»Detektiv sein ist auch nichts schlechteres als Rausschmeißer oder Bundeskanzler.«
Der zweite Wachhund testete Feuers Bemerkung in Bubis Gesicht nach womöglich enthaltenen Humor-Partikeln durch.
»Immer noch bei Securitas tätig?« wollte Bubi wissen.
»Das war eine Episode«, antwortete Feuer lässig. »Bin jetzt bei Samurai. Seit zwei Jahren. So Bubi, genug geplaudert. Laß mich durch. Ich bin verabredet.«
»Mit der Amerikanerin?«
»Wie kommst du darauf?« fragte Feuer vorsichtig. »Arbeiten hier keine anderen attraktiven Frauenspersonen?«
»Massig«, rief Bubis Kollege. »Hier brauchst du starke Nerven, sonst geht dir der Reißverschluß an der Hose in Grundeis, wenn du weißt, was ich meine.«
»Die Amerikanerin ist genau deine Kragenweite«, sagte Bubi.
»Wieso denn bloß?« fragte Feuer.
»Ich habe mal bei Gruner + Jahr den Wachdienst gemacht«, gab Bubis Kollege zum besten, »da wollte ich überhaupt nicht wieder nach Hause nach Dienstschluß, solche Frauen rennen da rum. Wie die allein schon riechen. Und dann dieser Gang, dieser Schmiß vom Becken bis zu den Schultern hoch. Ihr müßt euch das so vor ...« Und ehe sie ihn daran hätten hindern können, führte er schon vor, wie die Frauen bei Gruner + Jahr gehen.
»Und ein Kostüm tragen die«, jieperte der Kollege, »und manchmal haben sie den Kragen hoch und die Haare so streng nach hinten um den Kopf herum, und eine hat sogar einen Schlips getragen. Da wird doch der Hund in der Pfanne verrückt.«
»Durch die Tür und dann immer dem Lärm nach«, sagte Bubi.
Feuer murmelte »man sieht sich«, und Bubi konterte: »Ich verkehre nicht in Abiturienten-Kneipen.«

Feuer durchquerte einen Redaktionstrakt. Da und dort saß jemand an einem Tisch, schrieb, telefonierte oder blickte an eine Wand mit Plakaten von Rockstars. Dann stand Feuer an der Glastür, die in einen Vorraum und weiter in ein Studio führte. Die Technik war besetzt, und die Kulissen sahen, solange sie nicht über den Bildschirm kamen, ganz gewöhnlich aus.

»Finde ich hier Frau Flemming?« fragte Feuer in einen Raum hinein, und ein Endzwanziger mit Problemzonen an Nase und Stirn antwortete:

»Flamingo flattert in Schneideraum F.«

Das erste, was Feuer hörte, waren ihre Worte:

»Ich blas ihn dir hinten rein, dann weißt du, wie raffiniert er sein kann.«

Feuer blickte um die Ecke. Ein junger Mann mit steil abfallenden Schultern hing auf einem Bürostuhl. Um seinen Hals baumelten meterlange Schnipsel. Vor ihm die monströse Bandmaschine, dahinter das eingefrorene Bild eines Berges Zuckerwürfel.

»Jeder frißt das Zeug gerne«, sagte der Cutter patzig.

»Isolierter Zucker«, rief Laila und schlug sich vor die Stirn.

»Isoliert?« sagte Feuer und betrat den Schneideraum, »Zucker also auch.«

Der Cutter blickte ihn zwei Sekunden an und drehte sich dann weg. Laila stürmte auf Feuer zu, ergriff mit beiden Händen seine Wangen und drückte ihm einen kapitalen Kuß auf den Mund.

»Ein Himmelreich für einen Mann, für einen kernigen Mann mit Standpunkt und Tiefgang«, rief sie.

Der Cutter begann, die meterlangen Schnipsel vom Hals zu pellen.

»Back dir doch einen«, sagte er muffig. »Ich komme vom Bildungsfernsehen. Ich weiß, wie man so ein Thema mit einem Minimum an Seriosität ...«

»Seriosität! Ha!« rief Laila.

Der Mann verließ den Raum.

»Arschgeige«, knurrte Laila. »Saboteur. Wurde eingeschleust von den Öffentlich-Rechtlichen. Soll alles kaputtmachen hier.«

Feuer spürte die Präsenz dieser Frau. Sie strahlte eine Energie aus, die auch wirksam war, wenn sie schwieg, was momentan allerdings nicht der Fall war. Laila stampfte, schreckliche Drohungen ausstoßend, durch den schmalen Raum. Plötzlich blieb sie vor Feuer stehen:

»Waren wir verabredet?«

»Aber ja«, stieß Feuer aus.

»Erfreulich«, rief Laila.

Sie wirbelte herum, drückte Tasten, schaltete den Bildschirm aus, griff zu einer überraschend großen Tasche. Dann stand sie vor Feuer und sagte:

»Wir gehen vorher noch etwas essen.«

»Wissen Sie schon, was Sie wollen?« fragte Feuer.

»Klar weiß ich, was ich will«, muffelte Laila. »Ich bin bekannt dafür, daß ich weiß, was ich will. Das haßt dieser Dilettant ja so. Dieser Spion, diese fünfte Kolonne, dieser ...«

»Bitte«, sagte Feuer sanft. »Nun ist Feierabend.«

»Ich denke, ein Detektiv kennt keinen Feierabend«, sagte Laila und kratzte sich auf dem Rücken. Das Lokal lag neben einem Bahnhof. Feuer hatte mit Unbehagen registriert, daß der Schlachthof nicht weit entfernt war. Er winkte dem Kellner, und der geruhte herbeizuschlendern.

»Haben die Herrschaften gewählt?«

»Vollwertkost habt ihr nicht, wie?« begann Laila unverzüglich die Kampfhandlungen.

»Wir sind ein Mittelmeer-Restaurant, Madame«, vibrierte der Kellner. »Wir sind kein Reformhaus.«

»Siehst du«, sagte Laila zu Feuer. »Dieses skandalöse Informationsdefizit ist der Grund, warum ich die Serie mache.«

»Mit Informationsdefizit können Sie nicht mich meinen«, stellte der Kellner klar.

Laila warf ihm einen Blick über die Brille zu.

»Sie sind jung«, sagte Laila.

Der Kellner nickte verdutzt.

»Sie haben das Leben noch vor sich«, fuhr Laila fort.

Der Kellner lächelte eitel.

»Aber warum?« fragte Laila.

Der Kellner stutzte.

»Warum wollen Sie ein ganzes Leben leben, wenn Sie schon mit 19

dermaßen eingebildet sind? ›Auberginen-Dip‹, fällt Ihnen dazu etwas ein?«
»Dip?« fragte der Kellner mißtrauisch.
»Dip.«
Der Kellner blickte Feuer an, und Feuer, der keine Ahnung hatte, worum es ging, sagte mit fester Stimme: »Dip.«
Es ging um eine Vorspeise auf Vollwert-Basis, wie Laila dem Kellner maliziös nahebrachte.
»Das ist ein Elend«, sagte Laila, nachdem sie ordinäre italienische Gerichte bestellt hatten, »keiner glaubt, daß Vollwertkost eine prächtige Sache sein kann. Jeder assoziiert Gesundheit oder Magengeschwüre oder Makrobiotik. Grotesk.« Sie gestikulierte wild. »Und ich muß mich mit einem Cutter herumärgern, der vom Schulfunk kommt. Incredible!«
»Sind Sie Amerikanerin?« fragte Feuer.
Laila blickte ihn ernüchtert an.
»Ja«, sagte sie und zerkrümelte das Brot.
»Und wie lange arbeiten Sie schon beim Fernsehen?«
»Es ist furchtbar«, sagte Laila.
»Was ist furchtbar?«
»Es läuft immer gleich ab. Wenn nicht einer schwarz wäre und der andere blond, könnte ich euch überhaupt nicht auseinanderhalten. Was habt ihr nur? Liegt es an mir? Ich möchte es wirklich gerne wissen.«
»Aber was denn bloß?«
»Und dann die Arglosigkeit. Lieber Mann, halte dich ran, sonst schlafen mir die Füße ein.«
Feuer starrte sie an.
»Was hast du?« fragte Laila.
»Ich weiß nicht genau. In mir läuft gerade ein Film ab, und ich spiele darin eine tragende Rolle.«
»Oh fein«, rief Laila, brachte den Kellner auf Trab und umfaßte ihr Glas mit beiden Händen. »Ich liebe Filme. Am meisten liebe ich Filme, die in Hummel TV laufen und im Abspann Laila Flemming haben. Und du? Was liebst du für Filme?«
Feuers angespitzte Stimmung vom Vormittag wich einer gemütlichen Wollust, bei der es auf eine Viertelstunde nicht ankam. Laila

fragte ihn nach seinen Lieblingsfilmen aus. Feuer rannte oft ins Kino, und seitdem er ans Kabel angeschlossen worden war, sah er auch zu Hause mehr als früher. Kriminalfilme, noch lieber Polit-Thriller, zur Not auch Liebesfilme, wenn nicht zu viele schöne Männer darin vorkamen.

»Ich mag am liebsten Filme, in denen es um mein Metier geht«, sagte Laila. »Hast du ›Network‹ gesehen?« Sie riß eine Packung Zigaretten auf. Verdutzt blickte Feuer auf seinen Teller. Er galt nicht als langsamer Esser, doch sein Teller war noch gut gefüllt.

»Stört mich nicht, daß du rauchst«, sagte er angesäuert. Feuer rauchte seit einem halben Jahr mal wieder nicht mehr.

Der Kellner hielt seinen Oberkörper über den Tisch und fragte, ob es gemundet habe.

»Ganz gut soweit«, antwortete Laila, ließ ihm fünf Sekunden Zeit, um sich zu freuen und sagte dann: »Ein Auberginen-Dip wäre die Krönung des ganzen.«

Der Kellner retirierte.

»Die Hitze, die Faye Dunaway hat, die habe ich auch«, sagte Laila verträumt und hustete ab.

»Was für eine Hitze?« fragte Feuer abgelenkt.

»Der Wille, vorwärtszukommen. Der Ärger über die rammdösigen sagt man rammdösigen? die Kollegen, die mittelmäßig sind. Die Beamten. Kaum sind mehr als fünf Leute zusammen, da gibt der zweitlangsamste den Takt an.«

»Du meinst, der langsamste.«

»Der auf keinen Fall. Den brauchen sie als abschreckendes Beispiel. Der dient als Warnung. Der Letzte ist der ideelle Gesamt-Neger.«

Feuer gabelte in der Gorgonzola-Sauce herum. Jetzt war schon ganz schön was los in seiner Hose. Er war dankbar, daß sie einen Tisch zwischen sich hatten.

»Sie lassen mich nicht«, sagte Laila und steckte eine Zigarette an der anderen an. »Sie schikanieren mich nicht direkt, aber sie nerven.«

»Könnte ich schon mal was von dir gesehen haben?«

»Du meinst als Film im Fernsehen? Klar meinst du das. Wir kennen uns ja noch keine Nacht.«

Feuers Adamsapfel sprang mehrmals auf und ab. Hätte er nicht Gorgonzola-Sauce im Hals gehabt, sondern Benzin, wäre er jetzt als Eintakter aus dem Restaurant geknattert.
»Ich mache 80 Prozent aller Berichte aus der Stadt, die im Regionalfenster laufen.«
»80 Prozent«, sagte Feuer lächelnd.
»Gut, es sind 78. Aber es sind 100 Prozent aller Geschichten, die du nicht am gleichen Abend bei der Konkurrenz auf dem Sender hast. Wußtest du, daß es in 17 Hamburger Schulen ABC-Schutzräume gibt? Weißt du, welche bekannten Hamburger Firmen alle ihre Arbeitskräfte aus dem KZ Neuengamme und den Außenlagern geholt haben?«
»Ist mir im Moment nicht geläufig«, sagte Feuer.
»Weißt du, was sie unter dem Weg gefunden haben, auf dem die Leute von der S-Bahn ins Stadion gehen, wenn der HSV seine Heimspiele hat?«
»Tut mir leid«, sagte Feuer. »Da war ich wohl immer gerade auf Tour, wenn das gelaufen ist.«
»Das ist nie gelaufen«, sagte Laila und trank ihr Glas aus. »Aber ich habe an den Themen gearbeitet. Das zeigt doch, was möglich ist.«
»Was ist denn gelaufen von dir, wenn ich mal so direkt fragen darf?«
»Klar kannst du direkt fragen. Ich bin ja auch direkt. Wirst du schon noch merken.«
Wieder eine Bemerkung, die Feuer überlegen ließ, ob es nicht vielleicht das schlaueste wäre, sich jetzt unter einem Vorwand zu verabschieden. Seine körperliche Verfassung war auch zehn Jahre nach dem Ende seiner Profi-Karriere untadelig. Gut, er hatte an Gewicht zugelegt, wog heute bei 1 Meter 80 Körpergröße 77 Kilogramm. Das waren nicht mehr bis zum letzten Gramm Muskeln und Sehnen, aber er traute sich, standzuhalten. Die Frage war, ob Laila das wußte.
»Wie Faye das anpackt«, sagte Laila plötzlich, »das ist mein Credo. Wie sie sich im Bett das holt, was sie gerade braucht, erste Sahne. Erinnerst du dich an die Szene mit William Holden?«
»Ach, der Film ist das?«

»Also Faye in der Oberlage, und William kanns gar nicht glauben, daß es jetzt losgehen soll. Aber Faye ist in Gedanken bei der Umorganisation des Senders oder was das war. William faßt ihr hierhin und dorthin, aber Faye geilt sich an ihren Einschaltziffern auf. Sie ist gut durchblutet hinterher, und William sieht aus, als ob er in Zukunft einen Blindenhund braucht.«

Feuer war jetzt praktisch entschlossen, die Rechnung kommen zu lassen. Kein Zweifel: Diese Frau suchte kein leidenschaftliches Abenteuer, keine feuchtheiße Nacht. Diese Frau wollte töten, wenigstens wehtun.

»Ich fand die Szene auch sehr aufregend«, sagte Feuer. »Aber auf die Dauer ...«

»Was für eine Dauer denn? Zwischen Faye und William gibt es doch keine Dauer. Da prallen zwei Welten aufeinander.«

Laila winkte den Kellner heran.

»Was kann ich Ihnen noch bringen?« fragte er. Er hatte fast zu alter Arglosigkeit zurückgefunden.

»Ich hätte noch gerne einen ... ach richtig, Auberginen-Dip hatten Sie nicht, richtig?«

Laila strahlte ihn an und winkte ihn fort.

»Männer«, sagte sie. »Du mußt ihnen gleich am Anfang den Schneid abkaufen, dann könnte die Richtung stimmen.«

»Möchtest du noch ein Weinchen?« fragte Feuer neckisch. Frauen unter Strom erleichterten die Sache im allgemeinen sehr.

»Geh mir weg mit Alkohol«, winkte Laila ab. »Wenn du Karriere machen willst, solltest du keinen Alkohol trinken. Wie macht man eigentlich Karriere in deinem Beruf?«

»Wir haben's bei uns natürlich schwerer als die Kollegen in deiner Heimat.«

»Was weißt du über meine Heimat?«

»Oh, ich dachte nur, daß du ...«

»Erzähl doch mal, was braucht man in deinem Beruf? Muskeln wie Zement und 100 Meter in 10,8 Sekunden?«

»Du brauchst von allem das beste«, erwiderte Feuer. »Objektivität, Kreativität, Stabilität, kein übersteigertes Schlafbedürfnis, keine Angst vor Spesen-Aufstellungen, Risiko, Mut, Wagnis, Tollkühnheit, vier Fremdsprachen, weltmännisches Gehabe, die Fähig-

keit, sich unsichtbar zu machen, Autofahren wie der Teufel, Pilotenschein angenehm, Tiefseetauchen kann nicht schaden und dann natürlich immer wieder Menschenkenntnis, nichts als Menschenkenntnis.«
»Und was sagt dir deine Menschenkenntnis über mich?«
»Du bist kein Fall für mich«, erwiderte Feuer großspurig, um sich sofort beflissen zu korrigieren. »Ich meine natürlich, daß ich ...«
Und erst jetzt erkannte Feuer: Sie war Besitzerin eines klitzekleinen Silberblicks. Keineswegs schielte sie oder guckte auch nur ansatzweise um die Ecke. Sie hatte nur diesen winzigen, kaum wahrnehmbaren Silberblick. Feuer war hingerissen.
»Was?« fragte er plötzlich aufgeschreckt.
»Ich habe gefragt, ob du Lust hast?«
»Lust«, wiederholte Feuer. »Was war gleich noch mal Lust?«
»Wenn sich deine Augen eindrehen und der Piephahn diese typische Arbeitsbewegung macht.« Laila zeigte am Beispiel ihres Zeigefingers, wie sie es meinte.
Feuer paßte auf wie ein Luchs, aber niemand horchte vom Nebentisch herüber, auch kein Kellner lungerte unter fadenscheinigem Vorwand in ihrer Nähe herum. Feuer beglich die Rechnung, während Laila sich am Büffet herumtrieb und dem Kellner zum Abschluß sagte:
»Drei oder vier von diesen Zuckertorten weniger, und dafür Auberginen-Dip auf die Karte nehmen, das wär's.«

»Mußt du verstehen«, sagte Laila im Wagen und ignorierte Feuers Bitte, sich anzuschnallen. »Die jungen Leute brauchten dringend eine sturmfreie Bude. Wie konnte ich ihnen die abschlagen?«
»Indem du ›nein‹ sagst. Die sind doch garantiert nicht volljährig, die beiden. Da kannst du in Teufels Küche kommen.«
»Ich arbeite bei Hummel TV. Mich schreckt kein Ortswechsel mehr.«
Wehmütig sah Feuer seinen geparkten Wagen im Rückspiegel verschwinden.
»Ich brauche meinen Wagen wie das tägliche Brot«, sagte Laila. »Ständig kann was passieren, dann muß ich raus.«

»Bist du Reporterin oder Notarzt?«
»Gar nicht mal so dumm, der Vergleich«, sagte Laila nachdenklich.
Dann griff sie nach rechts, und Feuer, der sich im Lendenbereich spontan verspannt hatte, sah erleichtert, wie sie die Telefonanlage bediente.
»Spendabel, dein Arbeitgeber«, sagte er anerkennend. »Ich hab's noch nicht zu so einem Apparat gebracht.«
»Hey«, sagte sie, »Laila hier. Fertiggevögelt?«
Während Feuer angelegentlich aus dem Fenster schaute, lachte Laila ordinär: »Recht so. Immer auf die 12. Aber nun kommt zum Ende. Legt eine schnelle letzte Runde ein und streicht das Laken glatt, bevor ihr geht. Ich komme gleich mit einem ...« Sie blickte Feuer an, »... mit einem Traummann, der schon dabei ist, seinen Gürtel zu lockern.«
Noch nie im Leben hatte Feuer neben so einer Frau den Gürtel gelockert. Das Äußerste war der Krawattenknoten gewesen.
»Das wackelt schon seit Wochen«, sagte Laila ins Telefon. »Laß uns wetten, bei wem es zusammenbricht. Eine Flasche Champagner? Okay. Dann Gesellen der Tat, frisch ans Werk oder wie ihr in diesem fleißigen Land zu sagen pflegt.« Sie legte auf und sagte lachend: »Der linke obere Bettpfosten wackelt. Greta und ich haben gewettet, bei wem er ...«
»Ich hab's mitbekommen«, sagte Feuer.
»Dann halt dich ran«, forderte Laila ihn auf. »Die Flasche trinken wir zu zweit.«
In diesem Moment wurde Ludwig Feuer von einem ungeheuren Schmacht auf eine Flasche Malzbier befallen.

Feuer genoß die Fahrt. Während der Wagen in Bewegung war, konnte er sich der Illusion hingeben, daß die Reise an allen möglichen Zielen enden würde, nur nicht ausgerechnet in ...
»Aussteigen«, sagte Laila und überprüfte im Rückspiegel ihr Gebiß. »Aussteigen, aufsteigen, absteigen und dann die Spätnachrichten von Hummel TV.« Sie seufzte genüßlich. »So stelle ich mir einen rundum befriedigenden Abend vor. Was muß ein Abend für dich bringen, damit du glücklich bist?«

Wie gerne hätte Feuer Malefiz gespielt oder beim Monopoly die Schlacken seines miesen Ich abgeladen. In der schwarzen Riesentür kam ihnen das nunmehr bekleidete Paar entgegen.
»Macht's gut«, rief Greta und küßte Laila. »Ich bin verliebt«, rief der Junge, faßte Feuer an beiden Händen und tanzte mit ihm einmal im Hausflur herum. Dann standen sie in der Wohnung. Ein Raum, vielleicht 10 mal 12 Meter, abgeteilte Küche, abgeteilte Naßzelle und ein Bett mit goldenem Geländer, wenigstens zwei mal zwei Meter. Feuer faßte mit naßkalten Händen ums Messing und drückte zu, daß die Knochen hervortraten. Er hatte vor kurzem einen Film gesehen, in dem Alain Delon zum Tode verurteilt und hingerichtet worden war. Alain Delon mochte eine Winzigkeit besser aussehen als Ludwig Feuer, aber ansonsten ...
»Ist was?« Laila schmiegte sich an Feuer.
Er schüttelte wie wild den Kopf.
»Dann spar dir deine Traurigkeit für die postkoitale Phase auf und zieh dich aus. Licht oder Kerzen? Ich sags dir gleich: Ich hasse Kerzen.«
Feuer schluckte die Silbe »Ker« herunter, blickte sich um und murmelte staunend:
»Eine mächtige Befeuerung. Wie auf einem Flughafen.«
»Da kommt sie auch her«, sagte Laila. »Eine meiner ersten Geschichten habe ich in Finkenwerder gemacht. Kennst du bestimmt, dieser Flughafen an der Elbe, wo alle Jubeljahre einmal eine Maschine falsch runterkommt.«
»Was runterkommt, muß erst mal hochgekommen sein«, murmelte Feuer. Seine Kehle war staubtrocken. Ohne sich zu wundern, nahm er das Glas, das ihm von hinten gereicht wurde. Laila zeigte ihm dann die Licht-Alternativen. Noch die lauschigste war dazu angetan, Feuer bis auf den Grund seiner Seele zu leuchten.
»Prost«, sagte Laila. Feuer hätte hinterher nicht zu sagen vermocht, was er eben getrunken hatte. »Dann wollen wir mal«, sagte Laila munter, und Feuer suchte heimlich nach Indizien von Zögern, Scham oder nackter Angst bei ihr. Nackt war keine 15 Sekunden später die Frau als solche.
»Nicht übel, was?« sagte Laila auf der Matratze stehend und drehte sich einmal hin und einmal her.

»Wahnsinn«, hauchte Feuer. Nur die Waden waren etwas dünn.
»Du siehst wunderschön aus«, sagte er und räusperte sich.
»Das finden alle«, sagte Laila und machte sich daran, Feuers Hemd aufzuknöpfen. »Aber es stimmt ja auch.«
»Laß mich ... ich meine, ich mach das schon«, sagte Feuer und wehrte ihre Hände ab.
Laila legte sich hin und sah sich um: »Immerhin haben sie das Laken glattgezogen. Aber der Fleck hier war gestern noch nicht da.« Schaudernd sah Feuer zu, wie sie an dem Fleck roch. Glücklicherweise verzichtete sie darauf, das Thema zu vertiefen, hielt ihm nur einen Vortrag über Vorzüge und Nachteile von Satin. Mitten im Satz brach sie ab:
»Aber hallo«, sagte Laila, und Feuer schämte sich. »Ist doch nicht übel. Ich weiß gar nicht, warum du dich so anstellst.«
Feuer wußte es genau, und als sie verlangte, er solle sich auch von hinten betrachten lassen, hechtete er unter die Decke – um auf der Lagerstatt festzustellen, daß sich außer dem schwarzen Satinlaken kein weiteres Stück Textil auf dem Bett befand. Laila fing sofort an. Feuers vorrangiges Bestreben war es, Ruhe ins Geschehen zu kriegen. Er sehnte sich nach einem ordnungsgemäßen Ablauf der Dinge und mußte immer wieder feststellen, daß, was sie auch taten, Laila nach maximal 30 Sekunden langweilig wurde. Mit Küssen zum Beispiel hielt sie sich gar nicht erst auf. So kam es, daß Feuer auf der Suche nach einem Stück Haut, das er mit den Lippen berühren konnte, oberkörpermäßig zwar einerseits hinter Laila her war, mit dem Unterkörper dagegen sich gerne ihren fordernden Griffen entzogen hätte. Streng genommen handelte es sich um einen einzigen Griff, und er saß beim ersten Zupacken. So befiel Feuer immer wieder das peinigende Gefühl, ein Pudel zu sein oder ein Dackel, der von seinem Frauchen um den Block geführt wurde.
»Läuft doch gut«, sagte Laila zwischendurch. So baute sie Feuer auf, und obgleich ihn bis zum Schluß das Gefühl beschlich, in der Beschleunigungs-Phase ihren Ansprüchen nicht zu genügen, wurden sie doch so zeitig fertig, daß Laila nach einem Blick Richtung Wanduhr aufatmend sagte:
»Gutes Timing, Companero.«
Aus dem Nichts zauberte sie eine Fernbedienung herbei, im näch-

sten Moment lief der Fernsehapparat. Ein Wildwest-Film lag in den letzten Zügen, Pferde wieherten, Indianer griffen an, und bei den Weißen arbeiteten die Kieferknochen.
»Geht's wieder?« fragte Laila, ohne den Blick vom Fernseher zu wenden.
»Das erste Mal ist immer am schlimmsten«, stöhnte Feuer.
»So? Kann ich nicht finden. Bei mir ist es eigentlich immer gleich. Bis auf das letzte Mal vielleicht – wenn man vorher weiß, daß es das letzte Mal ist. Sonst natürlich nicht.«
»Wie war's denn für dich so?« Feuer fand es nicht ungeschickt, wie er sich ans Thema herantastete.
»Danke der Nachfrage. Drei plus. Ich hole mir schon, was ich brauche.«
»Und wozu brauchst du dann mich?«
»Ach, es ist einfach schöner. Ich esse auch lieber in Gesellschaft.«
Laila ritt auf der Fernbedienung über die Kanäle, kanzelte mit kurzen Bemerkungen die Konkurrenz ab und sagte:
»Ich bin mit einer 25 Sekunden-Geschichte drin. Auf dem Wochenmarkt in Barmbek ist eine Blumenfrau 95 geworden.«
»Wow«, sagte Feuer. »Das sieht man wirklich nicht bei der Konkurrenz.«
»Bist du irgendwie unzufrieden? Sag's nur. Ich kann's vertragen.«
»Ach, es ist fast gar nichts«, wiegelte Feuer ab. »Es ist nur, ich meine, also ich wäre ...«
»Oh Mann«, sagte Laila und kniete besorgt neben ihm. »Du bist nicht fertiggeworden, ist es das? Du warst noch mittendrin.«
»Auf dem Weg gewissermaßen«, sagte Feuer leise.
»Das ist mir ja so peinlich«, rief Laila und legte die Fernbedienung aus der Hand. »Das passiert mir immer wieder, ich verstehe gar nicht, wie das ... paß auf, das korrigieren wir sofort, das heißt natürlich erst nach den Spätnachrichten.«
»Logisch«, sagte Feuer. So viel hatte er in der Zwischenzeit schon gelernt.
»Au Mann«, sagte Laila und tätschelte Feuer da, wo es am brisantesten war. »Erst läuft noch Werbung. Wie konnte ich die Wer-

bung vergessen? Aber soll ich die Hand beißen, die mich füttert?«
»Nicht beißen«, flüsterte Feuer mit geschlossenen Augen. Er öffnete die Augen erst wieder, als die Berührung ausblieb. So erkannte er, daß Laila sich auf dem Rücken kratzte. Er sah aber auch den Bildschirm.
Dr. Norbert Riff trug jetzt kein gestreiftes Hemd und keine Jeans, er trug einen weißen Kittel.
»Wir Zahnmediziner schauen der Wahrheit ins Auge«, sagte Riff und lächelte ein wissendes Lächeln. Es folgten Bilder von geöffneten Mündern, in die die Kamera regelrecht hineinschoß.
»Im deutschen Mundraum ist die Hölle los«, behauptete Riff aus dem Off. »Mancher bei uns weiß, wer daran schuld ist.«
Nun war plötzlich eine Demonstration auf dem Bildschirm, Menschen drängten gegen eine Polizeikette, Tumult, keine sichtbare Gewalt, aber doch allgemeines Rangeln mit schwer armierten Polizeibeamten.
»In unserem Land gibt es für jeden angeblichen Mißstand einen Schuldigen. Atomkraft, AIDS und Zechensterben, einer muß schuld sein. Und bei Karies und Paradontose? Zucker macht Karies. Zucker fördert die Entstehung von Bakterien. Bakterien greifen den Zahnschmelz an. Ohne Zahnschmelz keine gesunden Zähne. Zucker ist die Zeitbombe im Mund. So hört man allerorten.«
Das Gerangel wurde ausgeblendet. Norbert Riff kam ins Bild, stand nun in einem geschmackvoll eingerichteten Wohnraum:
»Die Lust auf Süßes ist legitim, das Interesse an einem einwandfreien Gebiß nicht minder. Jeder Mensch ist von klein auf in Naschereien vernarrt. Das kann man gutheißen oder geißeln, ändern wird man es nicht können. Das Vernunftwesen Mensch ist auch von seinen Gelüsten abhängig, und manche Gelüste wollen wir uns nun wirklich nicht nehmen lassen.«
»Der Kerl kann uns ins Zimmer gucken«, flüsterte Feuer.
»Die Alternative heißt nicht: Zucker oder lebenslanger Verzicht auf köstliche Naschereien. Eßt Süßigkeiten, wenn euch danach ist und putzt nachher eure Beißerchen. Wen es fünfmal am Tag nach leckerem Knabberzeug verlangt, der soll fünfmal am Tag seine

Zähne putzen. Dies ist nicht nur meine Privatmeinung, obwohl es auch meine Privatmeinung ist. Dies wird Ihnen jeder verantwortungsbewußte Zahnarzt bestätigen. Leben und leben lassen; bohren und bohren sein lassen. Ich wünsche Ihnen guten Appetit – worauf auch immer.«
Die Kamera fuhr zurück, Riff wurde vom Scheitel bis zu den Schuhen sichtbar. Um ihn trieb sich mancherlei Aufnahmevolk herum, und eine junge Frau trat auf Riff zu, ihm einen geöffneten Kasten Konfekt unter die Nase haltend. Riff lächelte erst die Frau, dann das Konfekt an und fischte eine Praline aus dem Kasten. Dann entdeckte er mit gespieltem Schrecken die beobachtende Kamera, drohte neckisch mit dem Finger und lachte anschließend so selbstbewußt, wie es seine Kiefer aushielten. Norbert Riff wurde ausgeblendet, und ein Insert erschien:
»Zucker – des Lebens Süße.« Sehr klein darunter:
»Eine Information der deutschen Zucker-Industrie.«
»So!« sagte Laila. »Jetzt geht's los.«
Die Nachrichten machten mit einem Staudamm-Bruch in Italien auf, der frisch hereingekommen war. Der Staudamm war Feuers Glück. Laila drehte sich zu ihm um und sagte keine 30 Sekunden später:
»Na bitte.«
»Danke«, hauchte Feuer.
Und Laila sagte: »Dafür nicht.«

Die Entborstungsmaschine spuckte das Schwein aus. Der rosafarbene Leib dampfte, und der Schlachter sagte zufrieden:
»So sauber war ich seit Jahren nicht mehr.«
Feuer trat einen Schritt zur Seite, damit der Tierkörper auf die weitere Reise geschickt werden konnte.
»Wie war denn so die Nacht?« fragte der Schlachter. »Gute Träume gehabt?«
»Wieso?«
»Wir hatten hier schon Journalisten und Fernsehfritzen. Das überstehen nicht alle gleich gut.«
Heute traute sich Feuer zu den Schlachtern, die nichts anderes taten, als den Schweinen die Zungen aus dem Hals zu schneiden.

»Hat ja was von Fließband-Arbeit, was ihr hier treibt«, rief er ihnen zu.
»Aber unseren Humor verlieren wir nicht«, rief einer zurück, hantierte mit dem Rücken zu Feuer an etwas herum, drehte sich um und grinste, wobei Feuer auffiel, daß er seine Lippen zusammengepreßt hielt.
»Was ...?« begann Feuer, da riß es dem Schlachter die Lippen auseinander. Fassungslos starrte Feuer auf das Schweineauge im Mund, das der Schlachter mit den Zähnen festhielt. Feuer wandte sich ab und spürte eine Hand auf der Schulter:
»Bei euch an der Uni habt ihr doch bestimmt auch eine Menge Scherze, über die ihr unheimlich lachen könnt.«
Feuers Legende im Schlachthof war die eines Dozenten von der Kunsthochschule, der auf der Suche nach möglichen Schauplätzen für alternative Modeschauen war. Brechbühl war von der Idee hingerissen gewesen. Das lag daran, daß er seit kurzem von einer Modedesignerin hingerissen war.

»Wie nett, der Herr Künstler findet Zeit und Gelegenheit, fünf Minuten hereinzuschauen«, bellte Tita ihn an.
»Ist was?« fauchte Feuer zurück.
»Brechbühl ist sauer«, sagte Tita und legte mit einer Krücke auf die beiden Tauben an.
»Sauer macht lustig«, sagte Feuer.
Die Krücke krachte auf das Fensterbrett.
Die Tauben flogen auf, drehten eine Ehrenrunde und kehrten zurück.
»Eines Tages werden sie sich auf dein Stöckchen setzen«, sagte Feuer.
»Paß lieber auf, daß sie sich nicht auf dein Stöckchen setzen«, bollerte Tita. »Habe ich dir schon den Witz von den beiden Seeleuten erzählt, die wetten, wer von den beiden den ...«
»Klar doch«, erwiderte Feuer zackig.
Die Tür von Brechbühls Büro wurde aufgerissen, Brechbühl stürmte heraus und fauchte:
»Wann kommt der verfluchte ...?« Dann sah er Feuer und ging ins Büro zurück.

Feuer folgte ihm:
»Mein herzliches Beileid zu deiner Backe.«
Brechbühl blickte sich trübe im Spiegel an:
»Habe ich dir schon von dem Unfall beim Bund erzählt, wo mir der Kübelwagen ...«
»Klar doch«, sagte Feuer und setzte sich.
»Ich habe einen Anruf gekriegt«, sagte Brechbühl und betastete die enorme Auswulstung seiner Wange. »Dr. Riff ist eingeschnappt, weil du ihn anscheinend nicht für voll genommen hast.«
»Schick jemand anders hin«, sagte Feuer. »Schick am besten auch zum Schlachthof jemand anders hin.«
»Möchtest du gerne kündigen?« fragte Brechbühl spitz.
»Gerne«, erwiderte Feuer. »Allerdings werde ich es nicht tun.«
»Der Mann hat ein Anrecht darauf, ernstgenommen zu werden. Der Sachschaden liegt nun auch vor. 35 000 Emmchen. Der Umsatzausfall ist dabei natürlich nicht beachtet.«
»Natürlich nicht. Dann wären es ja 135 000.«
»Du hast doch was gegen Zahnärzte.«
»Ich habe nur das Gefühl, als wenn ich seit zwei Tagen Kloaken-Aufträge kriege.«
»Meine Güte«, sagte Brechbühl, »so ist diese Gesellschaft. Ohne Kloake wären wir überflüssig. Ich kann mir jedenfalls nicht vorstellen, daß es im Paradies Privatdetektive gibt.«
»Wenn's die schon im Bordell gibt. Wie geht's denn Tarzan?«
»Ich habe seit einer Woche nur noch telefonisch mit ihm Kontakt. Er will seinen Urlaub für die nächsten fünf Jahre auf einen Schlag nehmen.«
Karl-Heinz »Tarzan« Lehmann arbeitete als Zimmer-Boy und Bademeister in dem stadtbekannten Nobel-Bordell »Chez Muschi«, in dem den Gästen minderwertige Alkoholika untergejubelt wurden. Auftraggeber war der Betreiber eines konkurrierenden stadtbekannten Nobel-Bordells.
»Tarzan sagt, daß er in dem Schuppen schon mehr Prominenz gesehen hat als in einem Monat im Fernsehen. Willst du ein paar Namen hören?«
»Stop«, rief Feuer. »Ich könnte meinen vorurteilsfreien Blick nicht länger behalten, wenn ich diese Schattenseiten kennen würde.«

»Du gehst also zu Riff. Das war erstens. Zweitens gehst du zur Universität.«
»Das werde ich garantiert nicht tun.«
»Doch, im Auftrag einer PR-Agentur, Imago. Dein Mann heißt Schuh.«
»Wofür macht die Agentur denn Werbung?«
»Ist mir im Moment entfallen, also Christoph Schuh, Professor und Doktor in Personalunion. Fachbereich für Ernährungswissenschaften, das Institut heißt genauso. Diese kleine Stichstraße, die von der Grindelallee abgeht.«
»Kenne ich.«
»Zimmer 129. Heb deine Füße hoch, der Boden liegt voller Splitter. Und benimm dich anständig. Diesmal ist Polizei dabei.«

Feuer betrat das Labor in der Sekunde, in der Professor Doktor Christoph Schuh sagte:
»Die Arbeit von einem halben Jahr für die Katz. Ich weiß gar nicht, wie wir das jemals ...«
»Achtung!« rief Kriminalassistent Pfeiffer und wies auf Feuer: »Sie müssen dem keine Frage beantworten. Der Herr tritt ohne rechtliche Grundlage auf.«
Feuer suchte sich einen Weg durch die massiven Zerstörungen. Mit Pfeiffer hatte er schon zu tun gehabt. Pfeiffer war ein Terrier. Kommissar Hamann dagegen, der schweigend am Fenster stand, war ein Mann, der karrieremäßig nichts mehr erwarten konnte und deshalb zu Gelassenheit im Auftreten gefunden hatte.
»Hier sieht's ja aus«, sagte Feuer, und Pfeiffer packte den Wissenschaftler am Arm: »Wenn er Ihnen dumm kommt, ein Wort, und wir greifen ein.«
»Ist ja gut«, knurrte Hamann und wandte sich an den Forscher: »Ich habe Sie richtig verstanden? Sie erfinden hier das fettfreie Fett?«
Feuer trat zu dem Forscher: »Ich komme von der Agentur Samurai, die ...«
»Wer hat Sie denn beauftragt?« rief Pfeiffer.
»Das geht Sie nichts an«, erwiderte Feuer. Er haßte diese hektischen Wadenbeißer.

»Ich würds eigentlich auch ganz gern wissen«, schaltete sich Hamann ein. »Eine kluge Auskunftspolitik Ihrerseits könnte geeignet sein, Ihre windelweiche rechtliche Lage in dieser Sekunde an diesem Platz ...«

»Gut, gut«, sagte Feuer. Er konnte diese polizeilichen Schikanen singen, so oft hatten sie ihn damit ausbremsen wollen. »Ich bin hier im Auftrag der PR-Agentur ›Imago.‹« Er wandte sich an Pfeiffer: »Das war lateinisch eben.«

Pfeiffer blickte Hamann an, aber von dort kam keine Aufforderung zum Zubeißen.

»Gestern wurde einem Zahnarzt die Praxis auf den Kopf gestellt«, fuhr Feuer fort. »Heute ist Herr Schuh Opfer von ...«

»Machen Sie hier auch was mit Genforschung?« unterbrach Hamann Feuers Rechtfertigung.

»Warum das denn?« stöhnte Schuh.

»Genforschung geht gut als Motiv zur Zeit. Für Genforschung haben wir eine ganze Latte von Verdächtigen.«

In dieser Sekunde betrat eine Frau das Labor. Der geschädigte Professor litt, als er sah, welche Blicke die Männer ihr zuwarfen. Müde übernahm er die Vorstellung:

»Hauptkommissar Hamann, Herr Pfeiffer.«

»Mit fünf F«, sagte Pfeiffer wichtig. »Steffen Pfeiffer.«

»Herr Feuer, Ina Wollkopf, meine Assistentin. Sie ist cand. oec. troph.«

Nun polterten die Spurensicherer ins Labor. Schuh und die Assistentin mußten ihnen in die Hand versprechen, daß keine ätzenden Stoffe im Spiel waren.

»Wir melden uns wieder«, sagte Hamann und klappte sein winziges Notizbuch zu. Er packte seinen Assistenten am Arm und zog den Widerstrebenden aus dem Labor.

»Keine Frage beantwor ...«, rief Pfeiffer, dann schloß Feuer hinter ihm die Tür.

»Ein halbes Jahr Arbeit«, murmelte Schuh deprimiert. »Das ist eine Kampagne. Gestern suchen sie Norbert heim, und heute hauen sie ...«

»Sie kennen Riff?« fragte Feuer überrascht. Sie mußten zur Seite treten, damit die Spurensicherer wirken konnten. Auch sie kamen

mit den Augen nicht los von Ina Wollkopf. Natürlich sah sie aus wie die frühe Marilyn Monroe, das wußte keiner besser als Christoph Schuh.
»Wir machen zusammen Musik, Norbert und ich«, sagte der Forscher. »Mit ›Resurrection‹. Norbert fand den Namen seinerzeit lustig. Ich streite mich nicht über Medizinerhumor.«
»Was spielen Sie denn da?«
»Schrumm, schrumm«, erwiderte Schuh, und Feuer dachte, daß jetzt der Schock über sein zerstörtes Labor voll zuschlagen würde.
»Er spielt Waschbrett«, half Ina aus. »Manchmal auch Banjo. Und ich muß ihm die Fingerhüte festkleben.«
Feuer war kurz davor, den Job hinzuschmeißen. Das roch verdammt nach Dixieland oder Skiffle-Musik. Diese Klänge ertrug Feuer maximal 12 Sekunden, dann wechselte er den Raum. Nur wenn unvermittelt zwei übergewichtige, fetthaarige Latinos im Lokal »Guantanamera« aufspielten, während Feuer beim Essen war, wechselte er ähnlich schnell den Raum.
»Wer spielt denn noch so mit bei Ihnen?« fragte Feuer. »Bestimmt bedient doch einer dieses dicke Ding, diese Über-Trompete.«
»Tuba heißt das«, sagte Schuh.
»Aber es klingt nicht wie Tuba, es klingt wie ein explodierender Enddarm«, sagte Feuer, und Ina schmunzelte.
»Das ist Geschmackssache«, stellte Schuh klar.
»Logo«, sagte Feuer. »Und wer war das nun, der Ihnen die Bude auf den Kopf gestellt hat? Besonders aufgebrochen sieht mir das Türschloß nicht aus.«
»Die Arbeit von einem halben Jahr«, murmelte Schuh.
»Kollegen? Konkurrenten? Eine berufliche Rechnung oder eine private?«
»Ich habe keine Feinde«, sagte Schuh kategorisch. »Ich komme mit allen gut aus.« Bei diesen Worten blickte er seine Assistentin an, und Feuer fragte: »Sind Sie eigentlich verheiratet?«
»Was soll das?« fragte Schuh unwohl.
»Kinder?«
»Also ich weiß wirklich nicht, was ...«
»Drei«, antwortete Ina. »Robert, Hermann und Liese.«

Feuer drückte sich in den Laden und wollte gleich nach rechts hinter die Holzregale wegtauchen. Doch er hatte keine Chance.

»Ja, der Ludwig.«

Feuer seufzte und trat hinter dem Regal hervor.

»Wie gehts denn so? Was macht Katja?« fragte der attraktive Inhaber, der auch heute wieder sein weißes Geschlinge trug.

»Katja geht's blendend. Sie ernährt sich ja auch gesund«, antwortete Feuer.

»Das freut mich«, sagte der Braungebrannte. »Sie schien mir damals etwas nervös. Strahlte Selen- und Kupfermangel aus.«

»Das Gefühl hatte ich auch«, sagte Feuer. »Wir sind geschieden mittlerweile, und unser Sohn Paul ist bei seiner Mutter, weil es ihm da bessergeht, sagt seine Mutter.«

»Trauere nicht, Ludwig«, forderte ihn der Braungebrannte auf. »Euch beiden ist eine neue Chance gegeben, und wir Einzelhändler profitieren ja von nichts so sehr wie von Single-Haushalten.« Aufdringlich gab er beim Lachen sein neiderregend perfektes Gebiß zur Besichtigung frei. Er sollte vor Jahren auf dem besten Weg gewesen sein, eine hervorragende universitäre Karriere zu machen, bevor er den Naturkostladen gekauft hatte.

»Und du?« fragte der Braungebrannte, »ernährst dich immer noch wie ein Wilder?«

»Danke, ich werde satt.«

»Ich hab's befürchtet«, sagte der andere lachend. Er verfügte sich hinter seine entzückend altmodische Registrierkasse, um eine Kundin abzuzocken. Sie packte zwei erbarmungswürdig verhungerte Strempel Gemüse, eine kleine braune Flasche Joghurt sowie zwei oder drei Gefäße auf den Tisch, deren Inhalt Feuer auf die Schnelle nicht mitbekam.

»34 Mark 85«, sagte der Inhaber und beglückwünschte die Frau zu ihrem Kauf. Sie freute sich über das Lob, verließ den Laden, und Feuer sagte:

»Man faßt es nicht.«

»Blas dich nicht auf«, konterte der Inhaber, während er den 50-Markschein liebevoll glättete. »Denk daran, was du für Zigaretten raustust.«

»Ich rauche nicht.«

»Alkohol kostet auch sein Geld.«
»Ich lasse mich einladen.«
»Hast du schon mal ausgerechnet, was Steuer, Kasko und Benzin im Monat schlucken?«
»Das trifft meinen Golf nicht.«
»Ja, was ist denn dann dein Laster? Reisen? Im Urlaub kommt es uns auf einen Hunderter nicht an. Und wenn die Mode von kariert auf gestreift umspringt, seid ihr sofort mit dabei. Nur das gesunde Essen, das darf nichts kosten. Hier sind wir so rigide wie sonst nirgendwo im Leben.«
»Reg dich ab. Das ist gar nicht gesund, sich so ...«
»Ah, mich regt das aber auf«, rief der Braungebrannte, raufte zierlich seine graumelierten Haare und gab mit keckem Hüftschwung dem Lakenensemble astreinen Sitz.
Ein gemischt-geschlechtliches Paar betrat den Laden und verschwand zielstrebig zwischen den Regalen.
»Ich geh mich denn mal umgucken«, sagte Feuer.
»Wenn du Fragen hast, genier dich nicht. Ich stehe dir mit Rat und Tat zur Seite.«
Feuer geriet neben das Paar. Wenn er richtig verstand, ging es um ein Produkt mit den Namen Shoyu, das der Mann bevorzugte, während es die Frau in Richtung Hummous zog.
Ahornsirup, Trockenfrüchte, Malz, Melasse, Zuckerrüben-Sirup und sechs verschiedene Honigsorten. Kein Zucker, weißer nicht und brauner nicht.
»Da wäre sie schon, die Frage«, rief Feuer.
»Schieß los«, sagte der Inhaber und wandte sich ihm vorurteilslos zu. Feuer hätte ihm jetzt gerne eine kleine Gemeinheit angetan, an einem Lakenzipfel gezogen oder ein Messer in den Reissack gestoßen.
»Was hast du gegen Zucker?« fragte Feuer.
Der Naturköstler checkte seine Ernsthaftigkeit ab und ging dann mit Feuer zum Regal.
»Was du hier im Laden siehst«, begann er, »das mag dir zufällig und zusammengewürfelt erscheinen. Die Produkte stehen auch nicht in jedem Fall vorteilhaft präsentiert. Aber sie haben alle eins gemeinsam ...«

»Sie sind maßlos überteuert.«

»Sprechen oder stänkern?«

»Sorry.«

»Ich nehme dir das nicht übel. Also das Gemeinsame ist, daß ich vollwertige Lebensmittel anbiete und daß ich meine Kunden dazu ermuntere, vollwertige Lebensmittel zu verzehren.«

»Verstehe. Und was ist das genau?«

»Das ist das, was du mit deinem Halbwissen vielleicht frisch oder appetitlich oder gesund nennen würdest.«

»Ist Kuchen vollwertig?«

»Wenn du ihn aus vollwertigen Bestandteilen backst, kann er dem nahekommen. Aber da du ihn zum Backen erhitzen mußt, wird die Hitze eine Menge wichtiger Inhaltsstoffe zerstören.« Der Inhaber war nun ganz bei der Sache. »Was wir essen, sollte so ähnlich beschaffen sein wie sein ursprünglicher Zustand war.«

Unsachliche Einwürfe wollten aus Feuer hervorstürzen.

»Weißt du«, sagte der Braungebrannte, »wir nennen das naturbelassen. Je naturbelassener die Lebensmittel sind, desto größer ist ihr Anteil an essentiellen Bestandteilen.«

»Also lieber tiefgefroren als Konserve oder was?«

»Ja, nein.« Der Inhaber wand sich. »Im Detail ist es dann wieder komplizierter.«

»Was habt ihr denn nun gegen Zucker, also gegen den normalen Zucker? Ist doch natürlich, daß man Süßes gern ißt. Schon in der Muttermilch ...«

»Das mit der Muttermilch stimmt nicht«, behauptete der junge Mann. »Zwar enthält Muttermilch Zucker, aber der süßt praktisch überhaupt nicht.«

»Woher willst du denn das wissen?« höhnte Feuer.

»Erlaube mal«, begehrte der junge Mann auf. »Ich bin als Kind gesäugt worden.«

»Jawohl«, sagte seine Begleiterin, die das ja wohl am allerwenigsten wissen konnte. Aber sie hatte noch was auf Lager:

»Als unser Daniel zur Welt kam, hat Pierre natürlich sofort an meiner Brust gelegen und vorgeschmeckt, ob man das unserem Daniel zumuten kann.«

»Niemand hat grundsätzlich etwas gegen den Geschmack von Sü-

ßem«, fuhr der Inhaber fort. »Aber weißer Zucker, das ist die totalste und perverseste Behandlung, die überhaupt ein Lebensmittel bei uns erfährt. Da sind Arbeitsschritte nötig, damit aus der Rübe Zucker wird, da macht sich ein Normalsterblicher ja gar keine Vorstellung davon.«
Er redete über Waschen, Zerkleinern, Ausschwemmen, Eindampfen, Eindicken, Reinigen. Feuer mochte gar nicht glauben, daß so viel Aufwand nötig war, um am Ende ein banales Stück Würfelzucker in die Teetasse werfen zu können. Plötzlich baumelte ein braunes Etwas in durchsichtigem Papier vor Feuers Nase.
»Geschenk des Hauses«, sagte der Braungebrannte. »Schnitte aus Blütenpollen. Trockenfrüchte aus biologischem Anbau. Mandeln und Haselnüsse garantiert nicht aus der Türkei.«
Feuer fummelte die Schnitte aus dem Papier und biß unter den Augen des Inhabers hinein.
»Doch«, mümmelte Feuer. »Nicht übel.«
»Nicht wahr?« sagte der andere mit tiefer Zufriedenheit. »Und nun sag mir, warum das nicht 3 Mark 50 wert sein soll?«
»3 Mark 50«, sagte Feuer ernüchtert. »Dafür kriege ich bei Aldi eine Riesentafel von meiner Lieblingsschokolade. 250 Gramm.«
Der Inhaber blickte ihn lange an.

»Hummel TV, guten Tag.«
»Frau Flemming bitte.«
»Der Flamingo? Sekunde.«
»Was ist denn nun schon wieder?« brüllte Laila in den Hörer, daß Tita verdutzt in Feuers Gesicht blickte.
»Ich bin's«, sagte Feuer zart. »Ludwig.«
»Hey«, rief Laila nur unwesentlich leiser. »Master of the Horizontal. Noch alles dran bei dir, Zuckerstange?«
Feuer griff über den Tisch und drückte die Mithörtaste an Titas Telefon-Pult aus. Tita stellte den Lautsprecher unverzüglich wieder laut. Sie legte ihren massiven Oberkörper auf den Tisch und produzierte hechelnde obszöne Geräusche.
»Hast du einen Hund bei dir?« fragte Laila.
Feuer grinste Tita an, und Tita gab vor, sich mit einer Akte zu beschäftigen.

»Laß uns über die persönlichen Dinge nachher reden, ja?«

»Aber wieso das denn?« rief Laila. »Das muß man tun, wenn einem danach ist. Was habe ich davon, wenn ich mit meinem Bienenmann über ein Problem der Astrophysik plaudere, und in der Zwischenzeit werde ich an allen möglichen Stellen naß?«

Tita ließ etwas auf den Fußboden fallen und fischte es mit der Spitze der Krücke auf.

Nun wurde auch Feuer an einer Stelle naß, es war der Stirnbereich.

»Ich will dich sehen«, sagte er forsch.

»Klar willst du mich sehen«, sagte Laila, »Fernzeugung ist ja etwas arg akademisch.«

Einige Sekunden wurde Feuer von dem Alp befallen, daß dieses Telefongespräch live im Fernsehen ausgestrahlt würde.

»Bei mir?« fragte er.

»Okay«, sagte Laila. »Obwohl ich bezweifle, daß dein Bett mehr hergibt als meins. Außerdem läuft bei meinem Bett die Champagner-Wette mit Greta und Peer, ob wir's kurz und klein gevögelt kriegen. Läuft bei deinem Bett auch so eine Wette?«

Titas Wangen waren mittlerweile von kirschfarbenem Rot.

»19 Uhr 30«, sagte Feuer. »Ich hole dich ab.«

»Keineswegs vor 21 Uhr, und ich komme aus eigener Kraft vorbei. Machs gut, mein Stecken und Stab. Iß ordentlich Eiweiß und denk daran: Nur trainierte Organe sind zu Höchstleistungen fähig. Aloha.«

Tita und Feuer blickten sich an.

»Oha«, sagte Tita.

»Ja ja«, sagte Feuer.

»Warst du nicht der, der auf zarte Mädchen in geblümten Sommerkleidern steht?«

»In dieser Saison trägt der Mann brutal« sagte Feuer lässig, obwohl er immer noch weiche Knie von Lailas Gesprächsführung hatte.

»Ich stelle vor zwei Jahren einen sympathischen, etwas unbeholfenen jungen Mann ein«, knurrte Tita, »und was habe ich nach zwei Jahren? Ein Tier.«

»Benimm dich dementsprechend«, forderte Feuer sie auf. »Ein falsches Wort und ...« Er machte das Zeichen für ›Kopf ab‹ und wollte schneidig das Büro verlassen. Leider stieß er dabei gegen den Türpfosten, sonst hätte sein Abgang noch souveräner gewirkt.

»Nicht unflott«, sagte Feuer und blickte sich im Büro um. »Da muß ein armer Zahnarzt lange für bohren oder?«
»Dafür, daß Sie Ihren Job gestern mit einer lupenreinen Arbeitsverweigerung begonnen haben, sind Sie aber ganz keck«, entgegnete Dr. Norbert Riff etwas säuerlich.
Die Tür wurde geöffnet, ein Mann trug auf einem Tablett Kaffee, Sahne und Süßstoff herein.
»Darf ich Ihnen meinen Partner Herrn Mahler vorstellen?« sagte Riff. »Jan-Peter Mahler.«
So zahnlos wie der Name, so ohne Ecken und Kanten wirkte der ganze Mann.
»Herr Feuer ist der Detektiv, der unseren geheimnisvollen Besuch aufspüren soll«, informierte Riff seinen Kompagnon.
»Fein«, erwiderte Mahler lächelnd, und obwohl man für dieses Wort die Lippenregion nicht übermäßig behelligen muß, sah Feuer dabei doch etwas, das ihn vereisen ließ.
»Ermitteln Sie, Herr Feuer«, forderte Mahler ihn auf. »Der Rechtsstaat ist auf Ihrer Seite.«
Glücklicherweise verließ er dann den Raum, und Riff sagte:
»Vielleicht hätte ich Sie warnen sollen.«
»Reden Sie schon.« Feuer rührte nervös in seiner Tasse herum.
»Sie haben's doch gesehen.« Riff grinste. »Jan-Peter geht von der Prämisse aus, daß unsere Zähne ihre beste Zeit hinter sich haben – evolutionär gesehen. Jan-Peter denkt in großen Zusammenhängen, das macht den mitmenschlichen Verkehr mit ihm manchmal etwas beschwerlich.«
»Weiter, Mann.«
»Eigentlich dürfte ich Ihnen das gar nicht erzählen«, wand sich Riff.
»Sie tun's ja auch nicht«, stöhnte Feuer.
Riff schenkte der Welt sein Lachen: »Jan-Peter macht sich Gedanken, was sein wird, wenn die Zähne nicht mehr sein werden. Ihnen dürfte aus der Zeitung bekannt sein, daß 98 Prozent aller Bundesbürger irgendeine Malesche an den Beißerchen mit sich herumtra-

gen. Wenn man nun gedankenmäßig antizipiert, daß die Zähne auf Grund von Ernährungsschäden, Umweltschäden oder insgeheim sich bereits anbahnender genetischer Verbiegungen eines Tages unhaltbar werden sollten, stellt sich ja die Frage: wie weiter? Kein Mensch wird im Ernst dazu übergehen wollen, sich künftig seine Nahrung in flüssiger Form aus der Tube zu holen.«

»Warum sieht Mahler so aus?« hauchte Feuer.

»Jan-Peter hat, wie Sie erkannt haben, keine Zähne im Mund«, sagte Riff.

Es schüttelte Feuer, wenn er daran dachte.

»Jan-Peter hat konsequent zu Ende gedacht. Es ist ja so, daß uns die Kühe und die Wale und manch anderes Viehzeug Hinweise geben, daß es auch ohne geht. Jan-Peter experimentiert mit Kieferplatten aus Beton und einer Silberlegierung.«

»Aber ... aber«, sagte Feuer schwach. »Aber dieses Muster ...«

»Jan-Peter ist vor fünf Jahren aus der DDR gekommen, legal. Er hat einen gehörigen Rochus auf die Zustände dort mitgebracht.«

»Deshalb?«

»Deshalb. Ich find's etwas übertrieben, aber Jan-Peter ist in seinem Mundraum natürlich autark. Und wenn er sich Graffitis und Stacheldraht-Verhaue auf die Kieferplatten malen will, dann soll er. Das wird sich von selbst erledigen, wenn wir in die Serienfabrikation gehen. Vielleicht wird es nie so weit kommen. Ich will nur nicht überrascht werden. Ich hasse es, überrascht zu werden. Deshalb bin ich ja auch so sauer, daß mir ein Finstermann meine Praxis verwüstet.«

»Sie nehmen Süßstoff?«

»Selbstredend nehme ich Süßstoff. Sie etwa nicht?«

»Ich dachte nur, weil Sie ...«

»Ah«, rief Riff und ruckelte eitel an seinem Krawattenknoten. »Haben wohl mit einer kleinen Freundin in den Federn gelegen und den Tag vorm Fernseher ausklingen lassen, wie?«

Feuer fand den Kerl widerlich.

»Ist eine Probe-Staffel, die wir produzieren. Läuft sicherheitshalber erst in den Privat-Stationen, bevor wir sie auf die ganze Nation loslassen.«

»Ich bin auf Ihre Mitarbeit angewiesen«, sagte Feuer und studierte die zeitgenössische Kunst an den Wänden.
»Fragen Sie«, forderte Riff ihn auf.
»Sie hatten Zeit zu überlegen. Sie haben mit Ihrer Frau über die Zerstörungen gesprochen, mit Freunden, Verwandten, was weiß ich. Vielleicht sind Sie dadurch auf etwas gestoßen.«
»Bin ich allerdings«, knurrte Riff. »Zum Beispiel darauf, daß meine Gattin eine etwas naive Vorstellung davon hat, wie es um unsere finanzielle Lage bestellt ist.«
»Die hält Sie für einen dauerscheißenden Dukatenesel, wie?«
»Ich habe mir heute früh die Patienten des letzten halben Jahres vorgenommen. Sie erwähnten gestern ... nun ja, erst kam es mir unqualifiziert vor, wie Klein Fritzchen sich eben die Feinde eines Zahnmediziners vorstellt. Ich halte es auch jetzt noch ... also am Ende standen zwei Namen auf dem Zettel.«
»Die ein Motiv haben, Sie zu hassen?«
»Weiß man's? Ich lerne meine Patienten ja schwerpunktmäßig nur im Mund- und Rachenraum kennen.«
»Und im Portemonnaie«, stänkerte Feuer.
»Mensch, Sie haben doch keine Ahnung«, rief der Mediziner. »Bei uns laufen 47 000 Zahnärzte herum.«
»Und die meisten in Freiheit.«
»30 000 davon sind Freiberufler«, fuhr Riff fort. »Jedes Jahr kommen 1 600 Existenz-Gründungen dazu. Was glauben Sie, wie man sich in der ersten Zeit krummlegen muß?«
»Wahrscheinlich quer über die Geldsäcke, damit kein anderer rankommt.«
»So eine Praxis aus dem Boden zu stampfen, das kostet locker eine halbe Million. Wenn Sie in eine bestehende einsteigen oder den Laden von einem ausscheidenden Kollegen übernehmen, wirds natürlich preiswerter. Ich kenne Kollegen, nicht gerade hier in Hamburg, die haben am Monatsersten 2 000 Mark.«
»Netto oder brutto?« höhnte Feuer.
»Ich bin Unternehmer. Ich muß sechs Angestellte bezahlen. Wie Sie mitgekriegt haben werden, befinden wir uns hier in einem der besseren Stadtteile. Wenn ich nicht 500 Mark Umsatz in der Stunde mache, sieht es rabenschwarz aus.«

»Wollen Sie sich von mir Geld leihen oder warum erzählen Sie mir das alles?«

Riff sortierte einen Haufen Papiere um und sagte: »Also die zwei Kandidaten. Ich betone, daß ich sie nicht beschuldige. Es sind nur die einzigen, mit denen ich in einer Weise aneinandergeraten bin, daß ich mich an sie erinnere. Arne Rieckmann heißt der eine, Jeanette Bülau die andere. Mit Frau Bülau habe ich eine Auseinandersetzung um die Angemessenheit von Amalgam-Füllungen gehabt. Da existiert ja eine kritische Schule, die verteufelt Amalgam, schwört auf Gold. Und wenn sie den Preis hören, schlagen sie die Zähne über dem Kopf zusammen. Es wurde mit Frau Bülau sehr grundsätzlich. Sie hatte ein sehr waches Körperbewußtsein und verspannte sich jedesmal, wenn ich nur einen Finger in ihrem Mund hatte.«

»Das war jetzt aber kein Männerwitz oder?«

Riff blickte ihn mit kalten Augen an: »Ich habe meinen letzten Männerwitz mit 16 oder 17 gemacht.«

»Wie schön für Sie. Da hatte ich noch nicht mal meinen ersten kennengelernt.«

Riff lachte schwach und fuhr fort:

»Herr Rieckmann war der unangenehmere Fall. Er besaß seinerzeit keinen Versicherungsschutz, was er mir verschwieg. Da war eine beträchtliche prothetische Geschichte nötig. Die Rechnung belief sich am Ende auf etwas über 9 000 Mark. Als er damit nicht rüberkam, nahm es den üblichen Weg. Eine Mahnung, noch eine Mahnung, Anruf, ein unerfreuliches Gespräch. Dann habe ich's unseren Anwälten übergeben. Was soll ich mich damit herumärgern?«

»Hat er sie bedroht?«

»Sie werden lachen, er hat. Das weiß ich noch so gut, weil es das erste Mal war. Ich meine außerhalb des Straßenverkehrs.«

»Und? Wie lautete die Drohung?«

»Ging hoch her am Telefon. Halsabschneider und Volksschädling, was solche Leute eben draufhaben.«

»Was für Leute?«

»Rieckmann war immer betont schwarz gekleidet. Mitte 20, wohnhaft Ottensen. Ich meine, das weiß man doch, was ...«

»Da ist er aber in die falsche U-Bahn gestiegen. Wie ist der an Sie geraten?«

»Herr Rieckmann nannte eine langjährige Patientin, wenn ich mich recht erinnere.«

»Eine in Schwarz aus Ottensen?«

»Eine früher in Lila, jetzt farbenfroh aus Eppendorf. Meine meisten Patienten kommen aus Eppendorf, Rotherbaum und Bereich Dammtor.«

»Ich habe mir so was fast schon gedacht. Ich weiß gar nicht, warum.«

»Besser Verdienende besitzen nun mal ein größeres Gesundheitsbewußtsein, auch im Vorsorge-Bereich. Das kann ich aus medizinischer Sicht nur begrüßen.«

»Hat Rieckmann sonst noch was Gemeines zu Ihnen gesagt?«

»Mittlerweile ist das Geld wohl eingetrieben, und Herr Rieckmann quält sich mit einer Anzeige wegen Betruges herum.«

»Ist aber hart, finde ich.«

»Ganz richtig: Finden *Sie*. Ich muß für meine Angestellten sorgen und für eine Familie. Brot für die Welt und Aktion Sorgenkind wunderbar, da sind wir ja alle für. Aber zwischendurch will ich sehen, daß Geld fließt.«

»Ich dachte nur, daß dieser Herr Rieckmann vielleicht ein Problem hatte.«

»Natürlich hatte der ein Problem. Er log, er besaß Umgangsformen wie ein Kesselflicker. Und er betrieb eine Mundhygiene, da kam Ihnen das Frühstück von vor vier Tagen hoch.«

»Die Anschrift finde ich bei Ihren Damen, nehme ich an.«

»Gaby wird so nett sein. Noch eine Frage?«

»Mehrere. Wer hat einen Schlüssel von Ihren Räumen?«

»Uninteressant. Sie haben doch gesehen, daß die Täter das Schloß aufgebrochen haben.«

»Das habe ich genau genommen nicht gesehen. Ich habe gesehen, daß man sich am Schloß zu schaffen gemacht hat.«

»Ist das ein Unterschied? Na gut. Mit den Schlüsseln bin ich pingelig. Von den Angestellten haben nur die Sprechstundenhilfen ...«

»Sauber, die Mädchen?«

Riff forschte in Feuers Gesicht: »Dann hat natürlich Herr Mahler Schlüssel. Und die Putzkolonne. Es kommen verschiedene Damen aus dem Mittelmeer-Raum vorbei. Aber nicht in den Behandlungsraum.«

»Haben Sie eigentlich Prominenz unter Ihren Kunden?«

»Selbstverständlich habe ich das. Ein Senator kommt zu mir. Es waren mal zwei. Der zweite hält seine Reden jetzt zu 85 Prozent mit meinen Erzeugnissen.«

»Sportler?«

»Zwei HSV-Spieler. Aber das würde ich nicht unbedingt als Prominenz ... Worauf wollen Sie eigentlich hinaus?«

»Ich suche nach einem Stein, der im Wasser Kreise zieht. Haben Sie festgestellt, ob irgend etwas entwendet wurde? Ich meine jetzt nicht Wertsachen im engeren Sinn, sondern auch Zähne, Werkzeug, von dem der Fachmann weiß, daß es viel wert ist. Ich denke an Akten, brisante Unterlagen, Kunstgegenstände ...« Feuer fixierte die Graphiken an der Wand. »Ich denke auch an symbolträchtige Gegenstände.«

»Was soll das sein?«

»Ach, so Zeugs aus der Wundertüte, Plastik, Talmi, Kitsch.«

»Erinnerungen an eine alte Liebe«, sagte Riff nachdenklich. »Ich besitze den einen oder anderen Gegenstand aus meiner Junggesellenzeit, aber die bewahre ich zu Hause auf.«

»Nun eine der wichtigeren Fragen. Was bringt Sie eigentlich auf die Idee, daß der Anschlag Ihnen galt?«

»Bitte?«

»Wie wär's, wenn einer Herrn Mahler ans Leder wollte?«

Plötzlich wurde die Tür geöffnet. Cornelia Riff betrat den Raum und bot ihrem Ehemann die Wange zum Kuß, der sogleich erfolgte.

»Cornelia, darf ich dir einen waschechten Privatdetektiv vorstellen?«

»Oh«, sagte Cornelia. »Sie sehen so ... so normal aus.«

»Sie müßten mich abgeschminkt erleben.«

Höfliches Gelächter plätscherte durchs Büro, und Feuer machte, daß er wegkam.

»Guten Tag, mein Sohn. Ist dein Vati zu Hause?«
Der vielleicht achtjährige Knabe spurtete in die Tiefe des Hauses und rief:
»Mami, Mami, da ist ein Mann!«
Währenddessen behielt der Hirtenhund Feuer im Auge.
»Wehe, du knurrst«, sagte Feuer leise. Wenn er Macht besessen hätte, er hätte sofort ein Edikt erlassen, das das Halten von Haustieren mit einer Risthöhe von mehr als 20 Zentimetern unter Strafe stellt.
Frau Schuh erschien und sagte:
»Sitz nicht ständig im Weg, Watson.« Zu Feuer sagte sie:
»Wollen Sie nicht hereinkommen?«
»Netter Hund«, sagte Feuer. »Hat mich nicht beschnüffelt.«
»Watson hat Polypen«, teilte Frau Schuh mit. Im Flur standen Taschen und Körbe.
»Der Herr Detektiv«, rief Professor Schuh aus dem Hintergrund.
In diesem Moment warf die Frau Feuer zum erstenmal einen interessierten Blick zu.
Der Hausherr trug keine Schuhe und trottete in den Wohnraum voran.
»Störe ich?« fragte Feuer, während sich eine weitere Frau, die er nicht kannte, aus dem Sitzelement erhob. Sie stand nicht eigentlich auf, sie machte sich gerade, nickte und saß im nächsten Moment wieder.
Schuh wollte vorstellen, doch die Frau war schneller:
»Anke Siebenhüner von der PR-Agentur Imago. Siebenhüner ohne H. Ich sage Ihnen das lieber gleich.«
»Imago«, sagte Feuer und setzte sich. »Dann sind Sie ja unser Brötchengeber.«
Anke Siebenhüner lächelte. Sie war eine dieser toughen Anfangsvierzigerinnen, die sich Feuer in vielen seriösen Berufen vorstellen konnte: Ministerin, Fabrikdirektorin, Detektivagentur-Leiterin. Die Frau sah einfach kompetent und attraktiv aus. Was aus ihrem Mund kam, wirkte nachdenklich und wichtig. Dabei war sie nicht zum Mannweib geworden, darauf achtete Feuer aus alter Gewohnheit.
»Ihr Brötchengeber ist die Wirtschaftliche Vereinigung Zucker«,

sagte Anke Siebenhüner, »beziehungsweise die Vandalen, die ihre überschüssige Energie an Laboreinrichtungen auslassen. Mein Verein ist bestenfalls das ausführende Organ.«
Während sich der Hirtenhund an Teppichfransen gütlich tat und drei Kinder auf der Treppe ins Obergeschoß herumjagten, rannte die Dame des Hauses im Staubmantel durch den Flur und rief:
»Ich komme zu spät. Immer komme ich zu spät.«
Anke Siebenhüner bedachte die Geschlechtsgenossin mit einem Blick aus den Augenwinkeln und sagte dann zu Schuh:
»In wenigen Tagen liegen die Akzeptanz-Zahlen vor. Die ersten Teilergebnisse sind phänomenal, lieber Professor.«
»Riff ist eben ein Naturtalent«, behauptete Schuh ohne Begeisterung.
»Sie sind auch nicht ohne. Wie Sie die Autorität der Wissenschaft rüberbringen: sauber! Ohne Besserwisserei, aber auch ohne affirmative Ranschmeißerei: sauber! Das liebt der Zuschauer: gleiche Augenhöhe.«
Feuer fiel auf, daß der Raum aus zwei Teilen bestand. Während in der Ecke, in der man saß, Plüsch und Velour dominierten, bestand die andere, größere Hälfte aus Holz und Kork.
»Der Zucker braucht Sympathie«, sagte Anke Siebenhüner. »Alles andere kommt dann ganz von allein. Sie müssen sich das öffentliche Bewußtsein wie einen Teig vorstellen. Der will geknetet sein.«
Schuhs Zehen krümmten sich in warm aussehenden Wollsocken. Feuer kam der Mann unten herum overdressed vor.
»Unsere anderen Mitstreiter sind auf Vordermann«, sagte die Siebenhüner. Feuer fragte sich, ob er bei Anke Siebenhüner Mitstreiter sein wollte. Laila überlagerte alles. Es war, als wenn seine Hirnschale mit Laila-Essenz eingerieben worden war.
»Wenn nur die Irritationen nicht wären«, murmelte Schuh.
»Dafür haben wir ja Herrn Feuer und seine Kollegen, damit diese Irritationen ein vorübergehender Schnupfen bleiben«, sagte Frau Siebenhüner mit zuversichtlicher Stimme. »Die verantwortlichen Herren der Wirtschaftlichen Vereinigung Zucker brauchten langwieriges Zureden, bis sie sich entschlossen, das Zucker-Image den neuen Gegebenheiten anzupassen.«

»Ach deshalb«, sagte Feuer.
»Welcher Berufsstand hat in diesem Land den größten Vertrauensvorschuß?« fragte sie und lächelte.
»Detektive nicht. Das wüßte ich.«
»Ärzte, Männer der Wissenschaft und natürlich Pastoren. Wenn wir dieses Image mit dem Zucker verketten, werden wir siegen. Es stehen zahlreiche Fachleute bereit, sich für die gute Sache zur Verfügung zu stellen. Aus dem Showbereich, aus dem politischen Leben, auch aus dem Sport natürlich. Wir nehmen nur die besten. Aber ich muß mich verabschieden.« Sie schüttelte den Hund im Nackenfell, dem armen Tier fiel fast der Kopf ab.
Während Schuh die Frau zur Tür brachte, erkannte Feuer, woran der Hund herumsuckelte. Es war ein Rinderknochen von solcher Größe, wie Feuer ihn bisher nur in Zeichentrickfilmen gesehen hatte. Und gestern im Schlachthof.
Schuh kam lautlos auf Strümpfen zurück.
»Ich bin soweit«, rief in diesem Moment seine Frau von der Tür. »Macht's euch gemütlich!« Sie wies auf das Wald-Ambiente. »Setzt euch doch rüber, man sitzt einfach besser dort.«
Feuer sah, wie Schuh seine Augen verdrehte. Als draußen ein Wagen gestartet wurde, entspannte er sich merklich, riß die Wollstrümpfe von den Füßen, schleuderte sie Richtung Hund, der einmal dran schnüffelte und weiter am Knochen suckelte. Schuh sprang auf und ergriff die Raumgardine. Sie tarnte eine faltbare Wand. Schuh zog den Raumteiler aus, so daß die Holzecke vollkommen abgetrennt wurde. Dann griff er hinter das kleine Sofa, holte acht Kissen hervor und verteilte sie über alle Sofas. Danach eilte der Ernährungswissenschaftler fast springend aus dem Wohnraum.
»Bierchen?« rief Schuh und kam mit sechs Flaschen und einer eiskalten Pulle Aquavit zurück. Die Flaschen öffnete er geschickt an der Tischkante.
»Feierabend«, seufzte er dann und hielt Feuer das Bierglas hin.
»Kling« machte es, und der Hund jaulte.
»Das hat sie ihm andressiert«, knurrte Schuh und nahm einen tiefen, tiefen Schluck. »Wenn er einen Flaschenöffner sieht, nimmt er ihn mir weg und vergräbt ihn im Garten.«

»Aber das Bier trinkt er Ihnen noch nicht weg«, sagte Feuer.
Der Forscher stand auf, entwand dem Hund nach kurzer Gegenwehr den Knochen und hielt ihn Feuer vors Gesicht.
»Riecht nach Schnaps«, sagte Feuer überrascht.
»Armagnac«, sagte Schuh zufrieden.
Er warf den Knochen achtlos über die Schulter. Augenblicklich begann das Suckeln.
»Und wie ernähren Sie Ihre Kinder?« fragte Feuer beeindruckt.
»Gar nicht. Das tut meine Frau.«
»Ihre Frau ist ernährungsmäßig engagiert?«
»Sie behauptet es. Vollwertkost.«
Schuh öffnete die nächsten Flaschen am Tisch, trank, stieß wohlig auf und sagte unvermittelt:
»Pinienkernbraten.«
»Wie bitte?«
»Sie hat auch Pinienkernbraten gemacht. Für den Fall, daß Sie keinen russischen Rotkohl mögen.«
Feuer hatte den Tag über wenig gegessen. So konnte es nicht ausbleiben, daß zügig eine Trunkenheit von ihm Besitz ergriff. Keine halbe Stunde später duzten sich die Männer.
»Was macht dich so deprimiert?« fragte Feuer zart. »Der Überfall?«
»Ein halbes Jahr Arbeit«, antwortete Christoph dumpf. »Wir liegen im Rennen mit einem Team in den USA.«
»Das fettfreie Fett?«
»Das ist ja nur für die Öffentlichkeit. Für die Polizei, für die Presse und für die Gremien, die unsere Etats genehmigen.«
»Ihr sitzt in Wirklichkeit an etwas anderem?«
Der Hund bellte, es klang wie Jodeln.
»Mensch«, sagte Feuer, »der Hund wird doch besoffen, wenn er sich ständig Armagnac reinzieht.«
»Am nächsten Tag hat er natürlich einen schweren Kopf, ist ja klar. Aber die Kinder gehen dann mit ihm an die frische Luft, und abends steht er wieder.«
Der Hund begann zu winseln. Schuh ließ ihn raus.
»Meine Frau haßt Plastikfraß«, sagte er und spielte mit Kronkorken. »Sie gibt den Bauersfrauen draußen in Dithmarschen Unter-

richt im Kochen. Vollwerternährung. Wir haben doch ein Haus auf der Halbinsel Eiderstedt, wo der Strand so weit ist und wo du so ein Gefühl kriegst, verstehst du, Ludwig, so ein Gefühl von Freiheit und Schlick und die Möwen über dir und die Hypotheken in dir, das ist ...« Schuh stieß auf »... das ist elementar. Wo war ich stehen ...?«
»Deine Frau.«
»Es ist ihr Ziel, die Mangelernährung der Bauern zu beenden. Kichererbsen, wilder Reis, Buchweizen. Irgendwo hat sie ja recht. Du weißt, was Vollwertkost ist?«
Feuer nickte und sagte: »Die Vollwertkost ist zu teuer beziehungsweise die Kaufkraft ist zu niedrig beziehungsweise das Bewußtsein der Konsumenten ist noch nicht voll ausgebildet. Entweder wir machen die Vollwertkost billiger oder vermehren die Groschen oder verhelfen den Aldis zu Bewußtsein. Alles klar?«
»Genau«, sagte Schuh. »Oder was man dafür hält.«
Etwas Schweres fiel gegen die Terrassentür. Schuh ließ den Hund herein und schmuste mit ihm, daß Feuer den Blick abwandte.
»Ich glaube, ich verstehe nicht«, sagte Feuer vorsichtig. »Läuft da ein Betrug?«
»Was ist Betrug?« rief Schuh großartig. »Betrug ist, wenn es rauskommt. Und solange die Leute glauben, es ist Vollwertkost ...«
»Ja, was denn nun? Ist es Vollwertkost oder nicht?«
»Um es kurz zu machen«, sagte Schuh alkoholschwer, »Stichwort Aromastoffe und die Entwicklungslinie, die wir intern ›Moschus‹ nennen. In der Abteilung ›Moschus‹ arbeiten wir daran, den Bestandteil an sogenannten gesundheitsgefährlichen Stoffen drastisch zu verkleinern. Aber genau genommen verkleinern wir nichts, wir überlagern es lediglich. ›Moschus‹ enthält elektromagnetisch wirksame Bestandteile, auf die die Meßinstrumente ansprechen, mit denen bei uns die Belastung mit Cäsium, Radium und anderen Gemeinheiten gemessen wird. Vorher mit ›Moschus‹ behandelt, treiben sich die Meßergebnisse in diesem ungemein beruhigenden Mittelbereich herum, und du kannst das Zeug in der Vollwertecke getrost unter ›schadstoffrei‹ verkloppen.«
Schuh tätschelte die Schnauze des Hundes, Feuer wischte mit einer Hand über sein Gesicht:

»Christoph«, begann er mühsam. »Was du hier rausläßt, könnte für ungefähr fünf Millionen Menschen ein Motiv sein, dein Labor zu zerkloppen.«

»Ach, wirklich? Frau Dr. Siebenhüner meinte das auch. Deshalb hat sie gesagt, ich solle dir das gleich am Anfang erzählen. Du seist ja zur Verschwiegenheit verdonnert.«

»Wie groß ist dein Team?«

»Nur ich, meine Assistentin Ina und Heather Oxenberg. Eine Spitzenkraft, kommt aus der Forschung eines Nahrungsmittel-Multis. Dessen Entwicklungsabteilung arbeitet uns zu. Seit Jahren. Genau genommen tun sie einen nicht unerheblichen Teil der Arbeit.«

»Und warum gibt es dein Universitäts-Institut?«

Der Hund drehte sich stöhnend im Schlaf und sabberte aus einem Mundwinkel.

»Wir lassen es über unser Institut laufen, weil wir dann Geld aus dem Topf für Zukunftsforschung der Wissenschaftsbehörde bekommen.«

»Hast du Grund zu der Annahme, daß U-Boote in der Mannschaft des Konzerns sitzen?«

»Bei dem Gehalt, das die kriegen?«

»Und deine Assistentin? Ist die sauber?«

Schuh blickte ihn waidwund an. »Ina würde nie etwas tun, was mir wehtut.«

»Kommen wir zu dieser Dame mit dem amerikanischen Namen.«

»Kommt aus Harvard oder der Mayo-Klinik, ich verwechsle das immer. Ist Spezialistin für Strahlung im molekularen Lebensmittelbereich. Heather haben wir den Schwerpunkt von ›Moschus‹ auf den Meßgeräten zu verdanken. Sie hat die besten Kontakte zu den beiden Marktführern in diesen Geräten. Sitzen im Schwarzwald und in Franken.«

Feuer entleerte die Blase. Danach inspizierten sie den Kühlschrank. Feuer sah Pinienkernbraten und russischen Rotkohl.

»Ich kann dich doch allein lassen?« fragte er um 19 Uhr 30 den schwankenden Forscher. »Wann kommt denn deine Frau wieder? Ich höre auch die Kinder gar nicht.«

»Wenn sie nicht da ist, schlafen die Kinder immer bei Nachbarn.«
Feuer ließ sich die Adresse von Heather Oxenberg geben. Die von Ina Wollkopf gab ihm Schuh gleich mit dazu.
»Grüß sie von mir«, sagte er, als beide in der geöffneten Haustür standen.
»Das werde ich tun, Christoph. Kopf hoch. Morgen ist wieder ein Tag.«
Feuer hatte schon die Wagentür in der Hand, als Schuh ihm zurief:
»Ein halbes Jahr Arbeit umsonst. Das kann einen Mann brechen.«

Zu Hause stürzte Feuer sofort an den Kühlschrank.
»Axel! Axel Löffler!«
Da stand er schon in der Küchentür, um die Hüften diese albernen Boxershorts mit Micky Maus-Motiven und oben das Trikot von Inter Mailand, über und über bekleckert mit Essensresten.
»Axel, du hast wieder die letzten Vorräte weggefressen.«
»Gut möglich«, sagte der Unglücksmensch. »Warum sollte ich in meiner jetzigen Verfassung etwas sozial Verträgliches tun?«
»Du gehst jetzt zum Griechen und holst drei Portionen.«
»Ich glaube nicht, daß ich noch zwei Portionen schaf ...«
»Wir kriegen Besuch.«
»Sabine?«
Es war nicht einfach eine Frage, es war der Schrei nach Erlösung.
»*Ich* kriege Besuch. Und es ist nicht Sabine.«
»Nicht«, sagte Axel. »Ist ja auch klar. Wenn Sabine kommt, wird sie sich bestimmt nicht ankündigen. Sie hat mich immer so gern überrascht.« Er verschwand in seinem Zimmer, das bis vor wenigen Wochen Feuers Schlafzimmer gewesen war.
Feuer sah sich die Hauptabend-Nachrichten von Hummel TV an. In der Werbung sah er schöne Männer, gepflegte Frauen, niedliche Kinder und putzige Haustiere. Und da kam er, Professor Doktor Christoph Schuh. Er stand vor einer Batterie Tiegel, Kolben und gläserner Leitungen, in denen Flüssigkeiten blubberten. Im Hintergrund machte sich Ina Wollkopf zu schaffen.

»Über 40 Jahre ist es her, daß der Zweite Weltkrieg zu Ende ging«, sagte Schuh. »Wir freuen uns über die lange Zeit des Friedens, wenn wir in den Nachrichten von den Kriegsschauplätzen in aller Welt hören.«
Nun wurden in schneller Folge zu stampfender Musik Kriegsschauplätze eingeblendet: Naher Osten, Phillipinen, Mittelamerika, Nordirland. Dann erschien wieder Schuh.
»Wußten Sie, daß auch in unserem Land ein Krieg läuft? Es ist ein Kleinkrieg, ein Guerillakrieg. Und er wird mit noch hinterhältigeren Waffen ausgetragen als Maschinenpistolen oder Panzern.«
Schuh unternahm einige Schritte nach links. Ina öffnete ein Ventil, nahm einen Destillier-Kolben in die Hand und betrachtete dessen Inhalt.
»Manchmal findet bei dieser Art der Kriegführung ein Super-GAU statt. Er trägt den Namen Intoleranz. Intoleranz ist es zu behaupten, daß Zucker keine Inhaltsstoffe enthält. Sind Kohlenhydrate, die schnell ins Blut gehen und Energie liefern, nichts? Man findet auf der Welt kaum einen Stoff, der chemisch gesehen ein reineres Erzeugnis ist als Zucker. Zucker liegt uns im Blut. Ohne Zucker sind wir in kurzer Zeit tot. Tot sind wir auch, wenn eine Maschinenpistole auf uns schießt. Aber wir wollen leben. 75 Pfund Zukker ißt der Durchschnittsbundesbürger im Jahr. Er ißt sie, weil sie ihm schmecken. Die Menschen in den Staaten jenseits des Eisernen Vorhangs essen viel weniger Zucker als wir. Dort ist Zucker Mangelware. Auch bei uns gab es einmal eine dunkle Zeit.«
Nun waren abgehärmte Frauen im Bild, die in langer Schlange vor einem Laden anstanden.
»Zucker auf Karten – so war es im Zweiten Weltkrieg. Wie wertvoll Zucker ist, merken viele Menschen erst, wenn er nicht mehr zur Verfügung steht.«
Umschnitt auf das Labor, in dem Schuh und Ina auf einen Monitor blickten: »So weit darf es nie mehr kommen«, sagte Schuh. »Frieden schaffen mit immer weniger Waffen und immer mehr Zucker. Wer Zucker hat, will keinen Krieg. Zucker ist süß, haßerfüllte Prediger sind bitter. Essen Sie Süßes, wenn Ihnen der Sinn danach steht. Wir Wissenschaftler stehen hinter Ihnen. Leckermäuler sind wir selber. Hinterher Zähne putzen, und die Sache ist erledigt.

Zucker ist ein Wert an sich – und ein Geschenk der Natur an uns alle. Sie wissen doch: Geschenke darf man nicht ablehnen.«
Ina hakte sich bei Schuh unter, sie strahlten in die Kamera.
Das Bild erlosch, ein Insert erschien:
»Eine Information der Zucker-Industrie.«
Feuer sprang auf, wählte Schuhs Nummer. Er ließ es lange klingeln. Gebrabbel ertönte.
»Christoph!« rief Feuer, »würdest du bitte aufwachen?«
»Ich war etwas weggeduselt.«
»Christoph, sagt dir der Name Bülau etwas? Jeanette Bülau?«
»Nein. Ich kenne nur Ina.«
»Rieckmann?«
»Arne Rieckmann?«
»Woher kennst du ihn?«
»Ich kenne den nicht.«
»Du hast doch eben gesagt, daß du ...«
»Er gehörte zum Fernsehteam, das die Zuckerspots gemacht hat.«
»Was war das für ein Fernsehteam?«
»Weg, Watson, Platz! Watson, laß das! Sssh! Herrchen mag das nicht!«
»Christoph!«
»Alles unter Kontrolle. Watson wird manchmal etwas frivol, wenn er abgefüllt ist.«
»Hast du schon an Notschlachtung gedacht?«
»Mehr als einmal. Aber die Kinder hängen an dem Vieh. So ähnlich hieß auch die Firma. TI Vieh, in der Richtung.«
Es klingelte. Laila schlug über ihm zusammen. Vorne küßte ihn ihr Mund, hinten arbeiteten ihre Hände, ihre Schenkel lagen fugenlos an seinen Schenkeln, und irgendetwas kitzelte Feuer im Ohr.
»Da, mein Supermann«, rief sie, und natürlich kam in diesem Moment die Nachbarin vom dritten Stock vorbei. Feuer hatte sie das letzte Mal vor eineinhalb Jahren gesehen. Damals war sie Zeugin geworden, wie Katja ihm etwas Zerbrechliches vor die Füße geworfen hatte.
»Freust du dich?« rief Laila, und Feuer betrachtete den 80 Zentimeter großen Weihnachtsmann aus Schokolade.

»Wo hast du den her?« fragte er. »Weihnachten ist relativ lange vorbei.«
»Der ist für die nächste Saison«, rief Laila. »Wir haben heute in einer Schokoladenfabrik gedreht. Vom Vollwertstandpunkt komplett abzulehnen. Freust du dich, daß ich da bin?«
Sie begann schon wieder, zwei bis vier Unterhaltungen gleichzeitig zu führen.
»Hier wohnst du also«, rief Laila. Dann tat sie, wovor sich Feuer einen Tag lang gefürchtet hatte: Sie schaute sich um.
Augenblicklich kam Feuer seine Bude spießig und schmutzig vor. Er betete, daß Axel auf seinem Zimmer bleiben möge.
Sie liebte ihn in Grund und Boden. Das Ende des Akts lag zeitlich in unmittelbarer Nähe eines Features im Hummel TV.
»Heute war's edel, ey?« fragte Laila.
»Wahnsinn«, flüsterte Feuer. »Wo hast du das gelernt?«
»Was?«
»Na das.«
»Ach das. Das liegt mir im Blut. Ich habe auch mal ein Buch darüber gelesen. Aber ich habe es nicht verstanden.«
»Eins?« flüsterte Feuer unhörbar. Er hatte zwischen dem 15. und 18., dann wieder zwischen dem 23. und 25. und zuletzt zwischen dem 29. und 30. Lebensjahr kaum etwas anderes gelesen.
»Ratte«, sagte Laila unbarmherzig und blickte auf den Bildschirm. »Kreativ wie ein gebrauchter Kaffeefilter. Kommt nur auf Touren, wenn er mir einen Job wegnehmen kann. Aber die Vollwert-Geschichte, da wollte er nicht ran. Das kapiert er nicht. Du bist doch heute fertiggeworden und alles oder, mein Schatz?«
»Es ist alles wunderbar«, sagte Feuer. »Du bist nur etwas stürmisch für mich.«
»Ich? Stürmisch? Ja, schlafen denn die deutschen Frauleins?«
Laila lachte, kratzte sich, und mit dem Wort »Nachschlag« machte sie sich erneut über Feuer her. Danach war der Detektiv dienstunfähig. Während Laila in der Küche auf Entdeckungstour ging, versuchte Feuer, nicht einzuschlafen. Ihm war schwindlig, und er hatte noch nie mit Kreislaufproblemen zu kämpfen gehabt.
Dann stand Laila kauend vor dem Bett.

»Klopfen deine Nachbarn nachts Teppiche?«
Feuer verstand nicht.
»Na hör doch mal. Das bummert doch. Sagt man bummern?«
Feuer quälte sich hoch und ging nach nebenan.
»Axel, das geht nicht.«
»Was meinst du?« fragte der verlassene Fußballer.
»Du kannst hier nicht trainieren. Nicht nach 23 Uhr und auf dem Zimmer überhaupt nicht.«
»Aber ich muß trainieren«, begehrte Axel auf. »Sonst komme ich doch nie mehr ...«
Hinter Feuer kicherte Laila. Feuer übernahm die Vorstellung. Laila war so nett gewesen, sich ein Hemd überzuziehen, aber es war ein kurzes Hemd, Axel geriet in peinvolle Verlegenheit.
»Der ist ja süß«, sagte sie, als sie wieder im Bett lagen.
»Kannst du nicht mal den Fernseher ausschalten?« fragte er zart.
»Ich darf nichts versäumen. Darauf warten die nur. Aber den Gefallen tu ich ihnen nicht.«
»Heute wars besser oder?« begann Feuer die brisante Fragerunde.
Laila grunzte.
»Ich meine, heute wars mehr gleichberechtigt, finde ich. Und du?«
Laila grunzte.
»Ich bin unheimlich gut drauf«, sagte Feuer und räusperte sich. »Hat es dir was gebracht? Sag doch mal. Würde mich interessieren. Echt.«
»Peinlich«, sagte Laila.
»Was?« fragte Feuer alarmiert.
»Diese Texte, die Imke spricht. Sie schreibt sie selbst, läßt keinen anderen ran. So hört sich das auch an. Das nennen die Teamwork. Gibt es bei dir Teamwork?«
Feuer seufzte. »Ja, manchmal. Wenn Großeinsatz ist. Aber das ist selten. Meistens arbeiten wir allein. Höchstens zu zweit. Die Ausnahme sind Observationen. Da sitzen zwei im Auto. Wenn der zu Observierende mal sein Auto stehenläßt, kann immer gleich einer von uns hinterher.«

»Erzähl doch mal, was du so treibst tagsüber. Denkst du an mich? Was machst du, wenn du nicht an mich denkst? Und warum denkst du nicht an mich?«

Feuer erzählte von den Überfällen.

Für Laila stand der Täter fest:

»Das sind die unterdrückten Angestellten oder frühere unterdrückte Angestellte. Der Fall ist also gelöst. Du kannst wieder an mich denken. Fang sofort damit an.«

Sie umarmte ihn leidenschaftlich, sie würgte ihn dabei auch ein wenig. Feuer konnte überhaupt nicht länger den Eindruck wegschieben, daß sie manchmal etwas rüde war. Laila machte ein wenig an Feuer herum, ließ dann von ihm ab:

»Vielleicht ist es doch der Zucker, der schuld daran ist.«

»Woran?«

»An den Fällen, an denen du arbeitest. Zucker macht die Menschen aggressiv.«

»Na na«, sagte Feuer zweifelnd.

»Zucker ist ein Produkt des Teufels«, beharrte Laila.

»Ich denke, das Zeug ist so rein.«

»Aber nicht nur rein von Schmutz, sondern rein von allem. Zucker enthält kein Eiweiß, kein Fett, keine Ballaststoffe, einen lächerlichen Rest Vitamine und Mineralstoffe. Und was das Gemeine ist: Um Zucker im Körper abzubauen, brauchst du Vitamin B_1. Zukker enthält dieses Vitamin aber nicht.«

»Na und?« fragte Feuer und gähnte. »Das wird sich doch irgendwo finden lassen bei dem vielen Zeugs, das wir Tag für Tag essen.«

»Getreide zum Beispiel enthält B_1. Aber wer viel Zucker ißt, ißt mit großer Wahrscheinlichkeit wenig Vollkornprodukte, sondern nur Sachen, zu denen helle Mehle verwendet werden: Weißbrot, Kuchen, so ein Zeug. Zucker fördert auf diese Weise eine regelrechte Mangelernährung.«

»Muß ich das verstehen?« murmelte Feuer.

»Du glaubst nicht, daß es was mit Zucker zu tun hat, wie?«

»Es ist neben der fatalen Neigung, gemeinsam Zicken-Jazz zu produzieren, die einzige Gemeinsamkeit, die Riff und Schuh haben. Wenn jetzt noch ein dritter ...«

Im nächsten Moment stand Feuer senkrecht im Bett.
»Was hast du?« fragte Laila erfreut. »Wollen wir irgendwohin?«
»Sekunde«, sagte Feuer und eilte ans Telefon.
Eine der segensreichen Ideen von Brechbühl war sein Einfall, die Agentur 24 Stunden am Tag besetzt zu halten – auch wenn jeder Detektiv alle 14 Tage mit einer Nachtschicht dran war. Die Möglichkeit, Informationen abzufragen, parken oder weiterleiten zu können, hatte sich viele Male ausgezahlt. Schreber war dran, das Küken des Teams.
»Paß auf, Junior«, sagte Feuer, »ich sitze an den beiden Überfällen.«
»Weiß ich doch«, sagte Schreber beleidigt.
»Im Vorgang, das ist eine rote oder gelbe Mappe, liegt eine Liste mit den Namen derjenigen Menschen, die diese Fernseh-Spots über Zucker zelebrieren. Such die Liste raus und sag mir die Namen durch.«
»Haben Sie eine heiße Spur?« fragte Schreber begeistert.
»Gut möglich«, sagte Feuer und genierte sich für seine altkluge Art.
Er hörte Schreber leidenschaftlich blättern.
»Ich hab's«, sagte er aufgeregt. »War übrigens eine braune Mappe. Es sind fünf Namen. Soll ich sie ...?«
»Riff und Schuh lassen wir weg.«
»Klar. Pastor Frank Trecker, Professor Dr. med. Karsten Heine; die letzte auf der Liste ist noch ne Frau. Eva Masuhr. Und nun die Telefonnummern ...«
»Kann ich dir helfen, mein Gernegroß?« Sie stand hinter Feuer und berührte ihn in für eine Arbeitshaltung tödlich demotivierender Weise. Er wehrte sie so höflich wie möglich ab und klingelte Trecker aus dem Schlaf. Der Pastor beklagte keine Zerstörungen und hielt die bloße Möglichkeit für absurd.
»Haben Sie eine Alarmanlage?« fragte Feuer.
»Erlauben Sie mal, ich bin ein Mann der Schrift. Ich stehe unter dem besten Schutz, der überhaupt denkbar ist.«
Feuer erwiderte etwas abgelenkt einen Kuß Lailas und sah, wie sie in Axels Zimmer verschwand.

Bei Heine meldete sich eine Frau:
»Willst du mich anmachen, du perverse Sau?«
Feuer verneinte stotternd und sagte seinen Spruch auf:
»Ich wollte wirklich nur nachfragen, ob bei Ihnen alles in Ordnung ...«
»Hey Mädels!« rief die Frau. »Ich habe einen ganz neuen Spinner dran. Geilt sich an der Vorstellung auf, er sei Privatdetek...«
Feuer wählte die dritte Nummer:
»Rabääääääh.«
»Feuer, guten Abend.«
»Rabääääääääääääääääääh«
»Könnte ich bitte deine Mutti sprechen?«
Es knallte, Stimmengewirr im Hintergrund, darunter eine dominierende männliche Stimme.
Plötzlich: »Wer sind Sie? Nennen Sie Namen und Grund Ihres Anrufs!«
»Rad ab oder was?«
»Hier spricht die Polizei.«
»Geben Sie mir Frau Masuhr!«
»Masuhr. Ich kann jetzt nicht mit Ihnen sprechen. Bei mir ist eingebrochen worden. Es sieht furchtbar ... Hallo! Hallo? Sind Sie noch da? Warum sagen Sie denn nichts?«

Zwar hatte Feuer sie gebeten, zügig zu fahren. Dennoch hätte es ihn nicht gewundert, wenn der gelbe Toyota Land Cruiser nach dem Einparken vor Schreck weiß gewesen wäre.
»So fährst du bitte nie mehr«, bat er.
Vor dem Eingang des Eigenheims im Stadtteil Lokstedt standen zwei Streifenwagen. Ein Streifenpolizist stand vor der Wohnungstür. Angesichts von Feuer und Laila lief er zu großer Form auf:
»Hier darf niemand rein.«
Laila hielt ihm ihren Presseausweis unter die Nase und fragte: »Waren Sie schon mal im Fernsehen?«
Der Beamte strich spontan über seine Haare.
»Möchten Sie mal ins Fernsehen?« fragte Laila butterzart. »Von Leuten Ihres Schlages gibt es zu wenige im Fernsehen.«
»Is wahr?« haspelte der Streifenpolizist.

»Ich merke Sie vor«, sagte Laila und schob den glücklichen Mann vorsichtig aus dem Weg.
Im Wohnzimmer standen sie einer Frau im Morgenmantel gegenüber, die mit zwei fast gleich blonden und gleich sympathischen Polizeibeamten in Zivil sprach. Feuer kannte keinen von ihnen, und keiner von ihnen kannte Feuer. Feuer wußte aus Erfahrung, daß dies nicht die schlechteste Lösung war.
»Ja?« fragte die Frau abgelenkt.
»Frau Masuhr?« Feuer verbeugte sich. »Könnte ich Sie einen klitzekleinen Moment ...« und als er die kiebigen Blicke der Beamten sah: »Wir kommen von der Agentur Samurai. Es geht um die Zucker-Reklame.«
Bevor die Polizisten reagieren konnten, betrat Feuer die Küche. Der Kühlschrank war noch heil und der Herd ebenfalls. Den Rest hatten sie flachgelegt: Regale aus den Wänden gerissen, Vorräte aus Regalen und Schränken gefegt, zwei Hängeschränke aus der Halterung gebrochen, und das zersplitterte Geschirr bedeckte den Fußboden knöchelhoch.
»Tiere«, sagte Eva Masuhr, die hinter Feuer hereingekommen war. »Und was das witzigste ist: Sie haben es getan, während die Kinder nebenan schliefen.«
»Und Sie haben auch einen Fernsehspot für Zucker gemacht?« fragte Feuer.
Die Masuhr prallte zurück. »Was fragen Sie denn? Ich denke ... von wem kommen Sie?«
»Ich bin Detektiv«, sagte Feuer schnell und stellte resignierend fest, daß diese Berufsbezeichnung die Leute immer noch eher alarmierte als beruhigte. »Wir arbeiten im Auftrag von Frau Dr. Siebenhüner, PR-Agentur Imago. Kennen Sie die Herren Riff und Schuh?«
»Norbert.«
»Und Schuh?«
»Nein.« Eva Masuhr wurde immer unsicherer. Immer wieder flogen Blicke. »Warum fragen Sie? Wer bedroht mich? Warum?«
»Tja«, sagte Feuer. »Das wären wohl ungefähr alle ungeklärten Fragen. Haben Sie zu Riff und Schuh außer diesen Werbespots noch irgendeine Beziehung? Denken Sie genau nach!«

»Ich bin, das heißt ich war bei Doktor Riff in Behandlung«, sagte Eva Masuhr. »Aber das ist Jahre her. Ich war damals noch verheiratet.«
Die blonden Beamten hörten unaufdringlich zu. Laila kam aus der Küche, die beiden atmeten ein. Laila warf ihnen einen Blick zu, der sie augenblicklich auf das Animalisch-Außerlaufbahnmäßige ihrer Existenz reduzierte. Dann schaltete sich der blondere Beamte ein: »Kann ich Ihren Ausweis sehen?«
Feuer war lange genug in diesem Geschäft, um ohne Widerworte den Ausweis zu übergeben. Er legte den Dienstausweis gleich dazu. Die Beamten studierten beides, warfen sich einen Blick zu.
Laila hielt ihren Presseausweis in die Höhe. »Was immer ihr jetzt erzählt, denkt daran, daß die vierte Gewalt mit im Raum ist.«
»Würden Sie bitte die Wohnung verlassen!« forderte ein Beamter Feuer auf. »Hier wird seriös gearbeitet«, fügte er hinzu.
Feuer ging, Laila schloß sich ihm an.
»Könnte es sein, daß die Polizei in diesem Land etwas gegen Detektive hat?« fragte sie auf dem Weg zum Wagen.
»Wie kommst du darauf?« murmelte Feuer.
Im Wagen durchsuchte er sämtliche Ablagen und fand eine Packung Zigaretten.
»Ich bin Nichtraucher«, sagte er. »Aber ich brauche etwas zum Abpuffern nach solchen Auftritten.«
»Was haben sie gegen dich?«
»Ich habe nicht den richtigen Stallgeruch. Und dann gibt es noch einen Grund, aber den sage ich dir nur inoffiziell.«
»Au fein.« Laila rückte dichter an ihn heran. »Solche Gründe höre ich am liebsten.«
»Die meisten meiner Kollegen sind unfähige Möchtegern-James Bonds.«
»Na, na«, sagte Laila. »Nestbeschmutzung?«
»Realismus. Die meisten Kollegen bewegen sich auf dem Niveau Kaufhaus-Detektiv. Sie besitzen nach acht Jahren bei der Bundeswehr nicht mehr die sozialen Fähigkeiten, um in einem anständigen Beruf Fuß zu fassen. Also werden sie Fahrlehrer, Hundezüchter oder Privatdetektiv.«
Laila startete, Feuer sah im Rückspiegel, wie der Beamte auf dem

Beifahrersitz des zweiten Streifenwagens zum Telefonhörer griff.
»Herzlichen Glückwunsch«, sagte Feuer, »ich begrüße dich zur Aufnahme in den erlauchten Klub der Abgefragten, Überwachten und auf Datei Gelegten.«
Laila lachte.
»Diese Eva Masuhr, bei der wir eben waren, spielt keinen Zicken-Jazz«, sagte Feuer und hielt sich an Handbremse und Türgriff fest, bis Laila das Duell mit dem VW Cabriolet gewonnen hatte.
»Ich habe sie nicht mehr fragen können, ob sie was mit dem Filmfirma-Fritzen Rieckmann hatte oder hat«, brummte Feuer. »Aber wenn sie einen Zucker-Spot gemacht hat, müßte sie ihn kennengelernt haben. Fahr in die City Nord!« forderte Feuer sie plötzlich auf.
»Aber da gibt es keine Kneipe. Nur das Hummel TV-Haus mit kleiner Notbesatzung für den Fall, daß ...«
»Jetzt ist so ein Fall«, sagte Feuer.

»Ich lehne jede Verantwortung ab«, sagte die Technikerin und fuhr das Band auf Start.
»Wenn du deine Skrupel überwindest, kriegst du in meiner Vollwertserie ein Statement von 30 Sekunden«, sagte Laila lockend.
»45 Sekunden«, sagte die Technikerin.
»Okay.«
»Für 60 Sekunden laß ich euch allein.«
»Gib ihr 65, wenn sie verspricht, nie wiederzukommen«, knurrte Feuer.
Als sie allein waren, wurde erstmal geküßt.
»Nun aber los«, sagte er. »Kannst du diese Knöpfe bedienen?«
Nacheinander liefen die Spots mit den Zucker-Helden ab. Das Prinzip war immer das gleiche: Von der Warte ihres jeweiligen Spezialistentums sonderten sie Lobhudeleien über den Zucker und Verunglimpfungen seiner Kritiker ab. Eva Masuhr stand stellvertretend für alle Mütter und zog sich gegenüber ihren zwei bettelnden Kindern mit der kampflosen Überlassung von Unmengen Süßigkeiten aus der Affäre. Die Zwerge schoben kauend ab, und die Masuhr sagte:

»Kindertränen sind schrecklich. Kinderlächeln ist himmlisch. Sie haben es in der Hand, wie Ihre Kinder aufwachsen: ob schlechtgelaunt Möhren mümmelnd oder freudestrahlend Nougat, Haselnuß-Schokolade und Marzipan verspeisend. Für meine Kinder ist mir das Beste gerade gut genug. Zucker und Mütter Hand in Hand – so kommt Frohsinn über das Land. Und danach Zähne putzen nicht vergessen.«

Abspann: Eine Information der Zucker-Industrie.

»Habt ihr ein Branchenbuch hier?« fragte Feuer. Sie durchsuchten vier Büros, fanden Schnapsflaschen, Computer-Ausdrucke des Norddeutschen Rundfunks und eine kaum glaubliche Vorliebe für Hydrokultur. Dann fanden sie ein Branchenbuch.

»Mist«, knurrte Feuer, »keine Fernsehproduktion.«

»Sowas suchst du im normalen Branchenbuch?« Laila war erschüttert. »Du hast noch nicht oft mit dieser Art von Firmen Kontakt gehabt?«

»Gestern nacht das erste Mal.« Feuer grinste unverschämt.

Laila blätterte im Fachverzeichnis. »Ti Wi mit W. Werbung und PR international. Sitzen in Uhlenhorst, dicht an der Alster. Ach nee, weißt du, wer der Geschäftsführer von dem Verein ist?«

Feuer haßte rhetorische Fragen.

»Kay Emmerling, der alte Schnellspritzer.«

»Laila, bitte! Wenn das einer hört!«

»Vielleicht hat er sich ja gebessert. Aber ich hab's aus erster Quelle, daß man keinen Termin absagen muß als Frau, wenn du dich abends mit Kay Emmerling verabredest. Der ist so schnell fertig, so schnell kannst du nicht ›papp‹ sagen.«

»Darüber spaßt man nicht«, sagte Feuer. Zwar kannte er diesen Emmerling nicht, und er nahm sicherheitshalber an, daß es sich bei ihm um eine Pfeife handelte. Aber bei diesem Gebrechen hatte der Mann Anspruch auf gleichgeschlechtliche Solidarität.

»Würdest du dich trauen, ihn anzurufen? Jetzt?«

Laila strahlte. »Ich weiß nicht, wo da das Wagnis liegt. Ich rufe dir jeden Menschen deiner Wahl zu jeder Zeit des Tages an.«

»Frag ihn, ob ein Arne Rieckmann bei ihm gearbeitet hat oder noch arbeitet. Laß dir Adresse und Telefon von dem Burschen geben.«

Sie wechselten in ein Büro, in dem sich Laila auskannte.
»Hier sitze ich, wenn ich im Hause bin, was aber praktisch nie vorkommt.«
Laila wählte die Privatnummer von Emmerling. Sie besänftigte den aus dem Schlaf gescheuchten Mann, gönnte ihm 60 Sekunden Small Talk und kam dann zum Thema.
»Bitte sehr, mein Liebhaber«, sagte sie danach und wedelte mit einem Zettel.
Den Rieckmann rief Feuer selber an. Keiner zu Hause, auch kein Anrufbeantworter.
»Wir fahren hin«, sagte Feuer. »Den will ich haben. Was sagt er über Rieckmann?«
Arne Rieckmann hatte bis vor drei Wochen bei Ti Wi als Beleuchter und Fahrer gearbeitet.

Feuer parkte den Toyota vor dem Zweifamilienhaus und wunderte sich:
»Ich dachte, daß dieser Rieckmann in einem weniger bürgerlichen Stadtteil lebt.«
Sie stiegen aus.
Zwei Klingelknöpfe. Auf dem oberen mit Kugelschreiber der Name Rieckmann.
Feuer klingelte.
Nichts.
Er klingelte erneut.
Nichts.
Ehe Feuer es hatte verhindern können, drückte Laila auf den unteren Knopf. Keine zwei Sekunden später wurde das Außenlicht angeschaltet. Es war grell, schmerzte in den Augen.
»Gleich lassen sie die Schäferhunde los«, flüsterte Feuer. »Und dann knallen uns die Wachen aus den Wintergärten ab. Archipel Wüstenrot, sie kennen keine Gnade.«
Erst wurde eine Kette gelöst, dann wurde eine zweite Kette gelöst, dann wurde ein Riegel geschoben, dann wurde aufgeschlossen. Ein Mann im Bademantel erschien. Sein Gesicht war platt wie eine Flunder, selbst die Nase ragte nur unwesentlich daraus hervor.
»Ja?« bellte der Mund.

»Entschuldigen Sie die Störung«, begann Feuer. »Es geht um eine wichtige familiäre Angelegenheit. Könnte ich bitte Herrn Rieckmann sprechen?«
»Wer schickt Sie?« bellte der Mund.
Im ersten Stock setzte Poltern ein. Im Erdgeschoß bellte ein Hund. Feuer hetzte die Treppe hinauf:
»Gleich links«, rief der Mund. »Sein Zimmer ist gleich ...«
Die Tür war geschlossen. Feuer sprang die Treppe hinunter. Der Hund bellte leidenschaftlich. Feuer stürmte aus dem Haus, wunderte sich, daß Laila verschwunden war, bog um die Hausecke und sah eine Gestalt, die im ersten Stock vom Balkon sprang. Gleich darauf ertönte ein Schrei, ein Fluch.
Er stolperte über etwas auf dem Rasen, schlug hin, rappelte sich auf, stolperte dem Flüchtenden hinterher, rechts begann ein zweiter Hund zu bellen – und plötzlich stand Feuer im Zentrum einer Flutlicht-Anlage!
Aus großer Höhe strahlten zweimal vier oder sechs oder acht Lampen ein gleißendes, fast weißes Licht ab. Feuer legte eine Hand über die Augen, hinter ihm rappelte sich Laila auf, und irgendwo vorne verschwand ein Mann in der Nacht. Feuer ging zu Laila.
»Männer!« schnaubte sie verächtlich und klopfte Erde von ihren Kleidern. Nun erschien auch der Mann aus dem Erdgeschoß. Er hielt eine Pistole in der einen Hand und einen zitternden Zwergpudel im anderen Arm.
»Gut, die Anlage, wie?« fragte er und setzte seine Augen ungeschützt dem beißenden Licht aus. Während von den Nachbar-Grundstücken »Ausmachen«-Rufe erschollen, sagte er: »Sie sind mir nachts an meine Beete gegangen. Dann habe ich das abgestellt. Mir geht keiner an meine Beete.«
»Stellt das verdammte Licht aus, sonst hole ich mein Luftgewehr«, brüllte überraschend nahe ein Mann los.
»Das soll er tun«, sagte der Besitzer des Lichts. »Ich fange nicht an, aber in diesem Land hast du auch als Zweiter schöne Rechte.«
»Komm, wir gehen«, sagte Feuer und zog Laila mit sich.
Weit hinten ertönte das Geräusch eines Martinshorns.
Laila war eine Morgenschönheit. Sie öffnete die Augen und wirkte

topfit und strahlend. Feuer sagte nicht einmal »Guten Morgen«, bevor er nicht ins Badezimmer gehechtet war, um sich die Zähne zu putzen. Erst dann war er zu einem Morgen-Kuß bereit, auch zu mehr. Es irritierte ihn, daß Laila seine körperlichen Reize übersah. Dabei präsentierte sich Feuer ihr mit kaum noch zurückhaltend zu nennender Penetranz.
Stattdessen hörte Laila ihren Anrufbeantworter ab. Nach wenigen Sekunden sagte sie: »Danke!« und knallte den Hörer auf die Gabel.
»Er spürt ein Kratzen im Hals!« rief sie anklagend. »Er kann nicht schlucken! Er muß auf die Intensivstation. Einmal öffentlich-rechtlich, immer öffentlich-rechtlich.«
Die Wohnungstür öffnete sich, und Axel zeigte stolz eine Tüte Brötchen her. Laila gab ihm einen Kuß auf die Wange, und Axel machte sich singend in der Küche zu schaffen.
»Was ist denn mit dem los?« fragte Feuer erstaunt.
Er rief die Agentur an. Schreber wirkte nun doch schon sehr schlapp.
»Hat der Einkaufschef vom Schlachthof schon die Liste mit den Namen der Firmen durchgegeben, die den Betrieb anfahren?« fragte Feuer.
»Wenn Sie Telefax hätten, wär's jetzt kein Problem. Aber Ihr älteren Leute seid ja sowas von Technik-feindlich.«
»Stimmt«, sagte Feuer. »Wir vögeln sogar noch selbst.«
»Ach Sie«, sagte Schreber leise. Er wußte selber am besten, daß er in der Agentur für solche Arten von Witzen freigegeben war, seitdem ihm jüngst die Griffe seiner Plastiktüte gerissen und nicht weniger als 22 Porno-Cassetten auf den Boden gepoltert waren. Feuer forderte den Kollegen auf, die Liste in sein Fach zu legen.
Dann riß ihm Laila den Telefonhörer aus der Hand und stritt sich nacheinander mit vier Angehörigen von Hummel TV herum. Feuer leistete Axel in der Küche beim Frühstückmachen Gesellschaft.
»Wo hast du das saubere Hemd her?« fragte Feuer.
»Laila hat mir erlaubt, ein Hemd von deinen zu nehmen.«
»Unerhört«, murmelte Feuer. »Das ist mein Original-Trikot. Das hat überhaupt niemand anzuziehen. Das gehört hinter Glas.«

»Laila hat gesagt, das habe sie sich schon gedacht, aber sowas sei albern.«
Laila stürmte mit solcher Macht um die Ecke, daß Feuer sein Glas Tomatensaft verschüttete. Hätte es nicht Axel aufs Hemd bekommen, wäre der Saft an die Wand geklatscht.
»Zieh dich an!« rief Laila. »Du bist der Tonmann.«

Zwischen den südlichen Elbbrücken und Lüneburg probierte Feuer alle Variationen des Satzes »Aber ich bin doch gar kein Tonmann« aus. Bis Winsen schwieg der Kameramann. Dann knurrte er nach dem Beitrag Feuers:
»Aber ich bin der Kameramann, aber ich bin der Kameramann.«
Daraufhin rief die Praktikantin ein ums andere Mal: »Ach, ist das spannend. Ach, ist das spannend.« Und Laila, die am Steuer saß, drehte die Musik lauter.
So zog der Toyota eine lärmende Spur durch Niedersachsen. Auf der Höhe von Lüneburg verstummte der Kameramann, um, wie er sagte, ein »Schläfchen« zu nehmen. Die Praktikantin vertiefte sich in den Drehplan.
»Laila«, rief Feuer verzweifelt. »Das ist eine Schnapsidee. Sie werden mir kündigen.«
»Da«, rief Laila und reichte ihm den Hörer. »Melde dich ab. Ludwig hat dicke Mandeln.«
Die Praktikantin freute sich, daß sie so viele interessante Menschen kennenlernen durfte. Das Volontariat bei Hummel TV war exakt ihr Ding. Die Goldschmiede-Lehre, das kurze Medizinstudium und auch der Job als Bezirksvertreterin für Webstühle verblaßten dagegen vollkommen.
»Laila, was soll ich da?«
»Zucker, mein Springbock. Zucker, Zucker, Zucker. Berge von Zucker. Ozeane von Zucker. Zucker, soweit das Auge reicht. Bis zum Horizont Zucker, vorausgesetzt, sie haben da einen Horizont.«
»Haben sie«, sagte Feuer trübe, »und zwar einen beschränkten.«
»Woher willst du das wissen?«

»Ich bin in Uelzen geboren.«

Laila fiel vor Begeisterung fast aus dem Wagen.

»Das liebe ich an euch Deutschen«, rief sie. »Es ist alles so übersichtlich bei euch.«

»Deprimier mich nicht noch mehr«, bat Feuer.

»Guck mal, hier fängt der Landkreis Uelzen an«, meldete Laila.

Zu dritt fielen sie mit Fragen über Feuer her; wie viele Einwohner, welche Sehenswürdigkeiten, Diskotheken, Freß-Lokale, umweltschädliche Industrien, wann die Heide blüht, Findlinge, Schäfer und Schafe.

»Leute, haltet ein«, bat Feuer händeringend. »Ich war seit 15 Jahren kaum noch hier. Ich habe auch kaum noch Verwandtschaft hier wohnen. Ich bin hier bloß aufgewachsen und ein bißchen in die Schule gegangen.«

»Feuer, Feuer«, sagte Laila munter. »Gibs' zu, du liebst deine Heimat.«

»So ein Quatsch! Meine Heimat ist, wo ich lebe. Oder wo meine Geliebte lebt.« Viel leiser murmelte er: »Deutsch-amerikanische Freundschaft. Das darf man gar keinem erzählen.«

»Was ist das denn?« Laila steckte hinter zwei Traktoren mit Anhänger fest.

»Das sind Zuckerrüben«, sagte Feuer. »Die Kampagne läuft auf Hochtouren. Das tut sie jedes Jahr zwei Monate: von irgendwann in der zweiten Septemberhälfte bis in den Dezember hinein.«

»Nun mach, du Bauer«, knurrte Laila. Sie überholte, um 500 Meter weiter hinter dem nächsten Traktor festzusitzen.

»Und zack. Und zack und nochmal zack«, kommentierte Laila jede Zuckerrübe, die vom Anhänger fiel.

»Da lacht der Motorradfahrer«, sagte Feuer. »Diese Kawenzmänner sind das reine Gift. Besonders nachts und wenn die Straßen feucht sind.«

Die letzten Kilometer bis zur Stadt legten sie im Zockeltempo zurück. An jeder Nebenstraße wartete ein Traktor.

»Ist ja die reinste Volksbewegung«, rief Laila. »Das will ich haben. Kamera in Kniehöhe an den Straßenrand, und dann donnert ein Gespann nach dem anderen vorbei. Wie ein Produkt den Landkreis prägt. Am besten im Zeitraffer.«

Als die Straße abknickte, gab sie den Blick auf die gigantische Fabrikanlage und den schneeweiß sich plusternden Schornstein frei.
»Hoijoijoi«, sagte der Kameramann. »Rings herum Felder und Wälder und im Tal dieses Monstrum.«
»Und stinken tut das«, sagte Feuer schaudernd. »Wir haben damals zwischen Brauerei und Zuckerfabrik gewohnt. Wenn da der Wind falsch stand ...«
Dann entdeckten sie schon wieder etwas Neues.
»Was ist das denn?« fragte die Praktikantin.
»Der Neubau des Stadttheaters«, mutmaßte der Kameramann.
»Das ist das Gefängnis«, murmelte Feuer.
»Toll«, sagte der Kameramann. »Einen Knast an den Ortseingang zu setzen. Die letzte Warnung, es sich noch mal zu überlegen mit der Durchquerung der Stadttore.«
»Wie muß ich jetzt fahren?« fragte Laila.
»Nimm die Umgehungsstraße.«
Sie näherten sich der Zuckerfabrik. Die Menge der an- und abfahrenden Traktorgespanne war verblüffend.
Laila rangierte den Toyota vor ein Verwaltungsgebäude, als plötzlich eine Frau aus dem Haus stürzte, die Stufen hinuntersprang und auf sie zustürmte.
»Wie ich mich freue«, rief die Frau schon von weitem. »Wie ich mich freue. Ich kann Ihnen gar nicht sagen ...«
Die Muntere hieß Andrea Villette und war die Pressesprecherin des Unternehmens.
»Ich freue mich ja so«, sagte sie ein ums andere Mal. »Sie sind mein erster Kontakt aus dem Fernsehbereich.«
Die Praktikantin wies auf die Türme und fragte:
»Was ist da denn drin?«
»Dummchen«, antwortete der Kameramann. »Von da oben werden die Zuckerrüben abgeworfen. Wenn sie unten aufschlagen, platzen sie auf, und heraus kommt der Kern, auch bekannt als Zuckerhut.«
Andrea Villette übernahm die Führung nicht nur beim Gang in ihr Büro, sondern auch beim Lachen.
»Das ist die Extraktionsanlage«, sagte sie. »Da werden die Rüben

mit heißem Wasser behandelt und aufgeschlossen. Aber das werden Sic ja gleich alles sehen.«
Die Pressesprecherin stürmte ans Telefon, wählte:
»Sie sind da.« Dann wandte sie sich strahlend an das Quartett:
»Schön, daß Sie gerade uns ausgesucht haben für Ihre Serie.«
»Sie sind nicht nur die nächstgelegene Fabrik, sondern auch eine besonders große«, sagte Laila, zögerte und fuhr fort: »Sie wissen, daß wir mit einem kritischen Ansatz zu Ihnen kommen.«
»Macht doch nichts, macht doch nichts«, rief die Villette enthusiastisch.
Die Tür ging auf, und man schüttelte die Hand des persönlichen Referenten des Vorstandsvorsitzenden. Dem Manne wäre ein Zehntel von Andrea Villettes Unvoreingenommenheit zu wünschen gewesen.
»Sie wollen also bei uns filmen«, sagte er in solch unglücklicher Tonlage, als wenn die Gäste aus der Großstadt vorgehabt hätten, eine Umfrage zu den Sexualgewohnheiten der Beschäftigten der Zuckerindustrie unter besonderer Berücksichtigung von persönlichen Referenten zu erstellen. Offensichtlich hatte Laila schriftlich und per Telefon viele Fragen vorab geklärt, und so konnte Feuer seine Bandmaschine gleich wieder am Schultergurt packen, weil nun ein Rundgang stattfinden sollte.
Ein Mann in graublauem Kittel stand auf dem Hof erst abseits, dann vor ihnen. Andrea Villette stellte vor:
»Herr Meyer, im Werk auch bekannt als Verdampfungs-Meyer.«
Der Referent lächelte gequält. »Herr Meyer hat vor Jahren diese Maschine, die ein wichtiges Glied bei der Zucker-Gewinnung ist, durch einen genial einfachen Trick erheblich in ihrer Wirkung gesteigert.«
»Ich lebe für den Zucker«, sagte Meyer. Dieser Satz wäre leichter zu ertragen gewesen, wenn nicht rund zwei Drittel seiner Kommunikation daraus bestanden hätte.
Auf dem Weg vom Büro der Pressesprecherin zur Waschanlage sagte der Referent:
»Ich darf Ihnen mitteilen, daß es in unserem Hause Widerstände gegen Ihr Ersuchen gegeben hat.«

»Aber warum das denn?« fragte Laila fassungslos.
»Nun ja, die Tendenz ... Sie können sich bei Frau Villette bedanken.«
»Erst die Arbeit, dann der Lohn«, sagte Laila munter, und der Referent sagte säuerlich:
»Es wird sinnvoll sein, so zu gehen, wie die Rüben bei uns ihren Weg nehmen.«
»Logo«, erwiderte Laila.
Sie begannen bei der Anlieferung. Wasserkanonen spritzten die Rüben von den Anhängern in Schwemmrinnen, von wo die Früchte in eine Art Zwischenlager kamen, in dem sie bis zur Weiterverarbeitung blieben. Dann fielen sie in die Knüppelwaschanlage, wo letzte Erdreste entfernt wurden. Von hier traten die Rüben den Weg in eine weitere Parkposition an.
»Unsere Vorratsbunker«, sagte Andrea Villette. Sie sagte es wie alles andere begeistert.
Laila warf dem Kameramann einen Blick zu: »Bringt was fürs Auge«, sagte er. »Drei Einstellungen, 15 Sekunden.«
»Obacht nun«, rief die Villette. »Wir kommen zu den Schnitzel-Werken.«
»Wir nennen sie auch unsere Zombie-Maschine«, sagte Verdampfungs-Meyer schmunzelnd. »Was hier rauskommt, sieht auch nicht schlimmer aus als das, was man auf den Video-Cassetten zu sehen kriegt. Ich sehe mir sowas ja an und für sich nicht an. Ich lebe für den Zucker.«
Vor der Schnitzelmaschine, in der wild die Messer kreisten, standen zwei Frauen und holten Rübenstücke aus dem überdimensionierten Bottich.
»Hier greift zum ersten Mal unser Labor ein«, sagte die Villette. »Qualitäts-Kontrolle von Anfang an, das ist unser Credo. Schließlich ist Zucker eine der reinsten ...«
In diesem Moment hörte eine der beiden Laborfrauen auf, das Stück in ihrer Hand anzustarren. Sie streckte es von sich, ließ es jedoch nicht fallen und stieß einen Schrei aus, daß der Kameramann spontan sagte: »Die Sirene ruft zur Frühstückspause.«
Das war für lange Zeit das letzte Scherzwort. Die Frau schrie, und hörte nicht auf damit. Ihre Kollegin blickte in den Bottich, drehte

sich dann um, und Feuer wurde Zeuge, wie schnell einem Menschen das Blut aus dem Gesicht abfließen kann. Alle stutzten, keiner verstand, und Laila war wieder die Schnellste.
»Hab ich euch«, rief sie. »Ihr verhackstückt hier also doch Mäuse und Hunde.«
Sie sprang vor zur Schnitzelmaschine, blickte hinein und dann erbrach sie sich in den Sud. Im nächsten Moment stand Feuer neben ihr. Sein gesamtes Bewußtsein war auf den Magen konzentriert. Herz, Lunge, Bewußtsein – alles saß im Magen.
»Oh Gott«, murmelte er und stützte den Referenten ab, der nach einem Blick schnaufend zur Seite wegsackte. Der Kameramann sagte gar nichts, wandte sich nur ab. Die Praktikantin zur Abwechslung schrie mal wieder, und Andrea Villette sagte spontan:
»Davon darf nichts in die Zeitung.«
Als die Messer den Körper, nachdem sie ihn bereits gevierteilt hatten, nunmehr zu vervielfachen drohten, rief Verdampfungs-Meyer ohne hörbare Aufregung:
»Stoppen! Sofort stoppen! Bedienungspersonal zu mir!«

Acht Minuten später fuhr die Kriminalpolizei mit zwei Wagen auf das Fabrikgelände. Zu diesem Zeitpunkt befanden sich der persönliche Referent, die Praktikantin und eine Laborantin in Behandlung des ärztlichen Notdienstes der Fabrik. Zwei beherzte Angestellte hatten die Leichenteile aus der Schnitzelmaschine gefischt. Nun lagen insgesamt acht Stücke auf dem gefliesten Fußboden. Arme und Beine waren verhältnismäßig sauber abgeschlagen worden. In den Rumpf hatten sich die kreiselnden Messer regelrecht hineingewühlt. Es waren die Reste eines Mannes. Unausweichlich drang das Bild in Feuers Eingeweide. Der Kameramann, der sich weigerte, die Kamera draufzuhalten, stritt heftig mit Laila.
Dann kamen die Kripoleute, und Feuer sagte:
»Ach du Scheiße.«
Henning Boguhn lachte kalt:
»Erst groß angeben, daß er seinen Fuß nie mehr in diese Stadt setzt, und 15 Jahre später ist er wieder da.«

Boguhn wog doppelt so viel wie zu Schulzeiten. Er wirkte so schwammig, als wenn die Fettringe bei jedem Schritt auf- und niederwippen würden. Die blonde Frisur hatte sich an den Hinterkopf zurückgezogen, nur ein einsames Bündel von maximal 50 Haaren hielt knapp hinter der Stirn die Stellung. Das Büschel stellte sich bei jedem Schritt auf, wartete ab, bis Boguhn es nach hinten strich, um sich beim nächsten Schritt erneut aufzustellen. Vielleicht waren es auch gar keine Haare, sondern eine Antenne. Im textilen Bereich hatte sich Boguhn um Eleganz bemüht. Das hatte er schon zu Schulzeiten. Seine stets zu kurzen Latexhosen in Keilform waren Beweis für den unseligen Einfluß von Mutter Boguhn gewesen. Jeans durfte Jung-Henning nur heimlich tragen. Er hatte manches Mal in Feuers Zimmer die Beinkleider gewechselt, bevor er sich dem weiblichen Geschlecht näherte.

Kommissar Boguhn ließ sich und seinen Kollegen die Leichenteile zeigen. Im Hintergrund erschienen fünf Direktoren auf einmal. Drei von ihnen drehten nach einem ersten Blick gleich wieder ab. Während der Kameramann erbost davonstampfte und Laila die Videokamera auf die Szene richtete, standen die verbliebenen Direktoren vor der Leiche und falteten die Hände.

Der Werksarzt sprach mit der Kripo, und Pressesprecherin Villette lief mit den Worten: »Das war natürlich alles ganz anders vorgesehen« zwischen Fernsehteam und Polizisten auf und ab.

»Ich glaube das nicht«, sagte ein Direktor immer wieder, und sein Kollege wandte sich an den Referenten:

»Erzählen Sie endlich, wie das passiert ist.«

Die Frage holte den kaum genesenen Mann – diesmal andauernd – von den Beinen. Verdampfungs-Meyer, der noch den kühlsten Eindruck machte, wollte beginnen, die Zerstückelung des Körpers durch die besondere Verdrehung der stählernen Messer zu schildern. Sie baten ihn viermal, stille zu sein, bevor er endlich Ruhe gab. Dann entdeckte ein Direktor die filmende Laila:

»Was tun Sie da? Haben Sie eine Erlaubnis? Wo steckt die Gillette?«

So hörte Feuer zum erstenmal den fabrikinternen Spitznamen von Andrea Villette. Der Direktor nahm sich die Pressefrau zur Brust. Feuer hörte die wütend geflüsterten Worte:

»Das kommt dabei heraus ... Das hat es früher nicht gege... Ich mache Sie dafür verant... So tun Sie doch endlich was. Ziehen Sie den Stecker aus der Dose.«
»Aber das konnte doch niemand voraussehen«, verteidigte sich Andrea Villette, und der Direktor knurrte:
»Das *muß* man einfach voraussehen«.
»Geht's wieder?« fragte Feuer die filmende Laila.
»Mache ich den Eindruck, als ob nicht?« fauchte sie.
»Komm mal her«, rief Kommissar Boguhn. »Du bist jetzt also beim Fernsehen«.
»Ja und nein«, sagte Feuer.
»Ja und nein«, äffte Boguhn ihn nach. »Damit kommst du vielleicht in der Großstadt durch, aber bei uns ...«
»Boguhn, darf ich dir mal was sagen?«
»Aber nur, wenn's nicht zu lange dauert.«
»Es geht ganz schnell. Du hast immer den Arsch offen gehabt, und du hast ihn bis heute offen gehalten. Ende der Durchsage.«
»Gut«, sagte Boguhn nüchtern, »machen wir da weiter, wo wir aufgehört haben.«
»Ich bin nicht beim Fernsehen«, lenkte Feuer ein. »Ich bin Privatdetektiv.«
»Privatdetektive gibt's nicht«, behauptete Boguhn. »Von denen liest man nur oder sieht sie im Fernsehen. Ist es nichts geworden mit der Fußballkarriere? Kein Studium? Keine Connections, gar nichts? Ludwig, bist du etwa ein Sozialfall und genierst dich, es deinem alten Schulfreund zu sagen?«
»Wer ist der Tote?«
»Das geht dich doch nichts an.«
»Hier wimmelt es von Medienleuten. Du kriegst sowas von Ärger, wenn du anfängst und hältst Informationen zurück, auf die die Öffentlichkeit ein Anrecht hat und so weiter.«
»Guck mal da.« Boguhn wies nach hinten, wo sich im Laufschritt eine Frau ohne und ein Mann mit Kamera näherten. »Das, mein lieber Ludwig, sind die rasenden Reporter unserer geliebten Heimatzeitung. Keiner ist schneller. Da kannst du morgen schon das Wetter von in einer Woche lesen.«
»Also alles wie früher.«

»Ach was«, erwiderte Boguhn muffig. »Die öffnen ihre Seiten jetzt allen Richtungen und Farben, spielen Gemeinschaftskunde. Lassen keinen Furz der Zeitgeschichte unberochen davonkommen. Denen werde ich jetzt was erzählen. Du kannst zuhören. Du und deine Spießgesellen. Ich kenne nämlich gar kein Hummel TV. Ich kenne den NDR und das ZDF, und manchmal gucke ich DDR-Fernsehen. Was bitteschön ist Hummel TV?«

»Der zweitgrößte Privatsender in Hamburg.«

»Kabel?«

»Kabel.«

»Ich brauche kein Kabel. Ich bin Mitglied in einer Videothek. Zwei Mark pro Tag pro Cassette.«

Die Zeitungs-Reporter schütteten Boguhn mit Fragen zu. Johannes Eißfeldt, Leiter der Stabsabteilung »Neue Märkte«, studierter Biochemiker, 41, verheiratet, eine Tochter, die geistig behindert war und in einem Heim lebte. Niemand wußte, ob Eißfeldt noch lebte, als er in die Messer geraten war. Technisch wäre es möglich gewesen, daß er bereits im Vorratsbunker gelegen hatte und von dort in die Schnitzelanlage gerutscht war.

»Gibt es ein Motiv?« jibbelte die Reporterin. »Hatte Herr Eißfeldt Feinde? War er Geheimnisträger?«

Die Gruppe der Direktoren guckte einen Wortführer aus. Der trat einen Schritt nach vorn:

»Kollege Eißfeldt hatte natürlich keine Feinde. Kollege Eißfeldt war eine Stütze des ...«

Weil der Mann nun unerwartet bereits seine Trauerrede übte, anstatt auf klare Fragen klare Antworten zu geben, drehte sich Feuer zu Laila um. Sie stand abseits und hielt sich den Magen.

»Kann ich dir helfen?« fragte er zart.

»Sprich mich nicht an, als wenn ich schwanger wäre«, blaffte Laila. »Es ist nur, weil ich noch nicht viele Situationen wie diese erlebt habe. Aber das verspreche ich dir: Bei meiner 12. Leiche bin ich kalt wie eine Hundeschnauze.«

Die Praktikantin saß abseits auf einer Rohrleitung und jammerte leise vor sich hin. Der Kameramann stand neben ihr und rauchte mit tiefen Zügen eine Zigarette.

»Das wars dann wohl«, sagte er. »Ende einer Dienstfahrt.«

»Wieso?« fragte Feuer.

»Ist nichts mehr mit Drehen. Die machen hier die Läden dicht.«

»Es könnte ein Unfall gewesen sein«, gab Feuer zu bedenken.

»Wenn's ein Reinigungs-Arbeiter aus Anatolien wäre, der in die Rübenbrühe gehuppt ist, dann würde ich's sogar für möglich halten. Aber guck dir mal den Anzug an. So einer fällt nicht zufällig in den Trog. Den haben sie reingekippt. Plattgeschlagen und reingekippt.«

»Aber seine Verletzungen sind so verheerend, da kann man doch nicht sehen ...«

»Aufhören!« rief die Praktikantin gequält.

»Ich pack zusammen«, sagte der Kameramann und ging.

»Warum springt er auf den Fall nicht an?« murmelte Feuer.

»Der?« schnaufte Laila. »Der gilt im Haus als Spezialist für die ›ewigen Themen‹. Bloß nichts Aktuelles, da wird ihm schwindlig von.«

»Komischer Laden, in dem du arbeitest.«

Laila lachte bitter auf. »Bei uns gibt es verschiedene Schulen. Das sind ganze Philosophien.«

»Sex, Blut und Königshäuser, würde mein Vater sagen.«

»Finde mal hier im Norden Königshäuser! Die Bayern haben es gut, da fährt dir an jeder zweiten Ecke so ein degenerierter Prinz mit sechs Fingern an der Hand über die Zehen. Aber hier, hier sind die alle so vornehm und wohnen hinter hohen Hecken. Machen nichts aus ihren Möglichkeiten.«

»Hast du denn auch was über Adlige gemacht?«

»Letzten Sommer. ›Blaues Blut und grüne Wiesen‹, 25 Minuten. Kam gut an.«

»Und jetzt Vollwertkost. Sag mal, Laila, könnte es sein, daß du ein klitzekleines bißchen oberflächlich bist?«

»Wie kommst du denn darauf?«

Die Spurensicherung erschien und machte sich breit.

Feuer zog Laila zur Seite und sagte:

»Das muß jetzt alles ganz schnell gehen.«

»Was?«

»Schick deine Mannschaft zurück. Wir klemmen uns hinter den Fall.«

»Oh.« Mehr sagte sie nicht. Aber an der Art, wie in ihrem Gesicht die Sonne aufging, erkannte Feuer, daß er dabei war, wenn schon nicht eine Dauer-Geliebte, so doch eine Kollegin zu gewinnen.
Als Emmerich und die Praktikantin hörten, daß sie mit dem Zug nach Hamburg fahren sollten, erlitt letztere einen dramatischen Übelkeits-Rückfall. Und auch der Kameramann behauptete, in den letzten Jahren nicht einer solchen Zumutung begegnet zu sein. Es wurde am Ende ein Taxi, dessen Fahrer sie für 160 Mark transportieren wollte. Feuer schnappte sich die bedröppelte Pressesprecherin und schob mit ihr Richtung Büro ab.
»So«, sagte er dort, »jetzt bestellen Sie bitte etwas Warmes und dann habe ich ungefähr 200 Fragen.«
Andrea Villette gewann wieder Gesichtsfarbe. Der Kaffee kam zügig.
»Also hören Sie zu, Andrea. Ich darf Sie doch Andrea nennen?«
Sie bestätigte ihm, daß ihr nichts lieber wäre.
»Erst einmal brauche ich Eißfeldts Adresse. Weiter brauche ich Auskunft, ob der Mann beruflich und privat Probleme hatte. Schulden? An welchen Projekten arbeitet Eißfeldts Abteilung? Wenn Sie nichts wissen, mit wem kann ich sprechen? Und warum erst in einer Stunde und nicht gleich?«
Die Villette sah ihn hingerissen an:
»Traumhaft«, sagte sie schwärmerisch. »So habe ich mir Pressearbeit immer vorgestellt. Sie haben sowas Zupackendes.«
Feuer hielt ihr seinen Ausweis unter die Nase, sie nahm ihn andächtig in beide Hände:
»Ein Detektiv. Ein richtiger Detektiv.«
Und wie sie nun Feuer anblickte, sah er, daß sich ihre Beziehung in den letzten Sekunden grundlegend verändert hatte. Die Pressesprecherin wurde auch postwendend vertraulich und sagte:
»Sie können sich vielleicht vorstellen, daß ich es hier manchmal schwer habe.«
»Ich habe mich schon gewundert, warum eine Zuckerfabrik eine Presseabteilung braucht. Ihr seid doch von Schwärmen von PR-Büros umzingelt, die euch zuarbeiten.«
»Oh ja«, sagte die Villette. »Was da an Artikeln in die Printmedien gedrückt wird, davon macht sich ja keiner eine Vorstellung. Die

Zuckerbranche steht unter einem gewissen Rechtfertigungsdruck.«
»Meine Branche hat's auch nicht leicht.«
Dann ging die Pressesprecherin endlich Eißfeldts Adresse besorgen.
Während sich Feuer auf dem Schreibtisch umsah, klopfte es. Feuer sagte: »Heraus«, Kommissar Boguhn betrat das Büro.
»Ach nee. Hätte ich mir ja denken können.«
»Hast du aber nicht, Boguhn.«
»Kann ich deinen Ausweis sehen? Oder woher bezieht der Herr seine Legitimation? Aus dem hohlen Bauch?«
»Mich hat keiner acht Jahre zum Zombie ausgebildet.«
»Ich war vier Jahre beim Bund.«
»Immer noch mit Heike zusammen?«
»Geschieden. Das Kind habe ich zugesprochen bekommen.«
Andrea Villette kam zurück und rief munter:
»Ich habe alles, was Sie wollten.«
Feuer griff beiläufig zum Zettel. Gut möglich, daß Boguhn noch etwas sagen wollte. Er kam nur nicht mehr dazu.

Eißfeldt hatte in Westerweyhe gewohnt, einem Vorort. Ein Dorf mit altem Kern, den eine Handvoll Bauernhöfe bildeten; auf der anderen Seite der Bahnstrecke das neue Dorf, Eigenheime aller Preis- und Geschmacksklassen, hingebaut seit Mitte der sechziger Jahre.
»Eißfeldts sind nicht zu Hause«, rief eine Frau vom Nachbargrundstück.
»Wo sind sie denn?« fragte Feuer.
»Ich verrate doch Fremden nichts. Hier ist in den letzten Wochen viermal eingebrochen worden.«
»Sehen wir wie Einbrecher aus?« fragte Feuer, als Laila die Hundescheiße am Eingangs-Mäuerchen der Eißfeldts abstreifte.
»Man sieht's den Menschen nicht an«, entgegnete die Nachbarin.
Feuer zog Laila zum Wagen. Sie fuhren 20 Meter weiter, und Feuer erkundigte sich beim linksseitigen Nachbarn der Eißfeldts.

Dem halbwüchsigen Mädchen war aufgefallen, daß sie Frau Eißfeldt seit Tagen nicht mehr gesehen hatte. »Dabei ist doch jetzt Herbst. Gibt viel zu tun im Garten, und Frau Eißfeldt liebt den Garten. Ich warte auf den Tag, wo sie ein Zelt im Garten aufschlägt und dort einzieht.«

»Sonst noch was?« fragte Feuer. »Sie müssen verstehen, bevor wir unser Gelbklinker-Porträt drehen, wollen wir sicher sein, daß wir mit den Bewohnern Ehre einlegen können.«

Unverzüglich bekam das Mädchen eine altkluge Stimmlage:

»Er ist so ein Schneidiger, aber sie sind schon länger verheiratet. Eine Katze haben sie, die kriegt im Frühling ein Glöckchen um den Hals, das finde ich sehr anständig.«

»Streitereien?«

»Nicht, daß ich wüßte. Sie ist etwas hektisch. Regt sich schnell auf. Möglich, daß sie ihn mal ›Lahmarsch‹ genannt hat im Garten.«

Sie blickte ins Haus, trat einen Schritt heraus, blickte auf den Toyota mit dem ›Hummel TV‹-Signet und sagte schnell:

»Sie haben sich gestritten, bevor sie losfuhr. Ich weiß nicht, ob es das letzte Mal war, daß sie wegfuhr. Aber sie haben sich jedenfalls gestritten.«

»Sehr gut«, sagte Laila. »Hat er gedroht, daß er ihr den Hals umdreht? Oder sie ihm?«

»Katrin, wer ist denn da?« ertönte eine Frauenstimme von drinnen.

»Diese in sich gekehrten sind die schlimmsten«, flüsterte das Mädchen. »Mein Vater ist auch so einer.«

»Warum hast du ihnen nicht gesagt, daß Eißfeldt ermordet wurde?« fragte Laila im Wagen.

»Weil wir's noch nicht wissen.«

»Aber behaupten können wir's. Das schockt. Dann sagen sie bestimmt Sachen, die sie sonst nicht sagen würden.«

Ein Opel Omega fuhr auf das Grundstück. Der Mann stellte den Wagen in der Auffahrt ab, stieg aus und starrte den Toyota an.

Da ertönte aus dem Off eine herrische Stimme:

»Hans-Joachim, was habe ich dir gesagt?«

Beflissen eilte der Mann ins Haus.

»Armes Deutschland«, murmelte Laila.

»Bei euch laufen natürlich nur Strahlemänner herum.«
»Nun reg dich nicht immer auf. Gegen deine Heimatstadt darf man nichts sagen, gegen Deutschland darf man nichts sagen ...«
»Meinetwegen kannst du unsere Fahne zerreißen oder draufspuken ...«
»Pinkeln?«
»Auch das. Nacheinander. Das läßt mich doch kalt. Das ist mir doch ...«
Laila verschloß ihm mit einem Kuß den Mund. Der Kuß dauerte und dauerte. Als sie von ihm abließ, drückten zwei Schulkinder ihre Gesichter an der Seitenscheibe platt.
»Geil«, sagte der Junge und sein Freund fügte hinzu: »Im Fernsehen sieht das einfach nicht so saftig aus.«

Am Empfang der Lokalzeitung übernahm Laila das Reden. Sie erzählte verhältnismäßig wahrheitsgetreu von den Vorbereitungen zu einer Fernsehserie, in der es um Zucker und die örtliche Zuckerfabrik gehen sollte. Die junge Frau am Empfang rückte gleich mit der erfreulichen Information heraus:
»Über die wichtigen kommunalen Themen führen wir ein Stichwortverzeichnis.«
»Danke«, sagte Feuer.
»Wollen Sie etwa über den Zuckerkonsum herfallen?«
Feuer und Laila blickten sich an, schwankten zwischen Wahrheit und Taktik.
»Was wäre, wenn wir das vorhätten?« fragte Feuer vorsichtig.
»Dann würde ich Ihnen die Ordner noch lieber heraussuchen. Ich finde nämlich, es ist eine Seuche mit dieser hemmungslosen Zukkerfresserei.«
»Sie sind ja sowas von nett«, strahlte Feuer.
»Klar«, murmelte die junge Frau, während sie ihnen ins Archiv vorausging. »Die Krücken werden sie auch nicht an den Empfang setzen.«
Sie wies die Fremden in den Gebrauch eines Aktenordners ein, wünschte ihnen viel Glück und ließ sie allein.
»Weißt du, woran dieser glatte Durchmarsch liegt?« fragte Laila.

»An deinem Charme wahrscheinlich.«

»Daran, daß ich immer so parke, daß sie einen Blick auf das Schild an der Autotür werfen können.«

Sie vertieften sich in die Unterlagen. Die Zuckerfabrik war mit einem Jahresumsatz von 400 Millionen der größte Arbeitgeber am Ort. Die Hälfte der Artikel beschäftigte sich mit Verkehrsunfällen zur Zeit der Rübenernte, wenn Traktoren mit Pkws oder dänischen Reisebussen zusammenstießen. Ab und zu rutschte ein Motorrad aus. Ein weiterer Schwerpunkt war die jährliche Hauptversammlung; und in jedem Sommer fuhr eine Anhänger-Ladung landwirtschaftlicher Experten über die Felder und begutachtete vor dem abendlichen Besäufnis den Stand von Getreide, Kartoffeln und Rüben.

»Bißchen dürftig«, murmelte Feuer. »Hast du was?«

»Ist ja nicht gerade eine Klitsche, die Fabrik. Die verarbeiten im Jahr locker 1,2 Millionen Tonnen Rüben. Und hier: Jeden Tag fahren 650 Fahrzeuge und 200 Bahnwaggons Rüben heran. Und wo die ihre Rüben herkriegen. Im Norden reicht das bis Ostholstein und Segeberg, im Westen bis Stade und Bremen und im Süden bis Goslar. Da steht die zweite Fabrik, die zur Aktiengesellschaft gehört: Wierthe, das liegt bei Braunschweig.«

»Dazu habe ich auch was«, sagte Feuer. »Es waren mal drei Fabriken. Salzgitter-Barum sendet nicht mehr. Stillgelegt. Da waren's nur noch zwei.«

»Hier habe ich die Sonderabgabe«, sagte Laila. »Da laufen sie Sturm gegen. Das ist eine Art Strafe dafür, daß zu viel Zucker auf dem Markt ist.«

»Haben wir denn auch einen Zuckerberg?«

»In Uelzen haben sie im letzten Jahr 12 Prozent ihres Umsatzes gleich wieder raustun müssen, um die Zucker-Überschüsse zu finanzieren. Produktionsabgabe, Tilgungsabgabe und Sondertilgungsabgabe. An der Sondertilgungsabgabe sind die Bauern zur Hälfte beteiligt. Macht mal eben sieben Millionen.«

»Ich wollte nie Bauer werden. Lokführer auch nicht. Hör zu, was sie alles auf der Pfanne haben in dieser Fabrik: Doppel-Raffinade, Raffinade, Kristallzucker, Gelierzucker, Melasse, Melasse-Schnitzel, urks, das erinnert mich an ...«

»Weiter.«

»Und Preßkalk, was immer das sein mag.«

»Das sind Stoffe, die bei der Produktion anfallen. Geht retour in die Viehverfütterung. Auch Melasse wird verfüttert.«

»Dann weißt du sicherlich auch, wieviel Zucker du aus einer Rübe herausholst, Frau Professor.«

»Sicher, Laie. Aus 100 Pfund Rüben werden 12 bis 15 Pfund Zucker. Vier Pfund kommen hinten als Melasse raus, und 45 Pfund sind die beliebten Naßschnitzel. Sonst noch Fragen?«

»Hör dir das an. Die geben in einem Jahr mal eben 12 Millionen De Em für Investitionen aus. Nur für diese Fabrik hier. Und für die zweite, die zu ihrem Stall gehört, noch mal 10 Millionen. Da muß ein kleiner Detektiv 25 Millionen Ehebrüche aufklären.«

Sie guckten in 90 Minuten drei Jahrzehnte Zuckerfabrik durch. Zwischendurch betrat ein hagerer Mann mit sagenhaft fettigen Haaren das Archiv. Er trieb sich erst im Hintergrund herum. Als er es nicht mehr aushielt, kam er an den Tisch:

»Alles klar soweit?«

»Firma dankt«, murmelte Feuer.

»Keine Hilfe nötig?«

»Firma dankt.«

»Ich meine, wenn Sie etwas ...«

»Ich habe eine Bitte«, sagte Laila, und der Einheimische freute sich. »Wo steht denn das Stichwort ›Schwerhörigkeit‹? Das müßten Sie doch wissen.«

Wenige Sekunden später waren sie allein.

»Guck mal an«, sagte Laila. »Konzentration allerorten. 1980 gab es im Lande 28 Hersteller mit 49 Zuckerfabriken. Die letzten Zahlen: 18 Hersteller mit 44 Fabriken.«

Die Zuckerfabrik war am Ort auf eine merkwürdige Weise nicht existent. Sie machte einfach keine Schlagzeilen. Es war Feuer, der beim Hinausgehen auf die Idee kam, noch nach dem Stichwort »Prozesse« oder »Justiz« oder »Kriminalfälle« zu suchen. Laila war schon auf dem Gang und irritierte durch ihre bloße Anwesenheit einen Boten, der aus dem Konzept geriet und sein Wägelchen an der Wand entlangkratzte, so daß es eine häßliche Schramme im Putz hinterließ.

»Wo bleibst du denn?« rief Laila.
»Herkommen!«
Laila kehrte ins Archiv zurück.
»Lesen!«
Danach brachen sie geschwind auf.

Feuer fuhr einmal falsch ab. Er wendete, stieß beinahe mit einem Rüben-Traktor zusammen und erreichte sein Ziel kurz nach 14 Uhr.
»Voila«, rief er und wies auf den alten Bahnhof.
»Wollen wir Zugfahren?« fragte Laila enttäuscht.
Fünf Minuten später hatte sie erstklassige Laune. Der stillgelegte Bahnhof galt seit Jahren als Geheimtip. Hier zu essen, bedeutete schiere, wohlschmeckende Unvernunft.
»Bitte sehr, die Herrschaften«, sagte die Inkarnation einer Hausfrau und stellte die Suppen-Terrine auf den Tisch.
»Wow«, sagte Laila, und Feuer übersetzte für die Einheimischen: »Es gefällt ihr.«
Die Frau lächelte gleichbleibend und warf einen Blick auf den Parkplatz.
Die Speisenfolge: Markklößchen-Suppe, Gänsekeulen bis zum Abwinken, Klöße, Rotkraut, ein unmotivierter Lachs, den aber in Mengen, danach erst eine Eis-Monströsität (pro Person sechs Kugeln) und zum Abschluß ein Stück Torte, wahlweise zwei.
»Schade, daß die Kollegen das nicht miterleben können«, sagte Laila mampfend. »Und wie willst du jetzt rauskriegen, wo dieser Herr B. aus deinem Zeitungsartikel wohnt?«
»Laß uns überlegen. Erstens: Die Zuckerfabrik kauft vor drei Jahren Land zu. Sie besitzt in Uelzen fast 50 Hektar. Sie zahlt gute Preise, und bis auf einen Besitzer stoßen alle bereitwillig ihre Quadratmeter ab.«
»Zweitens«, fuhr Laila fort, »Kfz-Mechaniker B., Inhaber einer kleinen Werkstatt, will nicht verkaufen und beschreitet das, was ihr in Deutschland den Rechtsweg nennt.«
»Drittens«, sagte Feuer etwas mühsam, weil ihm die Keule den Atem nahm, »Meister B. wird von der Fabrik scharf angegangen, lauter kompetente Diplomatenköfferchen-Träger vom Schlage un-

seres Referenten von vorhin. Sie behaupten dies und das, und B. kann das alles auf die Schnelle gar nicht nachprüfen. Isoliert von den Nachbarn, denen er mit seinem dreckigen Betrieb und dem ewig unaufgeräumten Hofgelände auf die Nerven geht, hat B. nicht mal eine Ehefrau. Er hat dafür einen Hund, Marke Boxer, der nachts zu bellen anfängt und erst wieder aufhört, wenn der Hahn kräht. B. kriegt Druck von allen Seiten: Nachbarn, Fabrik-Juristen, Gewerbeaufsicht. Und wer will wissen, von wem dieser und jener Stein geworfen wurde, der nächtens die letzten heilen Scheiben der Werkstatt plattmacht? Jedenfalls ...«

»... jedenfalls sucht sich B. als seinen Lieblings-Feind die Zuckerfabrik aus. Man erwischt ihn in der Zentrifuge beziehungsweise außerhalb der Zentrifuge, wo er mit knapper Not davon abgehalten werden kann, teure Zerstörungen anzurichten. Folge: eine Anzeige wegen Sachbeschädigung; B. verliert nun die Übersicht, greift Polizeibeamte an, hetzt seinen Hund auf ein Nachbarskind, ein Wachmann der Zuckerfabrik kommt dazu, erschießt den Hund, und das wars dann: B., wie ihn die Zeitung so diskret nennt, schwört der Zuckerfabrik Rache und zwar blutige.«

Die Hausfrau servierte das Eis, und Laila sagte: »Jetzt müssen wir nur noch herauskriegen, wo dieser B. heute lebt. Dazu wäre es wichtig zu wissen, wie er heißt.«

Feuer stand auf und ließ sich von der Hausfrau das Telefon zeigen. Nach zweimaligem Weiterverbinden hatte er Boguhn am Apparat.

»Feuer hier. Ich will mal nicht so sein und dir einen Tip gegen.«

»Du hast sie ja nicht mehr alle.«

»Jedenfalls habe ich den Mörder. Er heißt Gottfried Buchholz und ist der Kfz-Meister, der seinerzeit mit der Zuckerfa...«

»Erstmal heißt er nicht Gottfried Buchholz, sondern Markus Buhr, und zweitens ...«

Feuer legte auf, ging zu Laila zurück und sagte:

»Er heißt Markus Buhr.«

Die Suche nach einem Hotel verlief komplikationslos. Es kamen nur zwei in Frage, und Laila wollte in das mit mehr Fachwerk an den Außenwänden.

Auf dem Zimmer probierte Feuer erst die Matratze aus, dann telefonierte er mit der Agentur.

»Wo steckst du?« blaffte Tita. Im Hintergrund knallte etwas. Da wußte Feuer, daß sie nebenbei wieder Tauben jagte.

»Weint da irgendwer?« fragte er.

»Ilona hat sich in ihren Oberschüler verknallt und natürlich in den, der in der Hehlerei am dicksten drinhängt.«

»Wird doch aber schon besser«, sagte Feuer. Als sich Ilona das letzte Mal verliebt hatte, war es ein Zuhälter der Schwergewichtsklasse gewesen. Während sie den Lumpen bekehren wollte, hatte er schon ihre Wohnung in der Bild-Zeitung als Callgirl-Standort inseriert. Ilona hatte drei Wochen gebraucht, bis sie spitz kriegte, was werktäglich zwischen 9 und 17 Uhr auf ihrer Schlaraffia-Matratze passierte.

»Hier hat einer vom Schlachthof angerufen«, rief Tita. »Vielleicht erinnerst du dich ja noch an eine deiner Dienstpflich ...«

»Ich rufe aus Uelzen an. Niedersachsen. Der Zucker-Fall schlägt Blasen.«

»Letzte Nacht ist die Wohnung von ...«

»Weiß ich doch längst. Hier ist heute morgen ein Mord passiert. Vor unseren Augen, beinahe jedenfalls. In der Zuckerfabrik. Was sagst du nun?«

»Ich bin baff.«

»Siehst du. Und darum will ich ...«

»Ich bin baff vor Ärger. Wie kommst du auf die Idee, daß die ganze Welt auf einmal um Zucker kreist?«

»Ich werde es herausfinden, Tita.«

»Feuer, ob unser Auftraggeber diese Extratour ...«

»Ich brauche 24 Stunden. 36 wären besser. Ich muß herausfinden, ob hier eine große Sache läuft.«

»Glaubst du im Ernst, daß diese Schrankumschmeißer bei uns und dein Todesfall da unten etwas miteinander zu tun haben?«

»Man hat schon Pferde kotzen sehen.«

»Ich nicht. Ich habe bisher nur Brechbühl kotzen sehen. Schlimmer kanns bei Pferden allerdings auch nicht sein.«

»Ich melde mich wieder, Tita. Ich muß jetzt eilig ...«

»Und was soll ich dem Schlachthof-Menschen sagen?«

»Hast du einen Kollegen frei?«

»Selbstverständlich nicht.«

»Auch nicht für mich zur Unterstützung?«

»Hallo! Hallo! Feuer, da sitzt einer in der Leitung. Der erzählt ungeheuer dummes Zeug. Feuer, kannst du mich hö ...?«

»Na, was hat sie gesagt?« fragte Laila, während sie die Bluse auszog.

»Alles roger.«

»Komm her, Sahnemann.« Laila setzte sich aufs Bett und zog die Schuhe aus. »Ich liebe dich jetzt einmal durch. Danach gehst du viel lockerer.«

»Danach gehe ich auf allen Vieren«, flüsterte Feuer und warf beim Versuch, sich zügig zu entkleiden, mit dem Stiefel eine Nachttischlampe um.

»Mmh, das schmeckt, was?« schnurrte Laila und überzog Feuers Gesicht mit nassen Küssen.

Zwei-, dreimal spitzte Feuer die Lippen, weil er dachte, daß es nun zu einem herkömmlichen Kuß kommen müsse. Aber Laila entwikkelte eine Vorliebe für seine Halsbeuge, und er merkte viel zu spät, was sie vorhatte.

Mit einem entsetzten »Nein!« sprang Feuer aus dem Bett, eilte ins Badezimmer und sagte dort mutlos und leise: »Doch.«

Er kehrte zum Bett zurück, wo sich Laila soeben der Hose entledigte. »Nur Kinder haben Knutschflecke«, sagte er matt.

»Kinder und du«, lachte Laila und betrachtete gutgelaunt das Riesenmal, das sie Feuer am Hals verpaßt hatte. Es war nicht eigentlich ein Fleck, es war eine Landschaft.

60 Sekunden später lag er unter Laila begraben, die Mund, Hände und Füße einsetzte und Feuer so das Gefühl vermittelte, mit drei Frauen gleichzeitig im Bett zu liegen. Laila machte es heute vergleichsweise dezent. Dennoch stöhnte Feuer hinterher:

»Irgendwas an dem, was du tust und wie du es tust, ist einfach männerfeindlich.«

»Wie kommst du darauf, mein kleiner Kandis?« maunzte Laila und war schon wieder dabei, sich auf dem Rücken zu kratzen.

»Du bist so wenig rücksichtsvoll. Du holst dir, was du brauchst, und ich habe Angst, daß du mir was abbeißt.«

»Solange du parierst, wird nicht gebissen«, sagte Laila. »Benimm dich also dementsprechend.«
Sie sprang aus dem Bett, probierte den Fernsehapparat und sagte muffig:
»Kein Hummel TV.«

»Herr Schierwater ...«
»Ich sage nichts«, sagte der persönliche Referent und legte beide Handflächen auf die Tischplatte. »Die Ermittlungen der Polizei laufen, wir werden zu gegebener Zeit eine offizielle Erklärung an die Medien geben.«
»Das haben Sie schön gesagt«, lobte Feuer. Dann beerdigte er seine Tonmann-Legende und wies sich dem Referenten gegenüber als Detektiv aus. Er schilderte die bisherigen Zerstörungsaktionen in Hamburg, und keine fünf Minuten später saß Direktor Lippe in der Runde, den der schockierte Referent telefonisch alarmiert hatte.
»Ist ja ein Ding«, sagte der nicht mehr taufrische, dafür doppelt so drahtige Lippe ein ums andere Mal. »Der Kreis schließt sich. Wir erleben eine historische Situation. Der Feind rückt vor. Wer jetzt noch die Gefahr leugnet, muß als Gegner gelten.«
Direktor Lippe war immer lauter geworden, am Ende stand er und reckte mahnend einen Arm. Dann ließ er sich in den Sessel zurückfallen und sagte: »Scheiße.« Er blickte Laila an und fügte hinzu: »Pardon.«
»Bewiesen ist natürlich noch nichts«, sagte Feuer.
»Bewiesen«, wiederholte Lippe höhnisch. »Wenn einer jahrelang den Speichel im Mund ansammelt, und auf einmal habe ich Spucke im Gesicht, dann muß ich nicht gesehen haben, wie er gespuckt hat.«
»Markus Buhr«, sagte Feuer.
»Eben«, murmelte der Direktor. »Der war wenigstens gerade heraus. Hat gekämpft wie ein Mann. Aber diese gesamtgesellschaftliche Gemengelage ...«
»Spielen Sie auf die Konkurrenz durch Süßstoffe an?« fragte Laila.
Lippe verzog gequält das Gesicht. »Wenn man hier ein Büro be-

tritt, kann es passieren, daß so eine Flasche mit dem Zeug neben der Kaffeemaschine steht. Das gibt mir jedesmal einen Stich ins Herz. Blicken Sie nach Österreich. Die hatten schon vor einem Jahr nur noch zwei Unternehmen. Und was tun sie? Sie fusionieren und machen von fünf Zuckerfabriken im Land zwei dicht.«

»Ferruzzi«, sagte der Referent.

»Ferruzzi«, wiederholte Lippe mühsam. »Das ist das Endstadium. Das ist das Monopol. Italien gehört denen, Frankreich gehört denen, England hätten sie um ein Haar übernommen. Und bei unseren Kollegen klopfen sie an die Tür.«

»Poch«, sagte der Referent und ließ den Kopf hängen.

»Sie haben's auch nicht leicht, was?« murmelte Feuer, den Niedergeschlagenheit von anderen selbst verzagt zu machen pflegte.

»Wenn sie uns wenigstens liebhaben würden«, sagte Lippe. »Aber nein, wir sollen schuld sein, daß die niedlichen kleinen Schulanfänger Löcher in den Zähnen haben.«

»Es gibt Untersuchungen ...« meldete sich Laila.

»Ach was«, sagte Lippe und winkte ab, »Untersuchungen. Nennen Sie mir den Auftraggeber und ich sage Ihnen, was dabei herauskommt. Wir haben doch selbst mehr als ein Institut dazu gebracht, nicht direkt konträr zu unseren Interessen zu forschen.«

»Haben Sie schon die neue Analyse von Prudential Bache Securities auf den Tisch gekriegt?« rief der Referent.

»Waren Sie das, der seinen Salatteller auf den Bericht gestellt hat?« rief Lippe böse. »Ich habe nicht weniger als vier Weißkohl ...«. Er brach ab und sagte verdrießlich: »In unserer Kantine können Sie seit neuestem Vollwertkost essen.«

»Toll«, sagte Laila spontan, und Lippe blickte sie länger an, als es für eine vorurteilsfreie Atmosphäre im Raum gut war.

»Ich esse gern Zucker«, rief Schierwater.

»Sie!« erwiderte Lippe höhnisch. »Sie reden immer nur.«

»Das muß ich mir nicht nachsagen lassen«, sagte Schierwater. Schon hatte er den Deckel der Zuckerdose geöffnet und hielt einen Teelöffel Zucker vor den Mund. Er schob sich den Löffel rein, schluckte und blickte triumphierend um sich.

»Warum kommt man eigentlich so leicht bei Ihnen rein?« fragte Feuer eine halbe Stunde später und blickte sich im Labor um.
»Wir haben nichts zu verbergen«, lachte Dr. Niels Basedow, ein schmächtiger, dunkler Typ, der selbst frisch rasiert etwas stoppelig wirkte und zu gleichen Teilen Verbindlichkeit und Nervosität ausströmte. »Wir sitzen hier ja im quasi offiziellen Teil des Labors«, fügte er hinzu. »Was Sie hier sehen, dient alles der täglichen Arbeit. Qualitätskontrollen im Prozeß der Zuckerproduktion. Geforscht wird natürlich hinter verschlossenen Türen.«
Basedow schmunzelte und rauchte Kette. Und er bot Kekse an, was Feuer viel zu selten widerfuhr.
»Schmecken sie Ihnen?« fragte Basedow.
Feuer nickte. Basedow machte einen Strich in einer Tabelle und schob eine Tüte über den Tisch: »Gehören Ihnen. Die ißt hier kein Mensch mehr. Tote Entwicklungs-Linie. Abfallprodukt einer Naßschnitzel-Melasse-Faulhefe-Konvulsion.«
Feuer fühlte sich gar nicht mehr gut:
»Herr Dr. Basedow, kann der Tod von Dr. Eißfeldt mit seiner Arbeit zu tun haben? Was forschen Sie hier denn so?«
»Das möchten Sie gerne wissen, was?« Basedow setzte die Espressomaschine in Gang.
»Ich darf Ihnen vorweg sagen, daß wir alle über den tragischen Tod unseres Kollegen tief betroffen sind. Suchen Sie aber bei mir jetzt bitte nicht nach Spuren von Trauer. Das kommt später. Nun zu Ihrer Frage: Es gibt zu viel Zucker auf der Welt.«
»Das ist wie mit dem Unrecht.«
»Zucker wird schlechter bezahlt. Der Prokopf-Verbrauch an Zukker steigt seit 20 Jahren nicht mehr. Dazu – Sie wissen das – ist uns die Stimmung im Lande derzeit nicht günstig. Das Gesundheitsbewußtsein wirft vieles in einen Topf. Wir machen uns Gedanken, was man mit Zucker sonst noch anstellen kann.«
»Ich kenne nur die Geschichte mit dem Benzin.«
»Bioethanol, richtig. Aber das können Sie vergessen. Das ist nichts weiter als eine aufgeblasene Kampagne der Bauern-Funktionäre. Was das an Subventionen fressen würde! Das hätte Airbus- oder Kohle-Niveau. Damit ärgern sich ein paar Pilot-Anlagen herum.

Wir spielen mit dem Zucker als solchem herum. Wissen Sie Bescheid über die Möglichkeiten, Zucker in der Industrie einzusetzen? Sagt Ihnen das Stichwort ›Abbindeverzögerer für Beton‹ etwas?«

Feuer schüttelte den Kopf.

»Mich interessiert, ob Ihre Forschungen so brisant gewesen sind, daß sie Eißfeldts Tod erklären können.«

Basedow rückte auf seinem Stuhl herum: »Eißfeldt hatte bis vor einem knappen Jahr über Rizomania geforscht.«

»Können Zuckerrüben geisteskrank werden?«

Basedow lachte unlustig. »Das ist eine Viruskrankheit, auch bekannt als Wurzelbärtigkeit. Unser Zweig für Saatzucht.«

»Genforschung?«

»Was sonst? Die Natur ist auf manchen Feldern so schrecklich amateurhaft. Wir greifen ihr unter die Arme. Resistenz gegen Unkrautbekämpfungsmittel ist noch keine Sünde an sich.«

»Und als was würden Sie Unkrautbekämpfungsmittel bezeichnen?«

Basedow lächelte, bot Schnaps und Espresso an und trank, als Feuer den Schnaps ablehnte, selbst auch keinen.

»Gut«, sagte Basedow dann, »seit einem Jahr kümmerte sich Eißfeldt um das Segment ›Hardcore‹.«

»Bitte was?«

»Das ist Abteilungs-Humor. Hardcore nennen wir intern die Vollwertkost. Wie ich schon sagte: Es gibt zu viel Zucker. Also müßten die Verbraucher entweder mehr Zucker essen, was sie nicht tun werden. Oder wir müssen den Zucker in eine andere Natur verwandeln. Zucker, der so schwer zu kauen wäre wie beispielsweise ein Müslibrötchen, brächte schon eine andere Melodie ins Spiel. Oder denken Sie an den Fruchtzucker in unseren Obstsorten. Die bringen ihre Süße ja von Natur aus mit. Wenn es uns gelingen würde, die Bildung von Fruchtzucker während des Wachstumsprozesses der Äpfelchen und Birnchen zu unterdrücken, würden morgen Millionen Endverbraucher nach dem guten, alten Rübenzucker schreien.«

Feuer starrte den Forscher an, der sich eine neue Zigarette ansteckte. »Zuckergeschmack«, sagte Basedow und hielt ihm die

Zigarette entgegen.»Wir haben's einfach mal ausprobiert. Wenn wir noch den Belag auf den Zähnen wegbekommen, wäre es direkt eine probeweise Einführung wert. Natürlich haben wir Vitamin C zugesetzt. Und E. Kommen Sie mit.«
Sie durchquerten den Bürotrakt und betraten das erste Labor. Die meisten Forscher hatten wohl schon Feierabend gemacht. Sie erreichten einen Aufzug, in dem Basedow den obersten Knopf drückte. Neben den Knöpfen standen keine Zahlen oder Wörter. Während der Liftfahrt rauchte Basedow hastig und zerdrückte das halbe Stäbchen im Aschenbecher. Der Lift hielt, sie durchquerten eine Art Schleuse und standen in einem Gewächshaus.
»Das Reich von Eißfeldt«, sagte Basedow.
»Echte Apfelsinen«, sagte Feuer erstaunt. »Und dort sogar Bananen. Das ist mein Lieblingsobst.«
»Tun Sie sich keinen Zwang an.«
Feuer brach eine Banane von der Staude. Die Frucht war kaum 10 Zentimeter lang und sah etwas häßlich aus. Unter den gespannten Augen von Basedow schälte Feuer die Banane und biß hinein.
»Na?« fragte Basedow erwartungsfroh.
»Ich weiß nicht«, sagte Feuer. »Da fehlt was. Es schmeckt so ... so wenig süß.«
»Das ist die Erinnerung, die Ihnen einen Streich spielt«, sagte Basedow zufrieden. »In Wirklichkeit enthält die Banane 0,06 Prozent natürlichen Fruchtzucker. Das heißt im Klartext: Diese Banane ist nicht süß. Was Sie schmecken, ist der Geschmack einer Banane minus Zucker.«
»Furchtbar«, sagte Feuer.
»Sie können nehmen, was Sie wollen. Ohne Zucker schmeckt alles wie eingeschlafene Füße.«
»Aber Banane schmeckt wie Banane und Kiwi wie Kiwi.«
»Aromastoffe«, erwiderte Basedow geringschätzig. »Kann man isolieren, entfernen, hinzufügen, mischen. Theoretisch ist es möglich, eine Multivitamin-Frucht herzustellen. Wir sind uns nur noch nicht einig, wie das Ding aussehen soll. Bei uns gibt es eine Kugel-Fraktion und eine, entschuldigen Sie, Pimmel-Fraktion, also die Bananen- und Spargelanhänger.«
Basedow pflückte eine Banane und hielt, bevor er zubiß, einen

Zuckerstreuer über die Frucht. Danach griff er zu einem kleinen Tiegel, streute ein Löffelchen Puder über die Banane und sagte kauend:
»Banane mit Rübenzucker und Birnen-Aroma. Müssen Sie mal probieren. Da fliegt Ihnen der Kopf weg.«
»Erzählen Sie mir mehr über Dr. Eißfeldt.«
»Studierter Bio-Chemiker, Ausbildung in den USA und Südafrika. Ursprünglich bei Nattermann, danach bei Schering. Dann wurde die Abteilung hier aufgestockt, dann kam er zu uns. Verheiratet, Männer wie Eißfeldt müssen verheiratet sein. Eine Tochter, die leider … da fällt mir ein, Eißfeldt hat ein paar Monate einen Lehrauftrag in der DDR gehabt. Biochemische Grundlagen in Ost-Berlin und vorher, soweit ich weiß, in Leipzig. Er wohnt jetzt in …«
»Feinde«, sagte Feuer. »Ich brauche Feinde, Motive, schwarze Punkte. Das hört sich bisher alles etwas dröge an.«
»Eißfeldt war kein Vereinsmeier. Seine Arbeit war sein …«
»Und seine Frau? War die ein flotter Feger? Hatte es Eißfeldt mit Frauen? Oder Männern? Ich bin für alles dankbar.«
»Flotter Feger ist nicht ganz falsch«, sagte Basedow. »Ein temperamentvolles Weib, manchmal zu … aber Johannes ist eine treue Seele gewesen, da würde ich größere Beträge drauf wetten.«

Feuer betrat das Hotelzimmer – und sah nichts mehr.
»Huhu«, machte Laila mit verstellter Stimme, seufzend ließ Feuer die unsittliche Berührung über sich ergehen.
»Daß du dich nicht schämst«, murmelte er.
»Beweg dich lieber«, ordnete Laila an, und Feuer bewegte sich. Seinen heiß ersehnten Heidschnuckenbraten sah er keine Minute vor 21 Uhr. Dabei erzählte Laila von Markus Buhr. Kein Telefonbuch wies ihn aus. Kein alter Nachbar wußte, wo er abgeblieben war. Allerdings gab es kaum noch Nachbarn, die Zuckerfabrik vergrößerte sich ständig.
»Jetzt stehen wir dumm da«, sagte Feuer kauend.
Die Aufregungen des Tages und das schwere Essen taten ihre Wirkung: Laila und Feuer wurden sagenhaft schlapp. Händchenhaltend und schweigend saßen sie im Hotel-Restaurant.

Feuer ließ sich eine Zigarre kommen. Kaum hüllten ihn die Rauchwolken ein, wurde er melancholisch, erzählte von Kindheit, Jugend, erster Liebe, zweiter Liebe, Schulzeit, Spielen auf dem Hof mit seinen vielen Verstecken, Schlittenfahren auf der Todesbahn, dem legendären Kippel-Kappel ...

»Ja, was ist denn?«
»Guten Morgen, Honey«, trompetete Tita durchs Telefon. »Viel Ficki Ficki letzte Nacht?«
»Arbeitsunfähig.«
»Untersteh dich. Wir beklagen die Vandalentat Numero 4. Diesmal traf es einen Herrn Trecker, seines Zeichens Gottesmann.«
»Er hat mir kürzlich begründet, warum es ihn unmöglich treffen kann.«
»Sie haben ihm sein Wohnzimmer zerkloppt. Würdest du bitte in Windeseile zurückkommen? Unsere Auftraggeber sind etwas mehlig im Gesicht.«
»Ist etwas passiert?« jieperte Laila.
Feuer wandte sich vom Anblick dieser taufrischen Frau ab. Er schlich ins Badezimmer, um seinen Mundgeruch zu exekutieren. Die Haare am Hinterkopf hatten sich grotesk verlegen, und der Knutschfleck lachte ihn an.
Er hätte lieber im Bett gegessen, aber Laila haßte Krümel auf dem Laken. »Ich muß nach Hamburg zurück. Fährst du mich?«
»Ich fahre dich wohin du willst«, sagte Laila.
Feuer grunzte zufrieden.
»Nur heute nicht.«
Feuer blickte gequält auf.
»Hast dein Frauchen nicht im Griff«, sagte Laila leichthin.
Während sie über die Corn Flakes herfiel, gönnte sich Feuer einen langen Blick auf seine Geliebte. ›Die schaff ich auch noch‹, sprach er sich inwendig Mut zu.
»Wir wissen nichts«, quetschte Laila an den Corn Flakes vorbei. Sie hatte aus der Hotelküche die Familienpackung geholt, und Feuer spürte, daß sie beide der Mittelpunkt des Frühstückssaales waren. »Wir wissen nicht, wo die Gattin von Eißfeldt steckt. Wir wissen nicht, wo dieser einsame Kämpfer Buhr wohnt. Und ob das

alles stimmt, was dir dieser Labormensch über Eißfeldt erzählt hat ...«

»Ich spüre, wenn jemand lügt«, behauptete Feuer.

»Spürst du nicht«, sagte Laila, und Feuer dachte über diese Bemerkung noch lange nach. Er ging zum Tischchen, auf dem die örtliche Tageszeitung neben überregionaler Presse lag. Er schlug das Blatt auf, und prompt geschah, was ihm auch in Hamburg ständig widerfuhr: Ein halbes Pfund beigelegte Werbung stürzte zu Boden. Feuer wollte sie genervt zur Seite legen und erstarrte.

> »Dies war der erste Streich! Gestern starb der Zucker-Wissenschaftler Eißfeldt. Er war Teil des weltweiten Todes-Kartells, das unsere Gesundheit zerstört, indem es krankmachende Produkte vertreibt. Übergewicht ist eine Krankheit! Jedes dritte deutsche Kind ist zu dick! 98 Prozent aller Menschen leiden an Karies. Nicht nur Zucker ist süß, auch die Rache! Steigen Sie aus der Zucker-Diktatur aus!
> Aktionsgruppe ›Bitterer Zucker‹«

»Wahnsinn«, rief Laila und schnappte Feuer das Flugblatt weg. Sie stürmte aus dem Saal, Feuer ließ sich das Telefon zeigen, suchte die Nummer der Zeitung heraus. Drei Versuche, dreimal besetzt.

Auf dem Weg zum Zimmer kam ihm Laila entgegen. Sie trug die Brille, die er am meisten mochte. Und sie hatte dieses Professionelle in der Pupille, gegen das Feuer keine Chance hatte.

Er lief ihr hinterher, packte sie hart um die Taille, drückte sie an sich und flüsterte:

»Jetzt!«

»Bilde dir keine Schwachheiten ein!« rief sie. »Ich bin in der Zukkerfabrik.«

Feuer rief die Rezeption an, erwischte eine Putzfrau und fragte nach dem nächsten Taxi-Stand. Die Frau hatte noch nie einen in der Stadt gesehen. Feuer rannte nach unten und bequatschte eine elegante weibliche Erscheinung. Zwei Minuten später rangierte er ihr winziges englisches Auto aus der Parklücke. Das Gefühl, praktisch auf der Straße zu sitzen, wurde er bis zum Ziel nicht los.

Im Redaktionsgebäude stieß er auf die Empfangsfrau von gestern. Sie war verweint. Feuer marschierte hinter den Tresen, tupfte mit dem Taschentuch ihre Augenwinkel ab und lächelte ermutigend.

»Sie haben Karl gekündigt«, flüsterte sie. »Sie tagen seit einer Stunde, und der Besitzer hat angerufen und gesagt, daß jetzt Schluß ist mit der Laxheit.«

»Wer ist Karl?« fragte Feuer behutsam.

»Na, der Vertriebschef.« Sie schluckte.

»Haben Sie was mit Karl am Laufen?«

Sie nickte und zerdrückte ein Geschirrhandtuch, mit dem sie abwesend über die Schreibtisch-Platte und über ihr Gesicht fuhr.

»Alles wegen des Flugblatts?« fragte Feuer.

»Dabei hat es gar nicht in allen Zeitungen dringelegen. Sie versuchen, herauszufinden, in welchen. Karl soll das machen. Dabei haben sie ihn doch schon ...«

Das Telefon klingelte, sie hob ab und blickte Feuer deprimiert an. Er nahm den Hörer.

»Saupack elendes! Ich kündige mein Abo! Seit 35 Jahren lesen wir in der Familie die Zeitung. Aber nun ist Schluß! Sagen Sie das Ihrem Chef! Auf Wiederhörn!«

»Wir können doch nichts dafür«, schluchzte die Empfangsfrau.

»Wird sich alles finden«, erwiderte Feuer.

Zuerst landete er in einem Büro mit lauter Frauen an Bildschirmgeräten. Dann entdeckte er das Schild »Sitzungssaal«. Dahinter brüllte eine Männerstimme. Feuer suchte das Vorzimmer des Chefredakteurs. Die Dame dort hing ziemlich in den Seilen.

»Alles wegen des Flugblatts?« fragte Feuer.

Sie nickte fahrig. »Bis jetzt 122 Anrufe, und fast alle wollen ihr Abo kündigen.« Es klingelte, sie hob ab:

»Oh, Herr Boguhn. – Nein, noch in der Sitzung. – Ja, wird er, klar. – Was? Entsetzlich! Mein Beileid, ich meine danke, er wird sich melden.«

Sie legte auf und sagte: »Es war Mord.«

»Was war Mord?«

»Dr. Eißfeldt ist ermordet worden.« Sie sah Feuer durchdringend an. »Wer sind Sie eigentlich? Was schleichen Sie ...?«

Durch die zweite Tür stürmte eine vertrauenerweckende männliche Erscheinung herein.

»Sind Sie der Chefredakteur?« rief Feuer dem ins Nachbarbüro weiterstürmenden Mann nach. Der zuckte zusammen:

»Ja?«
Es klang wie: »Kann sein, kann auch nicht sein.«
»Mein Name ist Feuer«, der Chefredakteur drehte ab. »Halt!« rief Feuer, »ich bin wegen des Flugblattes hier. Die Zuckerfabrik ...«
»Was hat die denn damit zu tun?« fragte der Chefredakteur. »Das Blatt lag nicht in ihren Zuckertüten, sondern in unserer Zeitung.«
»Wie konnte das passieren?«
»Wir suchen nach der undichten Stelle.«
»Ich denke, der Vertriebschef ...«
»Das war eine spontane Entscheidung. Das wird spontan zurückgenommen, wenn sich herausstellen sollte ...«
»Welchen Zeitungen lagen die Flugblätter bei?«
»Wir numerieren unsere Exemplare nicht.«
»Es war nicht die gesamte Auflage?«
»Wenn wir die Anrufe hochrechnen, dann ist es die Stadt. Die Dörfer nicht. Das könnte ein Hinweis sein.«
»Wieso?«
»Weil die Auslieferung in die Stadt später beginnt. Man hat also länger Zeit, diesem Teil der Auflage etwas unterzumischen.«
»Liegen die Stapel unbeaufsichtigt herum?«
»Wer es darauf anlegt ...« knurrte der Chefredakteur.
Die Chefsekretärin schnaubte durch die Nase und sagte:
»Kommissar Boguhn hat angerufen. Herr Eißfeldt, diese Leiche aus der Zuckerfabrik, ist ermordet worden.«
»Ich würde an Ihrer Stelle meine besten Reporter an den Fall setzen,« sagte Feuer.
»So, würden Sie. Und morgen früh rufen 122 Feuerwehr-Leute an, weil keiner von uns auf ihren Versammlungen war, wo sie den Brandstifter des Jahres wählen.«
Der Chefredakteur lachte grimmig. »In der Schnitzelmaschine. Das ist ja Großstadt-Niveau. Wir holen auf.«

Das Polizeirevier stand noch dort, wo Feuer es zum letzten Mal betreten hatte. Im Alter von 17 hatte er seinen ersten Deal mit der Reisegepäckversicherung gelandet: eine Taucherausrüstung und

eine Minolta Spiegelreflex. Von dem Geld hatte er sich seine erste Spiegelreflexkamera gekauft.
»Wo finde ich Kommissar Boguhn?«
»Sie meinen sicher Oberkommissar Boguhn?«
»Nein, ich meine Kommissar Boguhn.«
»Haben wir hier nicht.«
»Dann möchte ich zu Oberkommissar Boguhn.«
»Meinen Sie den Boguhn, der es schon längst verdient hätte, Hauptkommissar zu sein?«
»Hauptkommissar? Kriminaldirektor müßte der ...«
»Sie können ihn reinlassen«, sagte Boguhn aus dem Hintergrund und bedeutete Feuer, mitzukommen.
Der junge Wachtmeister am Informations-Schalter erzählte diese kleine Begebenheit sofort seiner Verlobten, die auf dem Katasteramt arbeitete.
»Schick hast du's hier«, sagte Feuer. »War gelb-braun nicht schon früher deine Lieblingsfarbe?«
»Heikes«, sagte Boguhn hohl und ließ sich auf seinen Stuhl fallen.
»Wie ist Eißfeldt ums Leben gekommen?«
»Ich sage nichts.«
»Todeszeitpunkt?«
»Den weiß der liebe Gott allein. Der Arzt sagt, zwischen Mitternacht und zwei Uhr, was bedeutet, daß Eißfeldt im Vorratsbunker gelegen haben muß, von wo aus er in die Messer gerutscht ist, die dann ihr grausiges Werk ...«
»Klar doch, Henning. Wie gelangt man in diesen Bunker?«
»Es gibt da eine sogenannte Tür, die ...«
»Also eine interne Veranstaltung. Zuckerfabrikler gegen Zuckerfabrikler?«
»Einer, der den Weg kennt, würde reichen. Wir haben zur Zeit Kampagne. Da läuft der Betrieb 24 Stunden am Tag. Es sind ständig Menschen unterwegs.«
»Hast du sie befragt, ob sie Eißfeldt gesehen haben?«
»Sie haben nicht.«
Feuer überlegte, und Boguhn feixte. »Ich rede überhaupt nur deshalb mit dir, damit du merkst, daß Leute wie du früher aufstehen müssen, bevor sie uns Fachleuten was vormachen können.«

Feuer erzählte von den Geschehnissen in Hamburg, Boguhn stellte vernünftige Zwischenfragen, stänkerte nicht – und so kam es, daß am Ende von Feuers Schilderung eine annähernd sachdienliche Atmosphäre zwischen den beiden Jugendfeinden herrschte. Sie schauten sich verlegen an, und Feuer fragte:
»Wo steckt Frau Eißfeldt?«
»Jedenfalls nicht im Bunker. Den haben wir im Laufe der Nacht leeren lassen, auch wenn die Zuckermenschen Zeter und Mordio geschrien haben.«
»Keine Spur gefunden?«
»Eine Aktentasche mit Thermosflasche rot sowie eine Plastiktüte von Spar, Inhalt: vier Pornohefte mit herausgerissenen Seiten. Lagen ziemlich unten, also kein Bezug zu Eißfeldt.«
»Vielleicht hat er mal als Porno-Darsteller gearbeitet.«
»Wäre einen Versuch wert«, sagte Boguhn, griff in den Schreibtisch und förderte vier Pornohefte zutage. Die Männer unterzogen jedes Bild einer peniblen Kontrolle, woran Feuer nach einem Blick auf mehrere Fotografien des lebendigen Eißfeldt sinnvoll mitwirken konnte. Danach waren beide etwas außer Atem. »Na, Henning, ein paar Jährchen eher diese Hefte, und Heike wäre dir nicht stiftengegangen.«
»Dieser Fall ist für mich geklärt.«
»Mit wem lebt sie denn jetzt zusammen?«
»Mit einem Ausländer.«
»Türke? Afghane? Schwede? Oder gar, oder gar ... ein Schwarzer?«
»Ein Österreicher.«
Feuer wechselte das Thema: »Hatte Eißfeldt Kontakte zu Hamburg?«
»Wir wissen noch zuwenig über ihn. Wir müssen seine Frau finden.«
»Wart ihr im Haus?«
»Natürlich waren wir im Haus. So oft dürfen wir nicht rein in Häuser. Da sind wir immer besonders fix.«
»Na und? Tagebücher? Fotos? Berufliche Unterlagen? Wandtresor? Flecken auf dem Laken?«
»Kein Fernseher, das muß man sich mal vorstellen. Haben sich

wahrscheinlich abends immer unterhalten, die beiden. Dann wären Heike und ich schon zehn Jahre frü ...«

»Henning!«

»Hat wohl viel geschrieben, der Eißfeldt. Aufsätze, meine ich. Für Fachzeitschriften. Und einen Vertrag haben wir gefunden, den er mit einem Buchverlag abgeschlossen hat. Namen habe ich vergessen, war aber nicht Bertelsmann. Sollte ein Buch über die Geschichte des Zuckers schreiben. Von der Steinzeit bis heute. Wußtest du, daß 1573 in Augsburg die erste Zuckerfabrik stand?«

Feuer erhob sich, zählte die Fahndungsplakate an den Wänden durch und kam auf 24. »Sag mal«, fragte er dann, »wer wird eigentlich Nachfolger von Eißfeldt?«

»Wieso? Er war doch nicht Chef oder sowas.«

Feuer hatte schon den Türdrücker in der Hand, als Boguhn auftrumpfte:

»Wegen dem Flugblatt haben wir natürlich schon einen verhaftet.«

Feuer ließ den Drücker los.

»Ach nee.«

»Nennt sich Hussein Lilien-Stratos. Betreibt ein sogenanntes esoterisches Zentrum in einem Dorf östlich von hier. Da geben die Kühe saure Milch, wenn der anfängt zu predigen. Sie haben es im Guten versucht, die Nachbarn, und im Schlechten auch. Wir als Polizei konnten gar nicht so schnell weggucken, wie die wieder eine neue Schikane erfunden haben. Soll mir noch mal einer erzählen, daß die Leute auf dem Land keine Phantasie haben. Dieser Hussein predigt frische Luft und gesundes Essen. Na, im Kittchen gibts keine Diätkost. Jedenfalls nicht für Hussein.«

»Mit einem Wort: Der Bursche ist vollkommen harmlos.«

»Das ist ein Bandit. Wir haben Sprengstoff in der Küche gefunden.«

»Hättet ihr ihm den nicht an einem intelligenteren Ort unterjubeln können?«

»Du glaubst doch nicht im Ernst ... pfui, das macht mich menschlich betroffen.« Boguhn blickte aus dem Fenster und sagte, ohne sich umzudrehen: »Ich war fürs Schlafzimmer. Aber da wollten die Kollegen nicht rein, weil sie Angst hatten, daß sie sich Aids ...«

»Henning!«
»Um ehrlich zu sein: Es war so, daß Hussein behauptet hat, er hat eine Giftschlange, die er frei im Schlafzimmer herumlaufen läßt.«

Feuer gab der charmanten Frau ihr Mini-Auto zurück.
»Ich helfe immer gern«, behauptete sie. »Kann ich Ihnen sonstwie helfen? Sind Sie gut versorgt? Auf allen Gebieten?«
»Überversorgt«, wehrte Feuer vehement ab.
Reifen schrubbten über den Kies des Hotel-Parkplatzes. Laila flankte aus dem Wagen, rannte Feuer am Empfang in die Arme.
»Ich habe die Bilder schon fast alle im Kasten«, rief sie. »Nur du fehlst mir noch.«
Eine Welle von Eitelkeit überflutete Feuer. Seit er keine Stutzen mehr an den Waden hatte, war er nie mehr im Fernsehen aufgetreten.
Er überprüfte unverzüglich im Badezimmerspiegel den Abklingprozeß des Knutschflecks. Keineswegs wollte Feuer mit einem Halstuch im Fernsehen auftreten.
Das Telefon klingelte.
»Hab ich dich, du Mistvieh.«
»Tita, du sollst die armen Tauben in Ruhe lassen.«
Es knallte entsetzlich, danach Grabesstille, dann murmelte Tita zufrieden:
»Symbol des Friedens, des ewigen Friedens. So, mein kleiner Sperling, jetzt kommt Mutti wieder zu dir. Eben hat Riff angerufen. Er sagt, er hat im Briefkasten ein Flugblatt gefunden.«
»Heißt die Überschrift ›Dies war der erste Streich‹?«
»Nein, wieso sollte sie? Sie heißt, ich zitiere wörtlich: ›Karies – nein danke. Aktionsgruppe gegen den Zahnkiller.‹ Die Verfasser bekennen sich zur Zerstörung der Zahnarztpraxis. Ich sehe dich in zwei Stunden vor meinem Schreibtisch.«
Feuer fuhr mit Laila zum Polizeirevier.
»Henning, wir haben ein Zuckerflugblatt in Hamburg. Anderer Text, mehr weiß ich noch nicht.«
»Oh Gott«, sagte der Kommissar. »Das heißt, wir müssen mit den Hamburgern zusammenarbeiten. Die Horror-Vorstellung jedes Polizeibeamten.«

»Zu arbeiten?«
»Zusammenzuarbeiten. Mit der Polizei eines anderen Bundeslandes. Ich könnte dir da Sachen erzählen ...«

Tita schlug zärtlich mit der Krücke auf den Schreibtisch:
»Ich habe zwei Stunden gesagt. Du bist elf Minuten zu spät.«
»Ich brauche einen zweiten Mann.«
»Nimm Tarzan Lehmann. Der muß raus aus dem Puff, läuft uns sonst noch aus dem Ruder. Die Nutten haben ihm eine Tiger-Unterhose geschenkt.«
»Vorher hat er Dinger mit der Aufschrift ›Mothers Little Helper‹ getragen.«
Tita schüttelte den mächtigen Leib beim Lachen und reichte Feuer die Kopie des Flugblattes. Während er las, sagte sie:
»Die Polizei ist voll eingestiegen. Ich hatte Gelegenheit, mit Kommissar Hamann zu sprechen. Er läßt dich grüßen.«
»Hat sonst noch jemand dieses Flugblatt bekommen?« fragte Feuer.
»Alle mittlerweile. Ich sehe nachher übrigens Frau Siebenhüner.«
»Ohne H«, murmelte Feuer.
»Sie wird mir die Besorgnis der Zucker-Industrie mitteilen wollen. Feuer, das sind unsere Brötchengeber. Noch haben wir keinen auffälligen Rückstand gegenüber der Polizei. Das muß so bleiben.«

Tarzan Lehmann kümmerte sich um den Überfall auf Pastor Trekker, Laila mußte ins Hummel-Gebäude, und Feuer fuhr mit dem Youngster Schreber in den Stadtteil Eppendorf, wobei er dicht an Katjas Wohnung vorbeikam. Sie hielten vor einem Haus, in dem die Wohnungen 6½ Zimmer und 1800 Kaltmiete haben.
»Vielleicht wohnt sie in einer Frauen-WG«, hoffte Schreber.
»Versprich dir nicht zuviel davon«, warnte ihn Feuer. »Die essen dich zum Frühstück.«
»Das wäre ein schöner Tod«, sagte Schreber lyrisch.
Feuer hatte mal einen Lyriker observiert, der mit der Frau eines Buchverlegers spazierenging, während der Gemahl im Verlag an-

schaffte. Gelangweilt hatte Feuer in Elbe-Lokalen am Nebentisch gesessen und mit Hilfe eines Taschen-Literaturlexikons die Themen der beiden verfolgt. Er hatte sich ein Jahr später sogar das 70 Seiten umfassende sogenannte Buch des nämlichen Lyrikers gekauft. Bis auf das Gedicht »An meinen unbekannten Verfolger« hatte ihn das Gesülze nicht vom Hocker geholt.

Jeanette Bülau öffnete die Tür, Feuer sagte seinen Spruch auf.

»Mich überrascht gar nichts mehr«, entgegnete Jeanette.

»Aber es ist doch ein böser Verdacht, den ich Ihnen eben erzählt habe«, gab Feuer zu bedenken.

»Das ist kein Verdacht, sondern ein Witz.«

Im Flur standen zwei Surfbretter. Ein Mann im Gummianzug und mit Taucherbrille bemühte sich soeben, ein Segel an einem der Bretter zu befestigen.

Jeanette orientierte sich nach hinten. In einem Raum liefen zwei Personal-Computer, in einem anderen Raum stapelten sich Kartons mit Weinflaschen und Glasballonen. In einigen gärte blubbernd eine trübe Flüssigkeit.

Im nächsten Raum saß eine Frau und tippte.

»Wenn die Kerle dir dumm kommen, gib Laut«, rief sie, ohne aufzublicken.

Jeanette Bülau bewohnte zwei ineinander übergehende Zimmer, das Bett stand im ersten. Feuer setzte sich drauf, quietschend kam eine Katze unter der Tagesdecke hervor.

»Wie niedlich, eine Kratzbürste«, sagte Feuer. »Sicher ein Weibchen.«

»Sieht man ja«, sagte Jeanette sachlich. »Kastrierte Bengels haben diese blöden Ballongesichter.«

»Also Frau Bülau«, begann Schreber wichtigtuerisch. »Was haben Sie gegen Amalgam?«

Die Bülau blickte ihn lange an: »Warum hast du nichts gegen Amalgam? Das ist doch die Frage, um die es hier geht.«

»Nun«, tönte Schreber, »Ich bin selbstredend über alle auf dem Markt befindlichen Füllungen informiert.«

»Gut«, sagte Jeanette Bülau zufrieden, »dann kann ich zur Sache reden.« Feuer war mit der Durchmusterung der Schallplatten fertig. Alles Musik, die nach seiner Zeit gekommen war.

»Ich war bei diesem Zahnklempner Riff, dem Arsch«, begann Jeanette. »Zwei Füllungen. Ich wollte Occlusin, er wollte Amalgam. Das war der Streit. Sonst noch was?«

»Was ist Occlusin?« fragte Feuer.

»Occlusin ist eine neue Füllung«, entgegnete Jeanette Bülau. »Hat noch nicht jeder Zahnarzt. Quecksilber kommt mir nicht in meinen Körper. Da hat dieser Riff angefangen, sich auf seine Fachautorität zurückzuziehen. Das kann ich ja gerade gut ab.«

»Und dann sind Sie laut geworden«, sagte Feuer.

»Mich regt das auf«, sagte Jeanette Bülau.

»Und dann haben Sie ihn bedroht.«

»Ich habe ihm gesagt, was er mich kann. Es war also eher eine Verheißung.«

»Wie kommt es dann, daß Herr Riff diesen Wortwechsel als eine Bedrohung empfunden hat?« fragte Feuer.

»Das liegt daran, daß Männer keine Kritik vertragen können.«

Die Tür wurde geöffnet, der Kopf der Tipperin erschien:

»Brauchst du Hilfe?«

»Frau Bülau bräuchte ein Alibi«, sagte Feuer und hielt mit einiger Anstrengung dem Blick der Frau stand.

»Bleib aufmerksam, Liebes«, sagte die Frau zu Jeanette. »Die sind ja noch schlimmer als die normalen Ärsche.«

Sie verschwand, und Schreber sagte erschüttert: »Sie hat auf die Frage nicht geantwortet.«

»Eine Amerikanerin?« fragte Feuer. »Wie interessant.«

»Eine Deutsche, aber interessant sicher. Pamela Oxenberg, schon mal gehört?«

»Im Moment wüßte ich nicht ...«

»Pamela verkauft doch die süddeutschen Brunnen.«

»Sie tut was?«

»Sie hat 50 Brunnen in Süddeutschland und in der Schweiz auf ihre Heilkräfte hin überprüft. Ich war auf der letzten Reise in den Schwarzwald mit dabei. Wir sind gestern abend zurückgekommen.«

»War das eben das Alibi?« fragte Schreber skeptisch, und Feuer fragte:

»Was für Brunnen und was für Heilkräfte bitte?«

»Die Brunnen bietet Pamela mit David an«, fuhr Jeanette fort. »David ist ihr Kompagnon. 50 Fläschchen für 295 Mark plus ein Brevier über die richtige Anwendung. Pamela schreibt gerade ein Buch über die Heilwässer. Zwei Mark vom Verkaufspreis gehen an das Zentrum für Homöopathinnen.«

»Das sind diese Ärzte wie du und ich, nicht wahr?«

Jeanette blickte Feuer hochmütig an. »Mir haben sie geholfen. Ich ernähre mich seitdem viel bewußter. Als ich anfing, habe ich es gemacht wie die meisten, also vegetarisch. Erst Ovo-lacto-vegetabil und dann volles Pfund Vegans. Hab aber Malesche mit dem Eiweißmangel bekommen. Und Eisen konntet ihr bei mir mit der Lupe suchen. Dann kam Makrobiotik, ist ja klar, da muß jeder durch. Haben meine Nieren nicht mitgemacht, ich hatte mit 14 eine Nebennierenentzündung, und bei den Makrobioten trinkst du ja wenig. War also Ebbe. Dabei konnte ich gut auf Hijiki, Wakame, Kombu, und in Gomasio hätte ich mich reinsetzen können. Überhaupt alles, was yangisierend wirkt. Kennt ihr Tempeh?«

Feuer schüttelte den Kopf.

»Jedenfalls bin ich heute bei der Mazdaznan. Habe Otoman Zar-Adusht Hamish gelesen, und das ist in mich gefahren wie der Blitz. In Mazdaznan finde ich mich wieder. Und Ainayahita liebe ich. Kennt ihr Ainayahita?«

Feuer schüttelte.

»Das ist die Stammutter. Die Lehre ist 9 000 Jahre alt, ich bin ja vom Persönlichkeitstyp her ein elektrischer. David zum Beispiel ist ganz klar magnetisch, aber er will's nicht wahrhaben. Habt ihr sonst noch Fragen?«

Auf der Fahrt in die Agentur schwiegen sich die Männer an. Feuer ging der Name Oxenberg nicht aus dem Kopf, und Schreber sagte nachdenklich:

»Sie kann die Wahrheit gesagt haben. Sie kann aber auch gelogen haben.«

»Damit, Schreber, hast du die Crux unseres Berufs präzise zusammengefaßt.«

»Tita, Tita, Feuer hat gesagt, ich darf ab morgen den Schlachthoffall bearbeiten«, rief Schreber beim Betreten der Agenturräume.

»Tarzan hat angerufen«, rief Tita. »Sie haben bei diesem Pfaffen in bewährter Manier gehaust. Sogar den Heiland haben sie abgeknickt.«
Das Telefon klingelte, Feuer nahm ab.
»Hier ist Andrea Villette. Bei uns in der Fabrik brennen die Zuckerrüben.«
»Wie bitte?«
»Nicht alle natürlich. Ein Haufen Rüben hat Feuer gefangen. Lagen noch auf dem Traktor, zwei Anhänger. Unsere Betriebsfeuerwehr hat den Brand unter Kontrolle. Die Feuerwehrleute schwören Stein und Bein, daß es um den Traktor herum nach Benzin oder Spiritus gerochen hat.«

»Sie müssen mir ein paar Fragen beantworten, sonst komme ich nicht weiter«, begann Feuer.
»Ach, wie schade«, rief Pfeiffer erfreut.
»Lassen Sie hören«, sagte Kommissar Hamann.
»Sehen Sie Zusammenhänge zwischen dem Mordfall in Uelzen und den Möbel-Massakern bei uns?«
»Kann sein«, antwortete Hamann, »kann auch nicht sein.«
»Geil«, sagte Pfeiffer und freute sich.
»Wissen Sie schon was über Feinde von diesem Biochemiker?«
Feuer sah schwarz, aber er wollte es wenigstens versucht haben.
»Toll«, freute sich Pfeiffer. »Er glaubt, wir sagen ihm was.«
Dann klingelte das Telefon, und Pfeiffer mußte raus.
»Ich lasse Sie ungern mit dem Kerl allein«, sagte er und ging.
Hamann sah mitleidig zu Feuer hinüber:
»Wie lange wollen Sie das eigentlich noch machen in dem Job?«
»Wieso?«
»Keiner mag Sie, die Polizei arbeitet nicht mit Ihnen zusammen. Und eine goldene Nase verdient man sich da doch auch nicht oder?«
Feuer dachte an die Kleinanzeigen, die jeden Samstag unter der Rubrik »Verschiedenes« im Abendblatt standen. »Betrügt Sie Ihr Mann? Wollen Sie ihren Namen wissen? Privatdetektiv ...«; »Privatdetektiv gegen Erfolgshonorar«; »Agentur Armada. Ermitteln alles. Bekannt aus der Presse.«

»Ein paar Scheißer sind überall dabei«, murmelte Feuer.
»Umgekehrt wird ein Schuh draus«, sagte Hamann. »Unter den vielen Scheißern ist ganz selten ein Huhn mit einem Auge.«
»Meinen Sie mich?«
»Nicht direkt, aber für mein Staatsverständnis ist es eine der ganz wenigen großen Errungenschaften, daß wir alle Nebenpolizeien abgeschafft haben.« Hamann holte ein Fläschchen aus dem Schreibtisch, goß ein und stellte die Flasche in Feuers Richtung. Es war das erste seriöse Lebensmittel, das ihm im Verlauf seiner Karriere von einem Polizeibeamten angeboten wurde. Alle früheren Angebote hatte er dankend abgelehnt. Meistens hatte es sich dabei um Schläge gehandelt.
»Bei uns fallen ja Rundschreiben an wie Scheiße in der Klärgrube«, sagte der Kommissar und wedelte mit einem Stück Papier: »Die Ausübung des Detekteigewerbes ist nicht erlaubnisbedürftig, sie erfordert auch keine besondere Sachkundeprüfung.«
Hamann blickte hoch. »Das, mein Guter, würde mich allein schon veranlassen, den Beruf zu wechseln.«
»Heilpraktiker haben auch windige Ausbildungen und tun viel Gutes.«
»Das ist allerdings richtig. Mein Heuschnupfen hat sich merkbar gebessert. Kann aber auch daran liegen, daß ich alt werde. Hör zu: ›Nach Paragraph 14 Absatz 1 Gewerbeordnung muß allerdings der Beginn der Gewerbeausübung der nach Landesrecht zuständigen Behörde – in der Regel ist dies die örtliche Gemeindeverwaltung – angezeigt werden. Form und Inhalt ... blablabla ... hier: bei bestimmten Gewerbetreibenden, an deren Vertrauenswürdigkeit besondere Anforderungen zu stellen sind – dazu zählen unter anderem Detektive – ist die zuständige Behörde durch Verwaltungsvorschrift angewiesen, unverzüglich die Zuverlässigkeit des Gewerbetreibenden zu prüfen. Zu diesem Zweck holt sie beim Bundeszentralregister in Berlin ein Führungszeugnis und bei dem von derselben Behörde geführten Gewerbezentralregister eine Auskunft ein, so daß sie über etwaige Vorstrafen, Bußgeldentscheidungen wegen Ordnungswidrigkeiten, Gewerbeuntersagungs- oder Rücknahmeverfahren informiert ist und gegebenenfalls das Notwendige veranlassen kann.«

Hamann warf das Blatt auf den Tisch.
»Das ist ein Rundschreiben des Bundeswirtschaftsministeriums, also immerhin kein Fliegenschiß. Wie fühlen Sie sich denn in so halbseidener Gesellschaft?«
»Wieso das denn?«
»Na, Junge, weil du, um in diesem Land Detektiv zu werden, nicht mal das kleine Einmaleins können mußt. Du mußt ohne fremde Hilfe in der Nase bohren und im Auto den zweiten Gang einlegen können, ohne den Knüppel abzubrechen. Das ist doch kein Beruf, was Sie da treiben. Das ist, das ist ...«
»Menschenskind, ich nehme Ihnen doch nichts weg.«
»Sie stören durch Ihre bloße Anwesenheit. Es reicht, daß ich weiß, daß es Sie gibt. Das hat nichts mit der Angst zu tun, daß Sie vor mir den Täter beim Schlafittchen haben. Sie könnten sich in Gefahr begeben oder wichtige Spuren zertrampeln oder ...«
»Das ist doch albern. Nennen Sie mir einen Fall, wo ein Kollege von mir der Polizei ins Handwerk gepfuscht hat? Ich meine jetzt mal abgesehen von dieser Handvoll Fälle, die durch die Presse gegangen sind. Geben Sie mir lieber einen Tip: Woran ist Eißfeldt zu Tode gekommen?«
Hamann guckte gequält.
»Wir haben uns mal die Mühe gemacht«, sagte er dann, »Wir haben zusammengezählt, wie viele Verbände und Interessengemeinschaften Ihr Berufsstand allein in der Bundesrepublik unterhält. Angeblich unterhält, denn ...«
»Gut, dann nicht«, rief Feuer, sprang auf und rannte zur Tür. Fast hörte er schon nicht mehr, wie Hamann »Gift« sagte.

Feuer verschmähte den Fahrstuhl und wartete einige Sekunden vor der schwarzen Tür, um wieder zu Atem zu kommen. Dann klingelte er – und wäre um ein Haar dem wildfremden Mann um den Hals gesprungen.
»Gemach, gemach«, sagte der lächelnd. »Freund von Flamingo?«
Feuer stotterte bejahend. Laila saß am Tisch vor der Stehküche und ging mit dem Burschen den Drehplan für die Vollwertserie durch. Feuer durfte dabeisitzen und zuhören. Er ärgerte sich minutenlang über Lailas nebenbei hingeworfenen Kuß.

»Wie man einem Hund den Knochen hinwirft,« brummte Feuer auf der winzigen Toilette vor dem Gesichtsspiegel. Er entfernte das Halstuch. Der Knutschfleck war von nachtblauer, fast schwarzer Farbe. Der Bursche, dem Laila ihre ungeteilte Aufmerksamkeit schenkte, war Ende 30 oder Anfang 40 und besaß ein untadeliges Benehmen. Sein Humor war dezent, nur seine Kleidung war noch dezenter. Er brachte es sogar fertig, ein Platin-Armband zu tragen, ohne wie ein Zuhälter oder Bundesliga-Profi auszusehen. Feuer wurde von Minute zu Minute stinkiger.

Dann ging der Mann, den Laila hinterher Produktionsleiter nannte. Kaum hatte er dezent die Wohnungstür hinter sich ins Schloß gezogen, stürzte sich Laila erst wenige Sekunden auf Feuer, danach mehrere Minuten auf die Tüte mit den Fressalien. Feuer liebte es, Laila beim Essen zuzusehen. Er hatte noch keine Lebensäußerung bei ihr kennengelernt, die ihn abstieß. Nur wenn sie Messer und Gabel benutzt hätte, wäre es einen Tick appetitlicher anzuschauen gewesen. Als sie nach ihm greifen wollte, genügte ein Aufschrei, und Laila ging sich die Hände waschen.

Mit sauberen Händen griff sie sodann dem Detektiv hierhin und dorthin, vor allem aber dahin. Feuer schloß die Augen und versuchte, mit Anstand aus der Sache herauszukommen.

»Langsam wird das mit dir«, lauteten Lailas erste Worte danach.

Das wollte er nun doch genauer wissen, aber leider wollte sie es ihm nicht genauer sagen. Statt dessen rüttelte sie am Bettpfosten und sagte:

»Du mußt einen Zahn zulegen. So dauert das noch Monate.« Sie überhäufte Feuer mit Küssen, die kleinen Hieben nicht unähnlich waren und sagte verträumt:

»Wir kriegen das noch hin. Wenn die gute alte Laila erst einmal ihre Trickkiste auspackt ...«

Spontan überfluteten entsetzliche Bilder Feuers Bewußtsein: zerschmetterte, verbrannte, verstümmelte, auseinandergerissene Körper. »Aber Laila«, hauchte er, »was willst du denn noch anstellen?«

»Reicht es dir etwa schon?« fragte sie erstaunt. »Da kenne ich aber andere Männer, die ...«

Feuer winkte ab. Zwar war er einerseits neugierig, einen früheren Liebhaber Lailas kennenzulernen. Immerhin wäre das der Beweis gewesen, daß es möglich war, Laila zu überleben. Andererseits hatte Feuer eine genaue Vorstellung, wie solche Männer aussehen müßten. »Sag mal«, hob er zögernd an, »was sind die denn so, deine Idealmänner?«

»Schwer zu finden«, antwortete sie und war drauf und dran, neben den gigantischen Knutschfleck einen Baby-Knutschfleck zu setzen. Feuer kämpfte sich frei:

»Sag doch mal.«

»Meine Güte, wie sollen sie schon sein?« sagte sie uninteressiert. »Kerle eben. Stiere. Tiger. Potent wie eine wilde Wachtel.« In Sekundenfrist erfuhr Feuers Wachtel-Image eine dramatische Veränderung. Bisher waren das für ihn diese winzigen Vögel mit den noch kleineren Eiern gewesen.

Laila kuschelte sich an Feuer und streichelte seine verspannte Nakkenmuskulatur mürbe. »Weißt du, Männer sind wie eine technische Fehlkonstruktion. Du kannst mit ihnen nicht viel anfangen. Aber ein, zwei Eigenschaften haben sie, auf die mußt du dich eben konzentrieren als Frau.«

»Und ich? Ich meine, wie passe ich ...?«

Das Telefon klingelte, Laila griff hin:

»Hey! – was? Aber Greta, so schlimm kann der Druck doch nicht sein. Ich? Ja, ich war auch mal jung ...« Sie blickte Feuer an, der versonnen an seinem Schniedel zupfte. »Zehn Minuten? Das schafft ihr nie in zehn Minuten. ... klar, ist auch wieder richtig. Wenn man sich das Geturtel vorher spart. ... Ich werde sehen ...«

Sie legte eine Hand auf den Hörer:

»Wollen wir noch auf ein Bier irgendwohin?«

Feuer wollte den Kopf schütteln und wurde überrascht Zeuge, wie sein Kopf nickte. Dafür bekam er zur Belohnung einen Kuß auf den Bauch.

»Gut. Zehn Minuten. Wann seid ihr ...? Halbe Stunde, okay. Was? Der Bettpfosten? Der ist leider noch heil. Ja, ja, ich weiß. Ich trainiere mit ihm.«

Laila legte den Kopf in Feuers Halsbeuge: »Greta und Peer kommen nachher kurz vorbei.«

»Haben die kein Auto?«

»Natürlich haben sie ein Auto. Jeder hat heute ein Auto.«

»Warum treiben sie's dann nicht im Auto, verdammt noch mal?«

»Aber mein kleiner Zuckerwürfel, was redest du denn? Muß man jungen Leuten nicht den Zauber der Liebe erhalten? Wo ist der Zauber, wenn du ständig einen Schaltknüppel zwischen den Beinen hast?«

»Ich habe ständig einen Schaltknüppel zwischen den Beinen«, sagte Feuer ohne Begeisterung. »Aber das mit dem Zauber, das stimmt natürlich. War einfach schön früher, als es noch einen Zauber hatte.« Feuer rüttelte am Bett und sagte: »Gnade denen Gott, wenn sie das Bett kaputtmachen.«

Er stand dann in der kleinen Küche und wog eine Schachtel Süßstoff in der Hand.

»Nur eine Tablette«, rief Laila aus dem Hintergrund. »Das kommt in Folge 4 meiner Serie dran. Tests haben bewiesen, daß du Blasenkrebs kriegst, wenn du jeden Tag so viele Pillen nimmst, wie in 760 Flaschen Brause drinstecken.«

»760«, murmelte Feuer beeindruckt. »Hat man ja schnell drin, wenn's draußen so richtig heiß ist.« Er drehte sich um und genoß den Anblick der hin- und hereilenden Laila.

»Sonst gibt's keine gesundheitlichen Schäden?« rief Feuer.

»Kümmer dich lieber um die Schäden, die der richtige Zucker anrichtet. Sogar die Zucker-Industrie gibt zu, daß Zucker der Zahnkiller Numero 1 ist. Aber es gibt begründete Verdach ... wie ist euer Plural für Verdacht?«

»Starker Verdacht.«

Das weitere Gespräch spielte sich im Hausflur, vor dem Haus, auf dem Weg zum Wagen und während der ersten Straßenecken ab.

»Kennst du dich eigentlich mit deinen körperlichen Funktionen aus?« fragte Laila.

Feuer wurde von einem Schwall Mißtrauen überflutet. »Wahrscheinlich nicht«, murmelte Laila. »Wäre der erste Mann, ...«

»Vorsicht! Der will ausparken da vorne.«

»Er parkt aus, wenn ich vor ...«

»Laila!«

»...bei bin, was hiermit geschehen wäre. Das Problem ist ja, daß du nie sagen kannst: Dieser Stoff ist einzig und allein dafür verantwortlich, daß der Körper mit Krankheit reagiert: mit Diabetes, Übergewicht, Arteriosklerose. Die Wahrheit ist eben immer komplizierter.«

»Wie eine Frau«, murmelte Feuer – und griff im nächsten Moment entsetzt unter ihren Armen hinüber zum Lenkrad. Laila hatte, um das Kompliment an Ort und Stelle zu belohnen, beide Hände auf Feuers Wangen gelegt. Der Wagen scherte heftig nach rechts, noch heftiger nach links, dann ging es wieder.

»Nimm zum Beispiel die Hypoglykämie«, fuhr Laila fort. »Das ist die Blutunterzuckerung. Daran kann zuviel Zuckerkonsum schuld sein. Dein Blutzucker muß ja ein bestimmtes Level haben, sonst fühlst du dich schlecht. Zucker nun läßt den Zuckerspiegel nach oben schießen. Dann produzierst du Insulin, das senkt den Zukkerspiegel ab. Dafür besitzt du eine kleine, aber feine Bauchspeicheldrüse. Wenn du ihr ständig Zucker vorsetzt und sie ständig Insulin produziert, kann es geschehen, daß sie vor lauter Schreck jedesmal zu viel Insulin ausspuckt. Dann sinkt der Zuckerspiegel, das ist kein schöner Zustand. Dann schreien die Ludwig-Muskeln und das winzig kleine Ludwig-Hirn nach mehr Zucker, weil sie ohne Zucker ganz schlapp und träge werden. So kann es also passieren, daß du dadurch, daß du ständig Süßigkeiten ißt, deinen Blutzucker-Spiegel durcheinander bringst. Kannst du mir bis hierhin folgen?«

Feuer nickte.

»Gut, das ist Hypoglykämie – Blutunterzucker. Wir sagen dazu übrigens Sugar-Blues.«

»Wozu?« fragte Feuer erschreckt.

»Dieser Zustand ist ziemlich nervig. Du fühlst dich müde und schlapp und abgearbeitet. Du kannst Herzklopfen bekommen, Schweißausbrüche, auch wenn deine Laila nicht in der Nähe ist. Vor allem kannst du gereizt werden und manchmal regelrecht depressiv.«

»Wie depressiv? Sehr depressiv?«

»Sehr depressiv. Nennt ihr es nicht ›lebensmüde‹?«

»Wenden!«

»Was?«
»Du sollst umdrehen, verdammt nochmal.«

Andreas Heine wohnte im Stadtteil Nienstedten. Er wirkte als Medizin-Professor an der Universität, Fachgebiet: Zahnheilkunde im internationalen Vergleich. Heine war der Mann, der den Zukker-Spot mit der kurzgefaßten Schilderung der Kultur-Geschichte des Stoffs abgeliefert hatte. Feuer konnte sich an den Schluß noch gut erinnern:
»Können wir es uns leisten, ein jahrtausendealtes Produkt zu verteufeln? Wollen wir alle unsere Vorfahren an den ideologischen Pranger stellen? War Ihr Großvater etwa ein Idiot? Oder Ihrer? Oder Ihrer? Sehen Sie, meiner auch nicht.«
Dann wurde umgeblendet auf einen fidelen Greis, der in einem Lehnsessel saß, zwei Zähne im Mund und vergnügt an einer prächtigen Portion Zuckerwatte herumschmatzend. Der Senior entdeckte die Kamera, winkte begeistert, lachte zahnlos und stopfte Zuckerwatte in sich hinein. Professor Heine trat hinter ihn, legte beide Unterarme auf die Kante des Sessels und sagte:
»Mein Großvater und ich – manchmal zwei Welten, manchmal aber auch ein Gedanke.«
Dann lenkte Heine den alten Mann mit einem gemeinen Trick ab, und während der Opa noch neugierig ins Off glubschte, hatte Heine ihm eine Menge Zuckerwatte stibitzt. Der Opa entdeckte die Freveltat des Enkels, drohte ihm schelmisch mit dem Finger und sagte:
»Zur Strafe mußt du heute meine Zähne putzen.«
Dann lachte er zahnlos, und das Lachen lag auch noch über dem Insert: »Eine Information der Zucker-Industrie.«
»Er hat es tausendmal verdient, daß sie ihm die Bude kleinhauen«, sagte Feuer knirschend.
Laila drehte sich um, die Kamera lag hinten.
»Wir riskieren es einfach mal«, sagte Feuer. »Und wenn wir nur sehen, ob die Polizei einen Mann vors Haus gestellt hat. Du kannst mich absetzen. Ich gehe allein hin. Ich will dich ja nicht in Gefahr ...«
Der Schwung der Vollbremsung preßte Feuer in die Gurte. Laila

beugte sich über ihn, drückte die Beifahrertür auf. Er blickte sie erstaunt an, und sie sagte:
»So redet man nicht mit Laila Flemming.«
Feuer kam der Satz irgendwie bekannt vor, aber er stieg gehorsam aus und blickte Laila hinterher, die mit dem Toyota in der Nacht verschwand.

Heine bewohnte die Hälfte eines Doppelhauses. Feuer kam alles für einen Mediziner überraschend popelig vor. Im Vorgarten stand eine Vogeltränke aus Waschbeton. Im Haus war es dunkel, auch in der rechten Haushälfte. In den Carports stand obere Mittelklasse. Feuer ging auf der gegenüberliegenden Straßenseite am Haus vorbei, wendete 20 Meter weiter, überquerte die Straße, ärgerte sich, daß ausgerechnet in dieser Sekunde ein Wagen angefahren kam. Auf Höhe der Vogeltränke blieb er stehen.
»Unglaublich«, murmelte er. Waschbeton war bei Baumaterial für Feuer das, was Dixieland bei der Musik war. Feuer drückte sich neben der Konifere über den Zierzaun. Vier Schritte, und er hatte den Rasen überquert. Feuer war an der Seitenfront des Hauses, hielt Abstand von der hellen Wand, erreichte das Ende der Wand, beugte den Oberkörper vor, um einen Blick auf die Rückseite des Hauses ... dann holte ihn der Schlag von den Beinen. Feuer fiel sonst nicht leicht. Ehe er einknickte, mußte man hart auf ihn einschlagen. Dieser Schlag war hart. Feuer lag auf steinigem Boden und dachte ›Waschbeton‹, als die männliche Stimme: »Ich hab das Schwein« rief. Licht, Licht, ein drittes, viertes, Licht von überall her. Feuer schloß die Augen, und Pfeiffer brüllte triumphierend:
»Nicht anfassen! Er gehört mir!«
Im Hintergrund das Rumoren von vielen Füßen und neben seinem Ohr Pfeiffers Stimme:
»Ich mache Sie darauf aufmerksam, daß ab jetzt alles, was Sie sagen, gegen sie verwendet werden kann.«
»Du hast doch Schweinezellen im Hirn«, stöhnte Feuer, wollte sich an den Hinterkopf fassen und faßte stattdessen auf die Nierenregion, denn dort hatte ihn Pfeiffers Tritt getroffen. Feuer, sich mühsam aufrichtend, sah einen Milchbart stehen, schwer armiert mit einer Maschinenpistole.

»Wen jagt er denn?« fragte Feuer, der zu wenig Luft bekam.
»Dich«, antwortete der Milchbart kernig, zögerte und sagte: »Sie.«
»Wen?«
»Sie. Oder sind Sie etwa nicht allein?«
Feuer schwieg, und der Milchbart rief: »Er hat Komplizen.«
Rufe der Überraschung im Hintergrund, Feuer zählte vier oder fünf Männer. Er schloß die Augen, Pfeiffer trat erneut zu. Feuer sackte zusammen. »Mit wem steckst du unter einer ...?«
Pfeiffer brach ab, griff in Feuers Haare, riß dessen Kopf ins schmerzende Licht und hechelte:
»Du bist der Kopf, ich habe es von Anfang an gespürt. Du bist der Kopf.«
»Und du bist der Schwanz«, flüsterte Feuer mit trockenem Mund.
Der Milchbart stieß einen kichernden Laut aus, und Pfeiffer trat.
»Das zahlt Hamann dir heim«, flüsterte Feuer.
»Das glaub nur«, lachte Pfeiffer und wollte sich nicht wieder einkriegen vor Lachen.
Schritte näherten sich, und eine Männerstimme sagte: »Helfen Sie ihm auf die Beine.«
Feuer hielt sich die Nierenregion: »Ich werde diesen Schläger anzeigen.«
»Aber wegen was denn?« fragte Kommissar Hamann. »Weil er einen Einbruch verhindert hat? Weil er seine Pflicht erfüllt hat? Ja, glauben Sie denn, Sie kriegen in Zukunft auch nur noch Fragen nach der Uhrzeit von uns beantwortet, wenn Sie hier einen Kolle ...«
»Er hat mich geschlagen, mehrmals.«
»Wer?« rief Pfeiffer. »Ich?« Er wandte sich an den Milchbart und fragte scheinheilig:
»Habe ich den geschlagen? Sag die Wahrheit und nichts als die Wahrheit.«
Vielleicht machte der Milchbart den ersten Gewissenskonflikt seiner jungen Polizei-Laufbahn durch. Wenn dem so war, war er ein Naturtalent, denn nach kaum drei Sekunden Überlegen antwortete er:

»Ich habe nichts gesehen.«
»Du hättest Blindenhund werden sollen«, stöhnte Feuer, und Pfeiffer holte ein Notizbuch aus der Tasche.
»Blindenhund«, sagte er schreibend. »Ich halte das nur mal fest, falls noch was kommt.« Er knackte dramatisch mit der Kugelschreibermine, trat vor Feuer und sagte: »So, nun zu deiner Anschuldigung, daß ich geschla ...«
»Gestorben«, rief die Frauenstimme aus dem Dunkel. Es knackte, die Stimme fluchte, und Pfeiffer flüsterte dem Milchbart zu:
»Die Waffe in den Anschlag, du Unglücksmensch.«
Während der Milchbart, den alle Militanz bereits verlassen hatte, die Waffe hob, trat Laila aus den Sträuchern. Sie trug ihre Waffe in gleicher Höhe wie der Milchbart.
»Da«, sagte sie zu Hauptkommissar Hamann »der Beweis, daß Ihr Mitarbeiter im Dienst gefoltert hat.«
»Wer sind Sie denn?« fragte Pfeiffer verdutzt.
»Laila Flemming, Hummel TV. Morgen abend 17 Uhr 45, meine Herren, schlägt Ihre Stunde.«
Pfeiffer glotzte dumm, und Feuer sagte:
»Mensch Pfeiffer, sie hat Sie gefilmt, und Ihre Stirn glänzt fettig. Sowas wirkt im Fernsehen verheerend.«
Pfeiffer fuhr sich fahrig über die Stirn.
»Gefilmt«, stieß er aus, und Hamann sagte ruhig:
»Pfeiffer, Sie sehen nicht nur aus wie Schifferscheiße, Sie sind auch genau so dumm. Eher noch dümmer. Gehen Sie mir aus den Augen, sonst wird mir schlecht. Ihr Urlaubs-Ersuchen ist hiermit angenommen.«
Pfeiffer sagte zwar noch »aber ...« sowie »ich kann ...«, aber damit hatte es sich. Der Schläger ging ab, und Hamann sagte zu Laila: »Sie kennen sich mit Persönlichkeitsrechten aus? Gut, dann wissen Sie ja, daß diese Bilder selbstredend nicht gesendet werden dürfen.«
Laila verbiß sich mit dem Beamten in eine Diskussion über Personen öffentlichen Interesses und das Recht am eigenen Bild. Die beiden schieden mit dem Versprechen, daß ihre Anwälte morgen früh miteinander weiterreden sollten. Dann sagte Hamann übergangslos zu Feuer:

»Sie sind vorläufig festgenommen.«
Auf dem Präsidium erschien eineinhalb Stunden später Brechbühl und nuschelte mit dicker Wange die Gründe für Feuers sofortige Freilassung. Er klang wie ein unzulänglich synchronisierter Donald Duck. Und so führte er sich außerhalb des Präsidiums auch auf.
»Wie kann man nur so plump in eine Polizeifalle rennen?« Er blickte Laila an und fragte sie: »Ist er sonst auch so ... so wenig raffiniert?«
Laila hakte sich bei Feuer ein und sagte:
»Bisher hat keiner der Leute, die die Zucker-Menschen überfallen haben, Gewalt gegen Menschen angewendet.«
»Einmal ist immer das erste Mal«, behauptete Brechbühl und ließ sie ohne Gruß stehen. Laila bestand darauf, Feuer ins Krankenhaus zu fahren. Der erste Notarzt zeterte herum, aber sein Kollege hatte nichts dagegen, sich bei der Untersuchung von Laila filmen zu lassen. Allerdings mußte er mehrfach aufgefordert werden, nicht ständig in die Kamera zu lächeln. Er erzählte dann das Erwartete: Nichts Ernsthaftes, aber Feuer solle sich schonen, weil alle Schläge auf das Gehirn und so weiter.
»Mein Held«, sagte Laila und schmiegte sich an Feuers Arm. »Das hat mir noch kein Mann geboten: Eine live-story, prügelnde Polizei mit Parade-Beleuchtung. Du hast traumhaft gespielt, mein Zuckerwürfel. Sowas von leidend, und der andere war so schön gemein.«
Feuer blieb stehen und schüttelte Laila:
»Mädchen, aufwachen! Das ist kein Film, das ist Leben.«
Laila packte Feuer, schüttelte ihn doppelt so stark und rief:
»Wir sind ein Team! Wir sind ein tolles Team! Feuer und Flamingo. Wir reimen uns sogar.«

Feuers erster Anruf am nächsten Morgen:
Kommissar Hamann nahm nichts mehr übel und antwortete sogar auf Fragen. Nein, Pfeiffer würde nicht ungeschoren davonkommen. Nein, in dieser Nacht sei Heine nicht attackiert worden. Er sei gar nicht im Hause gewesen, hätte vielmehr auf einer Tagung in Travemünde geweilt; nein, keine neue Spur; nein, die Uelzer Kolle-

gen würden mit Informationen sparsam umgehen, um nicht zu sagen spartanisch; nein, noch keine gemeinsame Sonderkommission; sonst noch Fragen?

Im Treppenhaus kam Feuer ein Mann mit Arzttasche entgegen. Sein erster Gedanke war: Tita ist umgekippt. Doch auf zwei zusammengeschobenen Sesseln im Mannschaftsbüro lagen die Reste des Juniors Schreber. Einige Kollegen standen um das Häufchen Elend herum.

»Armer Kerl«, sagte Feuer und tätschelte Schrebers weiße, kalte, feuchte Stirn. »War's so schlimm?«

»Der Geruch«, flüsterte Schreber mit geschlossenen Augen. »Und wie es klatscht, wenn die Eingeweide auf den Boden fallen. Und ein Schlachter hat mir eine Zunge in meine Aktentasche gesteckt, eine komplette Zunge. Weißt du, wie groß eine Rinderzunge ist? Dann bin ich auf einem Auge ausgerutscht, und zum Schluß lag auf einmal mein Diktiergerät in einem Herzen. Ich mußte selbst hineingreifen, um es wieder rauszuholen.«

»Held der Arbeit«, sagte Ilona mitfühlend. Dann ließ sie sich lieber selbst bemitleiden. Ihr Schwarm war gestern hops genommen worden, in der Garage seiner Eltern hatte die Polizei Unterhaltungselektronik im Wert von 18 000 Mark gefunden.

Feuer wartete, bevor er wieder ins feindliche Leben aufbrach, die Hörfunk-Nachrichten ab.

»Neun Uhr. Zucker-Panik in Hamburg! Bei der Lebensmittel-Kette ›Coop‹ ging heute morgen eine anonyme Warnung vor vergiftetem Zucker ein. Eine unbekannte Anruferin behauptete, daß in insgesamt drei Läden je eine Tüte Zucker mit dem lebensgefährlichen Gift Arsen ›geimpft‹ worden sein soll. Wie die Geschäftsführung der ›Coop‹ mitteilt, sind sofort alle Zuckerbestände untersucht worden, ohne daß manipulierte Packungen gefunden wurden.«

Gegen 11 Uhr betrat Feuer eine Bar zwischen Börse und Landungsbrücken. Tarzan und er waren die einzigen, die keinen Anzug trugen.

»VW ist bei 249«, rief der Kollege strahlend und spendierte eine

Runde. Das leidenschaftliche Spekulieren mit Volksaktien war Tarzans Hobby. Seine Informanten in der Bar steckten ihm regelmäßig brandheiße Tips, und Tarzan war schon mehr als einmal drauf und dran gewesen, seine fünf Volks-Aktien abzustoßen. Tarzan hatte sein Glück im Polizeipräsidium versucht, denn Feuer konnte nicht mehr mit auskunftsfreudigen Beamten rechnen.
»Sie wollen nicht«, knurrte er. »Sie gucken uns an, als wenn wir Müll wären.«
»Gut«, sagte Feuer. »Dann muß Edison ran.«
Edison war der Techniker der Agentur. Edison war zuständig für Subminiatur-Mikrofone in Kugelschreibern und Tischfeuerzeugen, Minisender in Zigarettenpackungen, Aktenkoffer mit Aufzeichnungsanlagen und andere Spy Gadgets, an die er niemanden heranließ. Brechbühl durfte sie lediglich bezahlen. Seit Monaten lagen die beiden wegen einer automatischen Abhörsuchanlage im Streit. Sie kostete 30 000 Mark. Brechbühl hielt sie für überflüssig.
»Was soll Edison machen?« fragte Tarzan.
»Ich brauche ihn in Uelzen.«
»Du bist sicher, daß die Fälle zusammenhängen?«
»Könnten die Vandalen-Aktionen in der Stadt einen anderen Hintergrund haben als den Zucker?«
Sie stellten eine Liste mit möglichen schwarzen Punkten im Lebenslauf der bisher geschädigten vier Personen auf.
»Immer das Gleiche«, sagte Feuer und überflog die Notizen. »Schulden, Steuer-Betrug, Seitensprung, Drogen, Perversionen im Sexualbereich ...«
»Da gibt es keine Perversionen, sondern nur individuelle Vorlieben«, behauptete Tarzan und erzählte launige Anekdoten aus seiner Zeit im Puff.
»Berufliche Konkurrenz«, fuhr Feuer fort. »Glaubst du, daß Zahnärzte andere Zahnärzte heimsuchen?«
»Vielleicht, wenn es unmittelbare Nachbarn sind. Sonst spucken solche Kerle sich nicht in die Suppe.«
Feuer notierte etwas, während sich Tarzan einen neuen Tip abholte und mit den Worten »Porsche kannst du vergessen« zurückkehrte. Tarzan als Honda-Fahrer verschafften solche Informationen Erquickung.

»Nachbarschaft«, murmelte Feuer. »Wir müssen uns angucken, wie die Kandidaten wohnen. Vielleicht ist da was. Streit wegen Naturgarten zum Beispiel.«

»Ich hätte auch was dagegen, wenn einer ständig sein Unkraut in meinen Garten pustet«, sagte Tarzan muffig. Feuer nahm sich vor, diese Gänge selbst zu erledigen.

»Ich habe mal einen Krimi gelesen, da war was wegen einer gefälschten Doktorarbeit«, wußte Tarzan zu vermelden.

Feuer notierte, und als er Tarzan wieder zu einem Broker abziehen sah, überließ er ihm das Begleichen der Rechnung und fuhr ins Pressehaus, wo er sich mit dem Polizeireporter Hüdepohl traf. Ein schmächtiges Kerlchen mit großer Klappe. Hüdepohl mußte man schöntun, sonst sagte er gar nichts. So log ihm Feuer vor, die letzten Reportagen Hüdepohls überaus beeindruckend gefunden zu haben. Der Kerl taute von Sekunde zu Sekunde mehr auf und öffnete bereitwillig die Schleusen seiner erstklassigen Verbindungen ins Polizei-Präsidium.

»Das waren die Autonomen«, sagte Hüdepohl.

»Meinst du das oder meint das die Polizei?«

»Die Handschrift auf dem Flugblatt ist eindeutig. Dazu die Bekenneranrufe. Sind einige gekommen in den letzten Stunden.«

»Wie hängen Flugblatt und Überfälle auf die Zucker-Leute zusammen?«

Hüdepohl war verwundert: »Was sollen diese feinsinnigen Unterscheidungen? Das ist alles die gleiche Bagage.«

»Sag mal, Hüdepohl, hast du nicht manchmal die Befürchtung, daß sie dir Schritt für Schritt deine Unabhängigkeit abkaufen?«

»Eigentlich nicht, nein. Und ich sage dir: Unsere Polizei hat's auch nicht leicht.« Hüdepohls Durchbruch war ein Artikel mit der Überschrift »Ich bekenne« gewesen, in dem er beschrieben hatte, wie und warum er seinen drogenabhängigen Bruder der Polizei ausgeliefert hatte, damit das Bruderherz von der bösen Droge wegkam. Dem Pathos hatte sich seinerzeit kaum jemand entziehen können, am wenigsten die Pressestelle der Polizei. Seitdem hagelten Tips von allen Seiten auf Hüdepohl nieder, die er unterschiedslos ins Blatt hob. Die fünf Sechstel Nieten verdrängte er, das eine Sechstel Treffer bewahrte er in einem Aktenordner auf.

»Mich hat gestern einer deiner besten Freunde geschlagen«, sagte Feuer.
»Dann mußt du ihn gereizt haben«, behauptete Hüdepohl.
Feuer ordnete das Tuch über dem Knutschfleck, und Hüdepohl sagte: »Im Grunde weben wir doch alle an der ganz großen Konfession, ich, die Polizei und du, findest du nicht auch?«
»Siehst du, Hüdepohl«, sagte Feuer, »das ist genau das, was mich manchmal so stört an meinem Beruf.«

»Tach, kann ich reinkommen?«
Frau Edison ließ Feuer in die Wohnung, das war ein guter Beginn. Beim letzten Mal war Feuer nicht reingekommen, weil sich die Edisons beim Ausprobieren einer neuen Generation von Türsicherern vertan hatten und vier Tage über den Nachbarbalkon mit Lebensmitteln versorgt werden mußten.
»Es ist schrecklich mit ihm«, rief Frau Edison. Feuer mochte die patente Frau sehr gern. Daß sie es nun schon 27 Jahre an der Seite von Edison aushielt, erhob sie über alle irdische Mäkelei. Im Wohnzimmer lief wie immer einer der zehn Monitore.
»Er popelt schon wieder«, sagte Frau Edison, und Feuer sah dem Nachbarn aus Pietät nur sekundenkurz zu. Edison war dank eingebauter Videokameras in Deckenlampen und an der Spitze einer Märklin-Dampflokomotive sowie einer Außenkamera, die mit Hilfe von Spiegeln ins Wohnungsinnere blicken konnte, über das Geschehen in den Nachbarwohnungen aufs beste informiert. Er hatte nie in erpresserischer Absicht von seinen Kenntnissen Gebrauch gemacht, wenn er auch alle Beobachtungen penibel in einem Buch festhielt und bis heute beispielsweise 248 Ehebrüche mitgefilmt hatte.
Edison steckte im Badezimmer, hatte seine geliebten Kopfhörer übergestülpt und lauschte mit geschlossenen Augen dem Treiben in einer Nachbarwohnung. Vorsichtig tippte Feuer ihm auf die Schulter. Edison öffnete die Augen und gab Feuer die Kopfhörer.
Der lauschte, sagte »pfui« und nahm sie sofort wieder ab.
»Ich höre sonst auch nicht zu«, sagte Edison, »aber die Qualität ist einwandfrei. Und darauf kommt es an.«

Feuer deutete auf seine Ohren, und Edison stellte den Pegel seines Kehlkopf-Mikrophons lauter.
»Auf welchem Abort hockt denn der Scheißer?«
»Eine Querstraße weiter. Das Mikro sitzt als Toilettenreinigungs-Stein unter der Brille.« Feuer ging in die Küche, wo Frau Edison einen Kuchen in der Röhre hatte. Er lobte den Geruch, und während er noch lobte, sagte sie:
»Warum sagst du nicht gleich, daß ihr ihn wieder braucht?«

Zehn Kilometer vor der Zuckerfabrik durfte Feuer kurz die Musikanlage anstellen. Edisons Transit besaß 24 Lautsprecher, von denen keiner weniger als 60 Watt hatte. Das Klangerlebnis in dem engen Raum war länger als fünf Minuten kaum zu ertragen. Aber diese fünf Minuten waren unvergeßlich.
»Wunderbar«, sagte Feuer betäubt und hatte den Wagen im nächsten Moment auf die falsche Straße gesteuert. Sie unterquerten die Bahnlinie nach Bremen, passierten beim Tierschutzverein den Neubau des Katzenhauses, und Feuer wollte soeben Richtung Innenstadt abbiegen, als der Reiz im Augenwinkel übermächtig wurde.
Das Plakat hing am Zaun des Sportplatzes. Regen und Wind hatten es in einen versifften Papierlappen verwandelt. Feuer riß das Plakat vom Zaun und eilte Edison zu Hilfe, der auf der Kreuzung mit zwei erbosten Fahrern stritt. Feuer holte den Wagen von der Kreuzung und las während der Fahrt vor:
»›Gen-Forschung im ländlichen Raum – Zukunfts-Hoffnung oder Sackgasse? Über Super-Schweine, Kartoffeln, Zuckerrüben und ein Landleben ohne Schädlinge. Podiums-Diskussion mit Prof. Dr. Christoph Schuh (Hamburg), Dr. Joachim Eißfeldt (Uelzen), Pamela Oxenberg (Heilbronn) und anderen. Diskussionsleitung: Hein Direck Alt, Oberstudienrat. Schützenhaus, Kleiner Saal, 20 Uhr, Einlaß ab 19 Uhr 30.‹ Das war vor vier Wochen, Edison.«

Die Zuckerpressedame Andrea Villette freute sich, und Feuer kam unverzüglich zum Thema: »Wäre es zuviel verlangt, wenn ich Sie bitten würde, mir zu sagen, wer in der nämlichen Nacht hier in der Zuckerfabrik Spätschicht geschoben hat?«

Feuer lotste sie ans Fenster, wies mit großer Geste durch die Gegend und sagte: »Irgendwo auf diesem Gelände stolpert ein Mitarbeiter herum, der mehr weiß, als ihm bewußt ist. Er kennt den Täter, aber er verbindet die zwei oder vier Einzel-Informationen nicht miteinander.« Feuer setzte jetzt seinen Feuer-Blick ein. Dabei handelte es sich um eine Waffe, die im Verlauf der letzten Tage total in Vergessenheit geraten war. Bei Andrea Villette funktionierte der Blick. Sie schien überhaupt leicht zu beeindrucken. Edison machte einen Schritt weg vom Schreibtisch. Feuer blickte ihn an, Edisons Nicken spielte sich im Millimeter-Bereich ab. Sie verließen die Pressestelle.

»Was hast du genommen?« fragte er Edison auf dem Weg zur Abteilung »Neue Märkte« und ihren zuckerlosen Bananen.

»Elektred-Kondensator Mikro, 30 Stunden sendebereit, fünf Batterien, Reichweite 200 Meter, als ich das Gerät in die Hand gekriegt habe und 250 Meter heute. Frequenz von 96 bis 108 Megahertz.«

»Und das Tonband im Wagen schaltet sich auch wirklich ein?«

»Bei Stimmen und Geräuschen ab 40 Dezibel. Damit ist gewährleistet, daß wir auch einen ohne Worte ausgeführten Geschlechtsakt auf dem Schreibtisch mitbekommen.«

Feuer schluckte. Hätte Edison mit diesem Gerät sein letztes Beisammensein mit Laila aufgenommen, würde der geniale Techniker hinterher bestritten haben, daß sich Feuer währenddessen überhaupt im Raum, geschweige denn in Laila aufgehalten hätte.

Zuckerforscher Basedow war nicht im Hause. Er weilte im Werk Emmerthal der Lippe-Weser Zucker AG. Nein, wie lange er dort zu bleiben gedächte, wußte niemand. Allerdings wollte die Kollegin so freundlich sein und einen Kollegen fragen. Sie machte sich auf den Weg, und Feuer stand mit Edison vor Basedows Schreibtisch. Alle Türen waren verschlossen, wie Feuer mißmutig feststellte. Edison hatte schon einen Platz zwischen zwei Schränken gefunden. Erst deckte Feuer mit seinem Körper den arbeitenden Edison. Dann, als die Laborfrau auf sich warten ließ, schaute er sich die penible Ordnung auf Basedows Schreibtisch genauer an.

»Der Mann hat selbst seine Telefonzettel auf einen Haufen gelegt«, sagte Feuer staunend. Er war kein Liederjan, doch blieb ihm seit früher Jugend das Talent treu, Telefonnummern, die auf Papier niedergelegt waren, im Handumdrehen und wenn nötig auch zweimal an einem Tag zu verlegen. Deshalb hatte Feuer die Gewohnheit ausgebildet, Telefonnummern auswendig zu lernen. Er lief mit 200 Nummern im Kopf umher, speicherte mühelos neue Zahlenfolgen und war unfähig, alte zu vergessen. So kannte er noch Sonja Mennerichs 146 79, obwohl er nicht mehr wußte, ob sie blonde oder dunkle Haare gehabt hatte.

»Ach«, stieß Feuer hervor und beugte sich über den Schreibtisch. Edison stieß einen Laut aus, und die Laborfrau betrat das Büro. Basedow wurde morgen zurückerwartet.

»Alles roger«, knackte Edison draußen. So penibel er sonst mit technischen Geräten umging, sein Kehlkopf-Mikrofon schepperte wie ein Blecheimer. Dabei hatten die Kollegen zum letzten Geburtstag zusammengelegt, um ihm eine neue Stimme zu spendieren. Aber Edison konnte mit seinem metallenen Reden leben, und Frau Edison hatte ihn ja sogar geliebt, als er zwei Jahre stumm gewesen war.

»Du hast da oben etwas entdeckt«, sagte Edison.

»Die Hamburg-Uelzen-Connection nimmt Gestalt an. Erst treffe ich meinen alten Zechbruder Schuh auf diesem Plakat wieder, dann liegt eine mir persönlich bekannte Telefonnummer auf Basedows Tisch. Jan-Peter Mahler, der die Berliner Mauer im Munde herumträgt. Scheiße.« Schlagartig wurde Feuer mißmutig. Mahler hatte er keine Sekunde ernsthaft auf der Rechnung gehabt.

Erst hatte Feuer die wunderschöne Ernährungs-Assistentin Ina Wollkopf an der Strippe. Sie holte ihren Meister an den Apparat. Feuer fiel es leicht, Schuh zu duzen. Dem Professor kamen die ersten Vertraulichkeiten nur zögernd über die Lippen. Nein, keinen Kater am nächsten Morgen gehabt; ja, die Kinder hätten auch mal wieder reingeschaut; wo Heather Oxenberg sei? Schuh verstand die Frage nicht, wollte auch nicht verstehen, als Feuer sie wiederholte, und Feuer sah Edison zu, wie er die ersten beiden von insgesamt 10 Tonbandmaschinen vorbereitete. In Edisons Wagen waren technische Geräte im Wert von 420 000 Mark eingebaut, soviel kostet ein Porsche 959 ohne Geräte. In der Agentur wußten alle, daß Edison noch einen zweiten Auftraggeber hatte, über den er allerdings nic redete.

»So, Christoph«, unterbrach Feuer den schwadronierenden Forscher, »zum Thema.«

Er kriegte immerhin heraus, daß Schuhs Kollegin auf einer Tagung weilte, Weserbergland, kleine Kurstadt. Der Name war Schuh leider entfallen. An das Thema immerhin konnte er sich notdürftig erinnern: Meßinstrumente – Meßgenauigkeit – messen mit Augenmaß, so etwa. Feuer blieb dran:

»Uelzen vor vier Wochen, du erinnerst dich?«

In Hamburg knallte etwas, und Schuh sagte: »Ina ist was runtergefallen.«

»Seit wann kennst du Dr. Johannes Eißfeldt?«

»Eißfeldt?«

»Bitte schneller. Mir vergilben die Indizien unter den Fingern.«

»Ich helfe ja, wo ich kann«, behauptete Schuh. »Ich habe seinerzeit sogar meiner Frau geholfen, diese krümelnden Trocken-Blumensträuße zusammenzuflechten oder wie das heißt, wenn man diesen Abfall zusammenknotet.« Schuh lachte grimmig. »Jetzt erinnere ich mich wieder an diese Diskussion. Eißfeldt, sagst du? Ja, ein Eißfeldt war dabei. Wenn ich mich nicht irre, saßen wir sogar nebeneinander auf dem Podium. Viele Bauern im Saal, und wenn die das Gefühl haben, daß die moderne Technik ihnen höhere Erträge garantiert, freuen sie sich ja immer wie die Schneekönige.«

»Ihr habt euch nicht ein bißchen gestritten an dem Abend?«

»Eißfeldt und ich? Wie sollten wir? Ich kannte, ich meine ich kenne ihn ja gar nicht.«

»Fachliche Streitereien?«

»Nein. Na ja, in Nuancen vielleicht. Er hat mir vorgeworfen, ich würde zynisch an die Gentechnik herangehen. Aber das ist kein Vorwurf, das ist ein Witz.«

»Wußte er denn, daß ihr in eurem Institut etwas ... etwas ...«

»Also Ludwig, bei aller Freundschaft. Wenn wir mithelfen, diese gefährliche Emotionalisierung der uninformierten Öffentlichkeit nicht bei jeder sich bietenden Gelegenheit auch noch zu fördern, dann sind wir nicht korrupt, dann ... ich möchte mal sagen: Wir

steuern sanft gegen. Wir schützen Produkte und damit ja immer auch Arbeitsplätze, die es wirklich nicht verdient haben, daß sie einer Hysterie zum Opfer fallen.«
»Was hat denn Eißfeldt für eine Meinung vertreten? Kann man sagen, er hat eine umweltfreundliche Position vertreten? Hat er sich gegen Zucker gewandt?«
»Gegen Zucker? Warum sollte er? Er hat zu Besonnenheit aufgerufen. Ja, das hat er. Zu Besonnenheit.«
Edison forderte Feuer mimisch auf, das Gespräch zu beenden. Edison litt körperlich, wenn er Ohrenzeuge von Gesülze wurde.
»Wie siehts aus?« fragte Feuer. »Hast du dir noch einmal Gedanken gemacht, ob es jemanden gibt, der als Täter in Frage kommt? Vielleicht galt der Anschlag auf dein Labor nicht dir. Vielleicht hat ein abgewiesener Verehrer von deinen Mitarbeiterinnen ...«
»Mir ist niemand eingefallen. Ab Montag sind wir wieder komplett. Wir können es uns auch gar nicht leisten, wenn die Arbeit ... ich meine, wir forschen ja praktisch in öffentlichem Interesse.«
Edison drohte mimisch und gestisch einen Magenkrampf an, und Feuer beendete das Gespräch.
»Wer ist meine Numero drei?« fragte Edison.
»Eigentlich die Vorstandsetage. Aber ich weiß beim besten Willen keinen dummen Spruch, um dort einzudringen. Deshalb heißt die Nummer 3 Henning Boguhn.«

Vorher holten sie bei Andrea Villette die Liste mit den Nachtschicht-Namen ab. Feuer zögerte, dachte dann ›scheiß der Hund drauf‹ und drückte der Pressesprecherin einen nicht unbedingt zehntelsekundenkurzen Kuß auf die Wange. Die Villette begann unverzüglich, im Halsbereich hektische Flecken auszubilden, was Feuer mit Entzücken registrierte.
»Wenn Sie weitere Fragen haben ...« hibbelte sie. »Wir könnten uns auch nach Feierabend treffen«, fuhr sie eifrig fort. »Ich wohne nicht weit von hier, und wenn Sie Lust haben ...«
Langsam beschlich Feuer das Gefühl, sich lange genug gesträubt zu haben. Was war eigentlich gegen ein grundsolides Hintergrundgespräch einzuwenden? Hatte er solche Unterhaltungen in seiner Laufbahn nicht dutzendfach geführt? Durfte er die Villette etwa

nicht treffen, nur weil sie eine gutaussehende Frau war und er ein brillantes Mannsbild?
»Stehen Sie im Telefonbuch?« fragte Feuer knarzend. Es war diese halbheisere Tonlage, die ihm über seine leibseelische Kleinwetterlage viel verriet. Eine ehrliche Erektion hätte noch mehr verraten, wirkte aber im Vergleich doch etwas direkt.

»Was willst du denn schon wieder hier?« brummte Kommissar Boguhn. Feuer stellte Edison vor – als Kollegen.
»Ich sage nichts«, begann Boguhn die alte Leier. »Ich muß die interkonfessionelle Einsatzgruppe koordinieren.«
Edison lachte. Es klang, als wenn ein Metalleimer umgefallen wäre.
»Ich hasse jeden Kriminellen«, knurrte Boguhn. »Aber am meisten hasse ich Kriminelle, die ihre Untaten in zwei verschiedenen Bundesländern begehen. Die wissen gar nicht, was sie uns damit antun.«
»Wo von soll sie denn operieren, deine Gruppe?« fragte Feuer.
»Damit geht das Elend ja schon los«, stöhnte Boguhn. »Hamburg will sie haben, und wir wollen sie haben. Das kann Tage dauern, bis einer nachgibt.«
»Ich denke, der Vernünftige gibt nach.«
»Sag ich ja: Das kann Tage dauern. Dann ist kein Raum da. Dann steht ein Telefon auf dem Tisch, und die Leitung ist tot. Dann muß einer rumlaufen und den Kollegen Papier und Uhu klauen, weil die Anforderung für Büromaterial nicht rausgegangen ist. Und dann die Dienstwagen! Dienstwagen kannst du dir gleich abschminken. Ich nehme nur noch meinen Privatwagen. Da habe ich hinterher wenigstens nur den Ärger wegen der Abrechnung der privaten und dienstlichen Anteile.«
»Aber Henning«, sagte Feuer beeindruckt, »du bist ja leidensfähig.«
Edison knackte, und Feuer fragte:
»Wer hat die Zuckerrüben angesteckt?«
»Autonome«, antwortete Boguhn schnell.
»Ach Henning«, sagte Feuer gequält.
»Das waren Autonome«, wiederholte Boguhn störrisch.

»Was ist mit dieser personifizierten Minderheit?« fuhr Feuer fort. »Habt ihr ihn endlich laufenlassen?«

»Wir sind froh, daß wir den Hussein haben. Er ist ein Dreckskerl. Wir haben sichere Hinweise, daß er auf die ganz miese Tour minderjährige Mitglieder für seine Gruppe keilt. Zeigt Gewaltvideos, zeltet mit ihnen, ist offensichtlich ein mitreißender Geschichtenerzähler und bezieht Geld aus unbekannter Quelle. Wir sind wirklich heilfroh, daß wir diesen Kameltreiber haben.«

»Aber den Mord an Eißfeldt wollt ihr ihm noch nicht anhängen?«

»Was nicht ist, kann ja noch werden.«

Frau Eißfeldt war immer noch unauffindbar. Allerdings war man an Verwandtschaft der Eißfeldts dran; ja, die Mediziner waren sich jetzt einig. Eißfeldt hatte Arsen im Körper gehabt. Er hatte es so kurz vor seinem Tod genommen, daß alles möglich war: Selbstmord im Bunker, aber auch unfreiwillige Zufuhr des Gifts und anschließende Lagerung im Bunker.

»Kann es sein, daß ein Ortsfremder die Leiche im Bunker abgelegt hat, ohne zu wissen, daß der Körper am nächsten Morgen in diesen Mixer geschoben wird?«

»Möglich ist alles«, antwortete Boguhn. »Wir wissen, daß die Tür zum Bunker während der ganzen Kampagne offensteht. Wir wissen, daß ein Labormensch am Abend auf dem Gelände nicht auffallen würde, weil diese Forscher sowas wie die Künstler in der Fabrik sind: Fangen später an und hören später auf, und wenn sie an etwas dransitzen, kann es sogar vorkommen, daß einer in der Fabrik übernachtet. Und bevor du fragst: Eißfeldt war natürlich der beliebteste Mitarbeiter von allen.«

»Was hast du gemacht?« fragte Feuer im Wagen.

»Ich habe Boguhn eine Wanze zwischen die Ansichtskarten an der Pinnwand geklebt.«

»Aber Edison! Die Karten sind mit Stecknadeln festgemacht.«

»Die Wanze sieht aus wie eine Stecknadel.«

Feuer versuchte dann, was noch jedesmal gescheitert war:

»Kommst du mit ins Hotel? Firma zahlt natürlich. Man schläft einfach schöner zwischen echten Gänsefedern.«

»Ich muß bei den Maschinen bleiben«, und damit war die Sache erledigt.
Man hatte Edison selten schlafen sehen. Meist beobachtete er die Maschinen und kommunizierte auf eine Weise mit ihnen, die Feuer fremd blieb. Dafür gingen die Maschinen auch nie kaputt. Sie ließen niemand als Edison an sich heran, sonst reagierten sie mit Bandsalat, Kurzschluß, Schmorbrand, Fehlschaltungen, Pfeiftönen.
Feuer klopfte zum Abschied aufs Autodach und verließ das Firmengelände. Auf dem Parkplatz zwischen Schützenhaus und Minigolf-Platz stand der Golf 16 Ventiler, zu dem Feuers Universal-Schlüssel paßte. Eine Cassette lugte aus dem Schacht, der Tank war voll, der Kilometerstand 18 000. Im aufklappbaren Beifahrersitz befanden sich Kamera, Fernglas, Diktiergerät, eine Gaspistole, ein Messer, eine Taschenlampe und Brechbühls Leidenschaft: diese albernen Lämpchen, die vorn an einem Kopfschutz kleben und den nächtlichen Weg des Detektivs beleuchten; eine Halbliter-Flasche Cognac – umgefüllt aus einer 195 Mark-Flasche; eine Packung Wachhalte-Tabletten. Die eingebauten Kameras in der Kühlergrill-Schnauze und hinten neben dem Kofferraumschloß besaßen beide Spezialwagen der Agentur.
Feuer griff genüßlich das Rallye-Lenkrad, startete den Wagen und schob die Cassette in den Schacht:
»Tach, mein Schatz, Ilona wünscht dir gutes Gelingen. Mach nicht mit fremden Frauen rum, Liebe bringt Unglück. Ciao.« Feuer schob eine andere Cassette ein und knallte sich den Kopf mit Musik von 1972 und 1973 voll.
Unterwegs kaufte er die lokale Tageszeitung und las im Verlauf von drei Ampelstops die Entschuldigung von Redaktion und Geschäftsleitung, daß es zu dieser schrecklichen Flugblattbeilage hatte kommen können. Umständlich wurden den Lesern die logistischen Details einer Zeitungs-Auslieferung beschrieben. »Wir distanzieren uns mit Betroffenheit, Wut und Abscheu« lautete der letzte Satz.

»Weniger wäre vielleicht mehr gewesen«, sagte Feuer zehn Minuten später zum Chefredakteur.

»Wann haben wir schon mal Gelegenheit, uns zu distanzieren?« entgegnete der Chefredakteur. »Dann ist es besser, man erledigt alles in einem Aufwasch, bevor ein Leserbrief kommt, daß wir irgendwas vergessen hätten. Ich kann Ihnen sagen, dies ist eine Leserschaft mit einer ungeheuren Leidenschaft für Leserbriefe.«

»Sie haben persönlich über diese Podiumsdiskussion vor vier Wochen berichtet.«

»Die Rosinen für Vati«, schmunzelte der Chefredakteur.

Feuer fragte nach einem Streit, der Chefredakteur wunderte sich: »Streit zwischen Schuh und Eißfeldt? Die hatten genug damit zu tun, sich gegen diese Dame zu wehren.«

»Und hinterher? Der übliche Umtrunk? Manöverkritik? Verbrüderung?« Der Chefredakteur schmunzelte:

»Bärenfang haben sie schnabuliert und ...«

»Den gibts noch? Diesen herrlich klebrigen Likör?«

»Mögen Sie den etwa?«

Feuer plauderte über alkoholische Jugendsünden, der Chefredakteur klaute seiner Sekretärin eine Flasche Bärenfang, drückte ihr zwei Briefe in die Hände, und während draußen lustig die Schreibmaschine knatterte, stießen sie mit Bärenfang an. Danach spendierte die Sekretärin, die noch lieber bemutterte als grollte, jedem ein Stückchen Kuchen.

»Was wissen Sie von diesem Hussein Lilien-Stratos?« fragte Feuer.

»Der Mann braucht es, gehaßt zu werden. Sonst fühlt er sich nicht wohl.«

»Ist er mal gewalttätig gegen irgendwen geworden?«

»Er soll zu denen gehören, die den Strommast vor fünf, sechs Wochen angesägt haben.«

»Und wer waren die anderen? Die Autonomen bestimmt.«

»Einen Namen muß das Kind haben.«

»Reicht das den Leuten hier?«

»Ach doch. Wir sind nicht anspruchsvoll.«

»Wen halten Sie persönlich denn für den Autor des Flugblatts?«

»Die Autonomen.«

»Und wer hat die Flugblätter in die Zeitungen gepackt?«

»Die Auto ...« Das Telefon klingelte, der Chefredakteur nahm

ab ... und dann ging alles sehr schnell. Zeitgleich mit ihnen eilten zwei Reporter zu ihren Wagen. Auf der langen Gerade nach der Stadtausfahrt überholte Feuer einen Pkw, an dessen Steuer Henning Boguhn saß. Feuer winkte dem Kommissar zu, Boguhn klebte sich ein Blaulicht aufs Dach und gab Gas. Feuer ließ ihn aufschließen, hängte ihn ab, ließ ihn aufschließen, fuhr beinahe einen leeren Zuckerrüben-Traktor an und ließ Boguhn dann auf den letzten Kilometern hinter sich.
»Ach wie niedlich«, sagte Feuer. Er hatte seit Jahren keinen Polizei-Käfer mehr gesehen. Zwei uniformierte Beamte standen daneben und starrten auf den brennenden Zuckerrüben-Haufen. Es war eine gewaltige Miete von bestimmt 12 Metern in der Länge und drei Metern in der Höhe. Das Feuer loderte heftig, angefacht vom Wind. Als Feuer ausstieg, kamen zwei Jungen auf Fahrrädern angefahren, und die beiden Beamten warfen sich auf die Kinder, um sie abzudrängen. Dann erschienen in schneller Folge erst alle Zeitungswagen, dahinter Boguhn. Weit im Hintergrund orgelte eine Feuerwehr-Sirene.
»Auf Landstraßen 100«, sagte Boguhn und warf einen neidischen Blick auf Feuers Wagen. Feuer hielt den Mund, denn Boguhn war schon sauer genug, auch wenn er dem Wagen nur die offiziellen 139 PS unterstellte. Die hinzugetunten 45 Pferdestärken hätten dem Kommissar womöglich eine Migräne verschafft.
Alle gönnten sich einen langen Blick auf die Flammen.
»Imponierend«, sagte Boguhn. »Diese Naturgewalt. Da wird der Mensch ganz klein und mickrig. Erdenwurm«, sagte er und verstummte. Feuer ging zu den Käfer-Polizisten und fragte, wer die Polizei angerufen habe.
»Ein Mann«, sagte der auf der Beifahrerseite. »Sind Sie befugt, Fragen zu stellen?«
Die Feuerwehr erschien mit zwei Zügen und zelebrierte die hohe Schule des Einparkens, Schlauch-Entwirrens sowie Entrollens mit kombinierter Suche nach einem Hydranten. Der Fotograf fotografierte und fotografierte, die Streifenpolizisten baten die Scheueren unter den Zuschauern, näher zu treten, damit sie einen Grund bekamen, sie abzudrängen. Der Feuerwehrschlauch pumpte sich mit Wasser auf. Feuer verfolgte, wie das Wasser den Schlauch

entlanglief. Dann drang es aus der Öffnung, dann spritzte das Wasser auf die lodernden Flammen – und dann explodierte der Rübenhaufen.

Die Wucht der Explosion holte Feuer von den Beinen. Um ihn herum stürzten Menschen, und es war ein Mann, der zu schreien begann. Sogleich ertönten kleinere Explosionen. Doch waren dies mehr Knaller wie bei einem Feuerwerk. Kinder weinten nun, aber vielleicht weinten sie auch schon länger, und Feuer hörte es erst jetzt. Im Hintergrund raste mit aberwitziger Geschwindigkeit ein Toyota Land Cruiser heran, Boguhn saß telefonierend in seinem Wagen, und Feuer zerrte eine sinnlos umhertorkelnde Frau von dem Feuerhaufen weg. Das Feld, der Straßenrand und die Straße waren übersät mit hunderten von Rüben, und jede einzelne stand in Flammen. Feuer reagierte auf die Katastrophe mit seiner gewohnten Verdrängung: Er war der Zuschauer im Kinosessel, der Mann in der Ritterrüstung, der Tourist, der durch den Glasboden des Bootes die Korallen betrachtet. Mochten sie doch schreien, Blut wischen, weinen, sich winden – seine Sekunde kam, als Laila vor ihm stand, die Kamera ans Gesicht hob, sie sinken ließ, sie auf den Boden legte, vor Feuer trat und mit einem Tuch über sein Gesicht wischte. Danach war das Tuch voller Blut, und Feuer bekam schlagartig Gummiknie. Am besten hatten die Feuerwehrleute den Knall überstanden. Zwei Schlauch-Duos stritten leidenschaftlich, auf welche brennende Rübe man zielen solle. Boguhn trug Verbandskästen vorbei und verstand damit umzugehen.

»Hierher!« rief Feuer, und Boguhn rief zurück: »Erst die Notfälle«.

»Sprengstoff«, murmelte Feuer. »Unter den Rüben muß etwas gelegen haben.«

»Du meinst, jemand hat Sprengstoff versteckt«, sagte Laila, die gierig die liegenden, laufenden, stöhnenden Menschen betrachtete.

»Geh schon«, forderte Feuer sie auf, »du kommst doch sonst um.«

»Danke, mein Schatz«, rief sie und griff zur Kamera.

Neue Sirenen, Notarztwagen von beiden Seiten und gleich danach das peitschende Geknatter eines Hubschraubers. Der Pilot erkannte, daß er das Feuer neu anfachte und ging 100 Meter entfernt nieder. Feuer spuckte aus: Ruß, Speichel, Blut. »Ich hasse Zucker«, murmelte er und überließ sich einem Gefühl grenzenlosen Selbstmitleids. Dann versuchte er, sich nützlich zu machen. »Hauen Sie ab hier!« rief ein Malteser-Helfer. »Oder brauchen Sie Hilfe?«

Feuer ging steifbeinig zu seinem Wagen, ließ sich hinters Lenkrad fallen, holte die Kamera aus dem Beifahrersitz und schoß eine Serie Fotos von den brennenden Rüben, den absperrenden Polizeibeamten, den funktionierenden Helfern. Zwei Männer lagen regungslos auf Bahren, sonst sah Feuer keine größeren Katastrophen. Dann der Ruf:

»Die Rüben! Brennende Rüben im Wa ...«

Der Polizei-Käfer explodierte. Der Schrei des Polizisten, der daneben stand, war lang und laut. Er griff in sein Gesicht, schrie und fiel in sich zusammen, als wenn er keine Knochen im Leib hätte. Wer in der Nähe stand, eilte hinzu, und mehr als einer wandte sich sofort wieder ab. Feuer sah zwei Menschen auf die Böschung zuwanken, wo sie sich erbrachen. Er ging mit der Cognacflasche von Verletztem zu Verletztem, bot allen einen Schluck an. Eine Frau mit blutenden Armen lehnte es ab, sich von einem Sanitäter berühren zu lassen. Von »Aids« murmelte sie, und der Sanitäter war kurz davor, sie zu ohrfeigen. Ein junger Bursche tupfte Feuers Gesicht mit einer scharfen Flüssigkeit ab, drehte seinen Kopf mit beiden Händen hin und her.

»Lassen Sie das!« brüllte Feuer ihn an. »Das ist keine Verletzung.«

»Was denn sonst?« fragte der Jüngling und riß sich zögernd vom Knutschfleck los. Er klebte Feuer ein Pflaster auf die Stirn. Danach fühlte sich Feuer abgestempelt und krank. Immer mehr Autos erschienen am Ort der Explosion, der Durchgangsverkehr fuhr Schrittempo. Auf halbem Weg zum Hubschrauber legten Sanitäter eine Frau von der Bahre auf den Acker, zwei andere Sanitäter eilten mit dem verstümmelten Polizeibeamten auf den Hubschrauber zu. Die Feuerwehr stellte das sinnlose Löschen ein, ein Absperrband flatterte im Spätnachmittagswind, und nun dröhnte der

Bauer im Scorpio heran. Er trug es mit Fassung, lachte sogar, feixte, wandte sich dann aber doch ab.
»Was ist es?« rief Feuer dem vorbeistürmenden Boguhn zu.
»Explosion«, rief der Kommissar, und Feuer war so schlau wie vorher.
Zwischendurch immer wieder Laila, mal mit erhobener Kamera, mal ohne; schüchtern filmten zwei Einheimische mit Schmalfilm- und Videokamera vor sich hin. Gegen Laila wirkten sie wie Sperlinge gegen einen Habicht. »Das nehme ich dir übel, Feuer«, rief Laila. »Fährst in die Weltgeschichte und läßt mich sitzen. Das bin ich nicht gewöhnt, merk dir das.«
»Warum stapeln die hier die Rüben am Straßenrand?« fragte Feuer. »Warum fahren sie die nicht in die Fabrik?«
»Immer Fachleute fragen«, strahlte Laila. »Die Fabrik gibt sogenannte Abruftermine aus, damit nicht alle Bauern zugleich vorm Tor stehen. Und irgendwo müssen die Dinger ja zwischengelagert werden. Verlieren allerdings an Süße, die Rüben. Pro Tag ...«
Feuer ließ sie stehen, schleppte sich zum GTI, kurbelte die Scheiben hoch, ließ den Kopf gegen die Stütze sinken, schaltete mit geschlossenen Augen alle Funktionen des Diktiergeräts durch.
»Norbert Riff, Zahnarzt, Arsch mit Ohren, Praxis kaputt, Assistentinnen niedlich, spielt Zickenjazz. Christoph Schuh, Professor und Pantoffelheld, würde gern Marilyn Monroe vögeln und nimmt als Ersatz seine rechte Hand Ina Sowieso. Frau Schuh ernährt sich gesund, Hund ist Alkoholiker. Verschleudert Universitätsgelder, Projekt Moschus: eine der gröbsten Schoten, die du jemals gehört hast. Verbindungen zu zwei Firmen, die Meßgeräte herstellen, Süddeutschland. Schuhs Kollegin Heather Oxenberg kommt aus Süddeutschland, hat eine Schwester, die Männer haßt, sonst nichts Nachteiliges bekannt. Anonymer Anrufer meldet brennende Zuckerrüben. Anonyme Anruferin kündigt in Hamburg vergifteten Zucker an. Alibis überprüfen: von Jeanette Bülau, von Arne Rieckmann, den könntest du bei dieser Gelegenheit endlich mal auftreiben. Eva Masuhr, Hausfrau, alleinerziehende Mutter und Zuckerfan, um die du dich auch nicht mehr genügend gekümmert hast. Personen aus der Medizin-Ernährungs-Menschlichkeits-Ecke betreiben Fernsehspots über Zucker. Frau Sieben-

hüner und ihre PR-Firma haben sich das ausgedacht. Aua mein Kopf. Laila um einen Tag Schonung bitten. Schniedel abdrehen, ins Eisfach stecken, Brand auf Cognac, Vorsicht! Boguhn wartet nur auf sowas, Boguhn ist unverdächtig, der Esoteriker Hussein ist unverdächtig, jeder Landkreis braucht seinen Hussein und dann stirbt Eißfeldt, Frau verschwunden, Frau ist ein flotter Feger, woher weiß Basedow das? Der Zuckerforscher drängelte sich vor, mit dir zu reden. Warum traust du keinem zu, freundlich zu sein? Eißfeldt und Schuh kennen sich, Kollegen. Eißfeldt könnte über Kollegin Oxenberg ... die mit Jeanette Bülau und mehreren Männern, von denen einer Weinkartons in seinem Zimmer, und Wein ist am Gären, blubb macht die Blase wie Sekt, Sekt Schaumwein Rüttgers danke, Tarzan im Puff, Rüttgers und die Brause-Pille, Champagner aus Schaum, Geschmack aus Chemie, neue Märkte, Mehrwert, schwerer Kopf du bist so dicht dran, Tarzan, Tarzans Tigerhose, Puff, Prominenz, Hamburg-Uelzen-Connection, Tarzan fragen, Eißfeldt hat ein Buch geschrieben. Wo feiern Buch-Heinis Vertragsabschlüsse, wenn Nuklear-Mafia es im Puff tut? Mir ist ja so schlecht. 30 Jahre Zuckerfabrik in der Kleinstadt und zwei dünne Ordner voll. Außer Verkehrsunfällen bei Rübenernte nichts von Interesse, einmal im Jahr Hauptversammlung, bißchen was über nachwachsende Rohstoffe, ein Feld voller Schniepel, Säfrau Laila geht durch die Reihen und erntet, du kommst vom Thema ab. Flugblatt in Uelzen, Flugblatt in Hamburg, noch ein Flugblatt in Hamburg – Trittbrettfahrer? Du hast Arne Rieckmann vergessen, du hast total Arne Rieckmann verges ...«
Feuer öffnete die Augen. »Was ist denn da nun explodiert?« brüllte er aus dem Wagen.
»Die Spurensicherer gehen nicht ran, solange es noch glimmt«, rief Kommissar Boguhn zurück.
»Jan-Peter Mahler«, sagte Feuer plötzlich. »Basedow Uelzen kennt den Stacheldrahtzahnmann Jan-Peter Mahler Hamburg. Die Welt ein Dorf. Was haben die Kerle gemeinsam? Wer ist hier noch unverdächtig? Laila, Tita. Tita ist eine Taubenmörderin, und Brechbühl hat eine dicke Backe. Das klassische Motiv, Zahnärzten etwas anzutun.« Die Autotür wurde aufgerissen, ein Sanitäter stand mit zwei verbundenen Jammergestalten vor dem GTI. »Der

Kommissar sagt, Sie sind so nett und fahren die Dame und den Herrn ins Kreiskrankenhaus.«
Feuer sah zu, wie die Verletzten nach hinten verfrachtet wurden. Plötzlich kam eine Frau in Schwesterntracht herbeigeeilt.
»Macht gefälligst den Wagen voll«, brüllte sie den zusammenzukkenden Sanitäter an.
Feuer wollte den Mund öffnen, doch sie kam ihm zuvor:
»Halten Sie bloß den Mund! Die Geschichte mit den Schonsitzen kenne ich! Ich war jahrelang mit so einem verheiratet.« Zwei Minuten später winkte der Dragoner Feuer auf die Bundesstraße.
Feuer blickte die vier maladen Gesichter im Rückspiegel an.
»Geht's?« fragte er.
»Scheiß Rüben«, zischte jemand. Neben Feuer saß ein Feuerwehrmann, der ständig hustete und jedesmal einen Sprühregen gegen die Windschutzscheibe schleuderte.
»Was glauben Sie, wer das getan haben könnte?« fragte Feuer.
»Die Autonomen«, antwortete die Frau, die noch am muntersten schien.
»Wissen Sie eigentlich, wer das ist: Autonome?«
»Klar«, sagte die Frau. »Das sind die, die die Explosion gemacht haben.«
Feuer hielt sich mit den Augen am Mittelstreifen fest. Der Streifen schien ihm große Ähnlichkeit mit seinem beruflichen Durchblick zu haben: Mal war er da, dann war er weg, dann war er wieder da.
»Wir haben Gewehre gefunden«, hustete der Feuerwehrmann.
Feuer wünschte sich, Innen-Scheibenwischer zu besitzen.
»Die Autonomen schrecken vor nichts zurück«, kam es von hinten.
»Aber die Explosion muß was Schlimmeres gewesen sein«, hustete der Feuerwehrmann. »Munitionskiste oder Handgranaten.«
»Ich habe im Fernsehen gesehen, daß die Autonomen ...« der Feuerwehrmann bekam einen Hustenanfall. Feuer lud die Brut vor dem Krankenhaus ab. Er war der vierte oder fünfte Wagen, der Verletzte anlieferte.
»Und Sie?« rief ein Pfleger Feuer hinterher, als der in den Wagen steigen wollte.

»Mir geht's gut«, behauptete Feuer und machte, daß er wegkam.
Er mietete sich und Laila erneut im Hotel mit dem Fachwerk ein. Die Frau mit dem winzigen englischen Wagen bot ihm ein neues Pflaster an.

Als das achthändige Ungeheuer begann, seine Haut zu streicheln, kämpfte Feuer gerade mit einem Riesen, der zwei Rübenköpfe besaß.
»Augen zulassen«, ordnete Laila flüsternd an.
Sie berichtete enthusiasmiert über die Dreharbeiten. Die Cassette befand sich bereits per Taxi auf dem Weg nach Hamburg. »Wegen dir sehe ich heute Abend nicht meinen Film über den prügelnden Polizisten.«
»Ich bin ja da«, sagte Feuer zum Trost.
»Ach, weißt du«, sagte Laila ungetröstet, »live ist live. Dir bedeutet das nicht so viel wie mir.«
»Oh doch«, murmelte Feuer. »Live tut's mehr weh.«
»Apropos, wie kommst du überhaupt hierher«
»Ach weißt du, Tarzan ist so ein süßer Junge ...«
Feuer duselte weg, spürte, daß er gestreichelt wurde, grunzte, schlummerte und fuhr hoch, als Laila den Telefonhörer auf die Gabel pfefferte.
»Hamburg leuchtet!« rief sie und ließ sich neben Feuer aufs Bett fallen. »Sie rufen an wie verrückt. Der Bericht hat polarisiert. Sie loben und sie hassen ihn. Endlich ist Schluß mit dem lauwarmen Gesülze. Das bringt Zuschauer, das bringt Renomée. Mein Karamel-Bonbon, du bist einer Top-Reporterin verfallen.«
»Du glaubst, du bist die Beste, wie?«
Laila blickte ihn verdutzt an. »Glaubst du, ich könnte irgendwo arbeiten, wo ich die Zweitbeste bin? Willst du, daß eine Zweitbeste ihre Schenkel um deine Wespentaille schließt?«

Obwohl es nach 19 Uhr war, standen zahlreiche Wagen auf dem Firmenparkplatz. Edisons Wagen fügte sich unauffällig ein.
»Hast du schon was?« fragte Feuer gespannt.
»Diese Pressemieze steht in der Firma auf verlorenem Posten. Sie

telefoniert herum, um etwas zu erfahren. Interessanter ist das Labor. Unsere Frau von heute mittag hat mit Basedow telefoniert, in Bad Oeynhausen. Sie hat haarklein das Gespräch mit dir geschildert. Der Zuckermann ist dort mit Frau Oxenberg zusammen, sie äußern sich verächtlich über Schuh, diesen Ernährungsforscher. Der Zahnarzt Riff spielt bei ihnen keine Rolle, dafür eine Frau Siebenhüner. Muß ein dominantes Weib sein.«
»Was reden sie über Eißfeldt?«
»Wenig Nettes insgesamt. Er sei ein mieser Spielverderber. Willst du ...?«
»Nein, nein«, rief Feuer, als Edison Anstalten machte, das Band rückwärts laufen zu lassen. »War es Mord?«
»Sie gehen davon aus. Aber keiner scheint Genaues zu wissen.«
»Und die Polizei?«
»Für die Polizei stehe ich doch schon etwas weit weg. Die Qualität ist nicht gut, ganz und gar nicht gut.« Edisons Gesicht zeigte Kummerfalten. Ein unzulänglicher Pegelausschlag konnte ihn in Depressionen stürzen. »Die Polizei sucht die Flugblatt-Verfasser. Sie haben Autonome im Verdacht. Namen sind nicht gefallen.«
»Ist auch nicht nötig«, sagte Feuer, »die handeln das hier unter einem zusammenfassenden Gattungsbegriff ab. Wahrscheinlich numerieren sie ihre vier bis fünf Dorfanarchos durch.«
»Und sie wissen, wo Markus Buhr wohnt.«
Das war die Nachricht, die Feuer elektrisierte: »Der Feind der Zuckerfabrik, den sie vertrieben haben?«
»Ja, er wohnt in Hamburg. Er heißt aber nicht mehr Buhr. Hat geheiratet und den Namen seiner Frau ... geht denn das heutzutage?«
Feuer tätschelte Edisons Schulter und sagte: »Ach, Edison.«
»Mehr ist nicht«, sagte Edison. »Sie sitzen übrigens auf meinem Essen.«
Laila fuhr hoch. Edison entnahm der Kiste eine Dose und begann, sie aufzudrehen.
»Wir sind entlassen«, flüsterte Feuer.
Mit der Personenliste von Pressesprecherin Andrea Villette durchstreifte Feuer anschließend die Hallen und befragte die Beschäftigten, ob ihnen in der Nacht, in der Johannes Eißfeldt gestorben

war, etwas auf dem Gelände oder in einem der Gebäude aufgefallen war. Niemand hatte etwas gesehen oder gehört.
»Wissen Sie«, sagte ein jüngerer Angestellter, »manchmal denke ich: Vielleicht hat er ja geschrien, der arme Doktor. Aber hier ist es nicht ganz leise, und in der Nacht fuhren sogar noch dicke Motorräder auf der Straße. Da lausche ich als Fan von solchen Kalibern Richtung Straße und nicht Richtung Vorratsbunker.«
Handfesteres erfuhr Feuer nicht. Die wenigsten waren überhaupt draußen gewesen, und mehr als einer erwähnte, daß es jetzt abends schon asig kalt wurde. Feuer schaute noch einmal bei Edison vorbei, der hatte etwas Neues:
»Rauschgift. Sie haben auf einigen Flugblättern Spuren von Mohn entdeckt. Jetzt wollen Sie einem Herrn mit orientalischem Namen ans Leder. Soll Anführer der Autonomen sein.«

Feuer landete mit Laila in einer skurrilen Mischung aus norddeutscher Küche, Balkan-Grill und asiatischer Bedienung mit weißblauer Schürze vor den Hüften.
»Hier ist die Welt zu Gast«, sagte Feuer und graulte sich vor so viel nachgemachter Großstadt. Nach Mitternacht brachen sie Richtung Hotel auf. Hinter dem Scheibenwischer des GTI steckte ein Zettel. Laila war natürlich schneller: »›Endlich steht der Zucker da, wo er hingehört: am Pranger! Laßt euch nicht durch Todesfälle vom Thema ablenken! Zucker schädigt die Gesundheit und verursacht Kosten in Milliardenhöhe! Diese Aktion findet zeitgleich in allen Orten der Bundesrepublik statt, in denen Zuckerfabriken stehen! Karies – nein danke! Jeder Mensch kann ohne Zucker leben!‹ Und dann kommen eineinhalb Seiten mit kleingedruckten Informationen. Sehen ganz seriös aus, soweit ich das beurteilen kann.«
»In der ganzen Republik«, sagte Feuer beeindruckt. »Wer immer dahintersteckt, er macht keine halben Sachen.«
Sie guckten die Reihe der geparkten Autos durch. Jeder hatte sein Flugblatt hinterm Scheibenwischer.
Das Hotel war geschlossen. Der Nachtportier war Ende 20 und hinkte, eine Sportverletzung, wie er behauptete.

Feuer wollte noch etwa Trinkbares, der Portier organisierte Bier und Wasser.

»Aus Hamburg?« fragte er, während Laila ihre Bierflasche an Ort und Stelle öffnete. Feuer wandte sich zum Gehen, und der Portier sagte zu Laila:

»Witzig, wie Sie das Bier weggluckern. Das können nicht alle Frauen.«

Feuer wurde von Wort zu Wort müder, aber der Portier gab keine Ruhe:

»Vor ein paar Wochen hatten wir einen weiblichen Gast, der hat sich fast erstickt an der Bierflasche. Das war ein Ärger, und dann wollte sie noch ein Zimmer, um halb eins morgens, und wir hatten den Stall voll wegen der Landwirtschaftsausstellung.«

Feuer bot Laila galant den Arm.

»Hieß wie eine der Schauspielerinnen im Denver-Clan. Kennen Sie den Denver-Clan?«

»Oxenberg«, sagte Feuer.

Der Portier nickte verdutzt.

»Pamela Oxenberg«, sagte Feuer.

»Nee, nee«, rief der Portier. »Nicht Pamela, Heather. Das weiß ich noch genau, weil eine der anderen Schauspielerinnen aus dem Denver-Clan ...«

»Die Diskussion im Schützenhaus, richtig?«

»Irgendwas mit Gentechnik. Wir hatten zwei Gäste, einen Professor und eine Dame. Wo Sie mich jetzt fragen, ich glaub, die hieß genau ...«

»Weiter.«

»Na ja. Um halb eins steht sie vor der Tür.«

»Weiter. Mann, Sie reden ja so umständlich.«

»Nicht wahr? Das sagt meine Freundin auch immer. Also die Dame, die Oxenberg wollte zu dem Professor aufs Zimmer. Ich hab sie gelassen. Wir sind hier ja nicht hinterm Mond. Zehn Minuten später waren sie fertig, ich meine, sie kamen runter und wollten noch wohin.«

»Und wohin?«

»Weiß ich nicht. Ich kenne nur den Ort. Westerweyhe, das ist ein westlich von hier liegendes ...«

»Wen wollten sie da besuchen?«
»Das haben sie mir natürlich nicht gesagt. Sie sind dann beide los und kamen sehr spät wieder. Halb vier war es bestimmt. Ich war da nämlich schon …«
»War was am nächsten Morgen? Hatten sie Streit? Wirkten sie wie ein Liebespaar? Hatten sie's eilig?«
»Ich habe sie nur wegfahren sehen. Um 8 falle ich ja in die Koje, und ich bin nur zufällig um halb zehn … Jedenfalls haben sie da gerade bezahlt und sind abgefahren.«

Um 10.03 Uhr betrat Feuer die Agentur. Tarzan Lehmann saß an der Schreibmaschine. Nebenan sprach Ilona mit einem jungen Mann, den Feuer nicht kannte.
»Hallo Zuckerstange!« rief Tita aus ihrem Reich. »Wie gehts der jungen Liebe? Gehst ja immer noch ganz breitbeinig.«
Brechbühl schleppte sich mit geschwollener Wange herein und nuschelte:
»Frau Dr. Siebenhüner hat sich nach dem Stand der Ermittlungen erkundigt. Sie sagt, der Topf ist nicht bodenlos.«
»Ich brauche jemanden, der mit Edison in Uelzen Kontakt hält«, sagte Feuer. »Er sitzt auf dem Parkplatz der Zuckerfabrik.«
»Was das kostet«, schnaufte Brechbühl.
»Ich mach das«, sagte Tita, schnappte sich die Krücken und ging zum Fenster, wo sie »put, put, put« rief.
Mit den »Caprifischern« auf den Lippen betrat Lorenzo Stabile die Agentur. Brechbühl hatte lange gesucht, bevor er ihn als ideale Verkörperung eines Türken, Italieners oder Griechen gefunden hatte. Lorenzo war zweisprachig aufgewachsen, hatte zwei weitere Sprachen dazu gelernt. Trotz seiner 1,64 war er fit genug, um auch das Eintauchen in kritische Gemeinwesen wie ausländische Lokale oder Clans zu überleben. Leider war Lorenzo schnell mit dem Messer zur Hand.
»Du riechst betörend«, sagte Feuer.
»Er riecht, als wenn er aus dem Puff kommt, der alte Rammler«, knurrte Tita und drohte Lorenzo mit einer Krücke. Allerdings kam Lorenzo tatsächlich aus dem Puff, denn er war der Ersatzmann für Tarzan Lehmann.

Feuer gab seinen Film mit den Rübenbrand-Fotos zum Entwickeln, dann rief er Edison an. Nein, Basedow war noch nicht zurück; ja, die Polizei spielte ernsthaft mit dem Gedanken, einen Haftbefehl auf Frau Eißfeldt auszustellen; Hussein befand sich weiter in Haft und wurde pausenlos verhört. In der letzten Nacht hatten in zwei Land-Wohngemeinschaften Razzien stattgefunden. Ausbeute: zwei Gramm Kokain und vier von Hunden gebissene Beamte; Pressesprecherin Andrea Villette hatte ein Gespräch mit einer Freundin geführt und darin von einem schmucken Privatdetektiv berichtet.

»Habt ihr da in Hamburg einen Mahler?« fragte Edison. »Ein Forscher aus dem Labor hat versucht, ihn zu erreichen. Ach ja, der neue Name dieses wild gewordenen Handwerkers Buhr lautet Bommer. Adresse weiß ich nicht, ist aber Hamburg. Ende.«

Tarzan Lehmann wurde von der Schreibmaschine losgeeist und auf Bommer angesetzt. Feuer schaute bei Reporter Hüdepohl vorbei. Der kam aus dem Ticker-Raum und zog einen meterlangen Schwanz Telexe hinter sich her.

»Was ist in der Nacht zum Thema Zucker gelaufen?« fragte Feuer.

Hüdepohl stöhnte auf. »Ich habe das Thema soeben meiner werten Kollegin aus dem Frauen-Ressort entrissen. Die hält sich zuständig für alles, was man essen kann. Läuft gerade eine Serie über Vollwertkost, aber mir wollen sie meinen Kiezreport kippen. Wenn der erste Loddel mit einem Vollkornbrot erschlagen wird, werde ich mich mit der Kollegin duellieren, wer von uns berichten darf.«

Das dünne Hemd ruckelte an der Brille, sichtete die Telexe und ratterte herunter:

»Flugblätter in allen Städten mit Zuckerfabrik, das sind rund 40. ›Zucker weg‹-Kampagne. Gesundheitsapostel mit terroristischem Hintergrund.«

»Wieso? Haben die Zuckerhüte angesägt?«

»Was nicht ist, kann ja noch werden. Anrufe bei Coop, Tengelmann, Toom-Märkten und Edeka-Läden im Umkreis der Städte mit Zuckerfabrik. Jeweils Warnung vor vergiftetem Zucker. Polizei und Labors sind am rotieren, bisher wurde keine vergiftete Probe gefunden. Und gebrannt hat's.«

»Weiß ich«, sagte Feuer. »Ich durfte dabei sein.«
»Bei allen 18 Bränden?«
»Oh«.
»Ja, ja«, sagte Hüdepohl zufrieden, »Kriminalität ist eine der letzten Wachstumsbranchen. Hier: Zwei Bauern in Niedersachsen haben Polizeischutz bei der Rübenernte gefordert. Die Polizei hat wohl gesagt: Hauchen Sie mich mal an oder in der Richtung. Eine Stunde später hatte das Revier einen Anhänger Zuckerrüben vor dem Eingang liegen.«
»Toll, wo war das denn?«
»Uelzen. Kennst du Uelzen? Ich dachte immer, das ist wie Buxtehude, so eine Märchenstadt.«
»Ich komme aus Uelzen.«
»Was? Oha, das ist mir dann aber peinlich. Asche auf mein Haupt. Hier noch was: Der Bauernverband hat in Bonn behauptet, daß es soweit nur kommen konnte, weil die Bauern von der Politik im Stich gelassen werden. Der Verband fordert, nun endlich die Subventionen im Bioalkohol-Bereich zu erhöhen. Mit einer lumpigen Milliarde wäre schon viel geholfen. Mehr ist im Moment nicht.«

»Christoph ist am Wochenende nicht da«, sagte Ina Wollkopf und lächelte hinreißend.
Feuer durchquerte die Abteilung und fand sein Ziel, ohne sich einmal zu verirren.
»Aber Christoph«, sagte Feuer betrübt. »Haben wir das nötig?«
Schuhs Gesicht gab ihm die Antwort: Ja, ich habe das verdammt nötig.
»Erzähl mir von Heather Oxenbergs Besuch in Uelzen«, forderte Feuer den Forscher auf. »Sag mir auch gleich, was ihr mitten in der Nacht von Eißfeldt wolltet.«
»Ich? In Uelzen?« Aber Schuh log nur noch aus alter Gewohnheit. »Meine Güte, diese affige Diskussion, und hinterher sind wir einfach nicht weggekommen, eingekeilt von diesen Bauern, also Hotel.«
»Ist bekannt. Weiter.«
»Ich sag ja«, sagte Schuh mit flatterndem Blick, und allein dieses »Ich sag ja« regte Feuer noch weiter auf.

»Hilf mir endlich weiter, was diese Überfälle in Hamburg betrifft. Du weißt, daß es in Uelzen einen Todesfall gegeben hat. Alle vernünftigen Menschen nehmen an, daß es ein Mord ist. Fast alle vernünftigen Menschen nehmen an, daß es zwischen beiden Ereignissen Zusammenhänge gibt, die wir nur noch nicht kennen. Also sag mir endlich, was du weißt. Sonst steuerst du auf Unterdrükkung wichtiger Beweismittel zu, und dann können dich Gattin und Kebsweib im Gefängnis besuchen, und jeder kannst du eine Hand durch die Gitter stecken, damit sie daran herumtätscheln oder reinbeißen oder worauf du sonst stehst.«

»Mal den Teufel nicht an die Wand«, hibbelte Schuh, und Ina Wollkopf streichelte auf seinen zarten Forscherhandrücken herum. »Das ist geheim«, sagte Schuh. »Das muß geheim bleiben, sonst gibt es eine Katastrophe.«

»Dann schick dein Gspusi raus«, knallte Feuer dazwischen. »Oder ist es so geheim nun auch wieder nicht?«

Ina Wollkopf blitzte ihn an, er hatte bei ihr verschissen bis in die Steinzeit, zumal Schuh sie nun so ansah, daß ein Hund die Hälfte seines Chappi hergegeben hätte. Die Assistentin ging. Feuer war übel, sein Kopf tat weh, und er wußte, daß schon wieder das verdammte Halstuch verrutscht war.

»Es liegt alles an Eißfeldt«, sagte Schuh leise. »Eißfeldt ist schuld. Wenn Eißfeldt nicht umgefallen wäre ...«

»Was ist Thema?« brüllte Feuer, sprang auf, stieß gegen einen Holzständer mit vier mal vier Reagenzgläsern, in denen zähe Flüssigkeit wabbelte.

»Du mußt nicht denken, daß die leitenden Herren etwas davon wissen«, sagte Schuh flehentlich. »Das ist eine Privatsache. Die meisten Kollegen von Johannes wußten natürlich auch nichts.«

Nun war es so weit. Feuer trat vor Schuh. Nun würde er den feigen Kerl an den Aufschlägen packen, in die Höhe ziehen und ... aber es scheiterte schon daran, daß an diesem frisch gebügelten Kittel keine Aufschläge waren.

»Nicht schlagen«, hauchte Schuh, und Feuer wandte sich ab. Schuh redete weiter: »Eißfeldt gehörte dazu und sein Kollege Basedow und aus meiner Abteilung Heather, aber sonst wußte niemand davon. Fast niemand. Ich meine ...«

»Christoph Schuh!«
»Ich sags ja. Es war nicht ganz koscher, was wir getan haben. Es ist mit uns durchgegangen. Wir haben ...«
Ina Wollkopf steckte den Kopf durch die Tür und sagte ängstlich: »Chrissi, die Polizei ist da. Ein Kommissar. Er will dich sprechen. Was soll ich ihm sagen?«
»Sagen Sie ihm, in zwei Minuten«, rief Feuer, drückte Ina aus dem Raum und schloß die Tür:
»Schnell jetzt. Wenn ihr Mist gebaut habt, sag es mir. Vielleicht kann ich es reparieren.«
»Das glaube ich nicht«, sagte Schuh melancholisch.
»Ich bin nicht die Polizei. Ich kriege mein Geld von eurem Verein. Bedenk das und nun rede endlich!«
»Also das Projekt ›Moschus‹«, sagte Schuh, schluckte. »Was ich dir darüber erzählt habe, war nicht ganz richtig. Natürlich auch nicht ganz falsch. Ich meine ... nun ja ... also wir sind etwas weiter als bekannt ist. Es gibt da eine äh ... inoffizielle Zusammenarbeit mit einer Handvoll Unternehmen aus verschiedenen Branchen.« Schuh blickte Feuer an. »Heiß hier drin, findest du nicht auch?«
»Schuh!«
»Gewiß doch. Es handelt sich um eine Firma, die Schokolade, Pralinen und überhaupt Süßwaren herstellt. Sie kocht auch Marmeladen. Dann eine Firma für Dosensuppen, Dosenkonserven. Eine große Molkerei, die Joghurts, Kondensmilch und so weiter produziert. Eine Großbäckerei, die mit abgepackten Kuchen stark am Markt ist. Und dann ... zum Schluß ... nun ja, es war eine Schnapsidee, wir waren etwas albern, also wir haben selbst eine Firma gegründet, für ein einziges Produkt: Süßstoff. Einen ganz besonderen Süßstoff eben.«
Schuh wirkte nun wieder ganz kregel. Er fischte eine Flasche aus dem Schreibtisch, trank aus der Flasche und stellte sie beinahe neben den Tisch.
»Alle Nahrungsmittel, die unserem Test angehören, enthalten überdurchschnittlich große Mengen Zucker. Zwischen 30 Prozent und 65 Prozent. Das macht je nach Produkt zwei- bis viermal mehr als bisher üblich.«

»Was soll das?« fragte Feuer fassungslos.

»Ich erklär's doch gerade. Der Zucker, der zugesetzt ist, stammt aus Uelzen. Er wird spezialbehandelt, bevor er an die Fabriken geht, die ihn für ihre Produkte benötigen. Die Substanz, mit der wir ihn bestrahlen, sorgt für eine leichte Veränderung in der molekularen Struktur, die dazu führt, daß der Zucker bei späteren Analysen nicht mehr als Zucker erkennbar wird.«

Feuer begann zu begreifen.

»Siehst du, Ludwig. Auf diese Weise ergibt sich eine sensationelle Zunahme des Zucker-Verbrauchs. Dafür sparen die Unternehmen andere Stoffe ein, die teurer sind als Zucker. Die Produkte werden also dadurch billiger, und der Zuckerverbrauch steigt. Gleichzeitig läuft, wie du ja weißt, diese segensreiche Aktion zur Erhöhung der Zahnhygiene. Auf diese Weise könnte allen geholfen werden, denk an die Arbeitsplätze.«

»Was ist mit Eißfeldt? Was ist mit Uelzen?«

»Uelzen ist unser Testgebiet. Unsere Gewährsleute in den Unternehmen haben schwierigste logistische Probleme bewältigt, wofür wir ihnen natürlich alle sehr dank ...«

»Weiter.«

»Irgendwann muß man anfangen, unter Real-Bedingungen zu testen. Die Panels im Labor sind dafür einfach zu klein. Der Landkreis Uelzen hat 95 000 Einwohner. Da lacht das Herz des Empirikers.«

»Ich verstehe das nicht«, sagte Feuer mehr zu sich selbst. »Wenn bis zu 70 Prozent Zucker ...«

»Nun übertreibst du aber«, lachte Schuh. »Es sind nur 65.«

»65 Prozent in sagen wir mal einem Kuchen. Der muß doch so ekelhaft süß schmecken, daß er ... daß er ... der ist doch ungenießbar.«

»Das war am Anfang unser Problem«, sagte Schuh ernsthaft. »Dann hat uns die Entwicklungslinie in Uelzen weitergeholfen. Was heißt Uelzen? Meines Wissens sitzen die Kollegen in wenigstens vier Zuckerfabriken an dem Problem. Also es geht darum, wie man Obst die natürliche Fruchtsüße entziehen kann.«

»Ist mir bekannt.«

»Ja? Oho, sieh mal an. Also das läßt sich auf den Zucker natürlich

nicht automatisch übertragen, aber es ist uns jedenfalls gelungen, dem Zucker seine typische Süße zu nehmen.«
Feuer starrte den stolzen Forscher an. »Aber«, sagte Feuer, »dann enthält das Zeug doch absolut nichts mehr, was auch nur entfernt einen Sinn hat. Das ist doch kein Lebensmittel mehr. Genausogut könnte ich mir einen leeren Joghurtbecher kleinschnipseln und ins Essen pürieren.«
»Du vergißt nur eins«, sagte Schuh. »Joghurtbecher fallen nicht in solchen Mengen an. Schon mal was vom Zuckerberg gehört? Von der fatalen Lage auf dem Welt-Zuckermarkt? Was meinst du, warum die Kubaner auf einmal anfangen, die Tourismus-Industrie ins Land zu holen, nachdem sie sie 25 Jahre verteufelt haben? Das ist diese Monokultur Zucker, die die Jungs mit sich rumschleppen. Ich war mal drüben. Ich kann dir sagen ...«
»Später, Christoph, später. Jetzt sag mir ...«
Die Tür wurde geöffnet, und Ina Wollkopf sagte drängend: »Der Kommissar will nicht mehr warten.«
»Halbe Minute«, rief Feuer und hockte sich vor Schuhs Stuhl: »Das war doch schon ganz schön. Du kannst doch, wenn du willst. Nun sag mir, warum Eißfeldt nicht mehr mitmachen wollte. War Geld im Spiel?«
»Geld?« fragte Schuh erstaunt. »Das ist eine Investition in die Zukunft. Kurzfristig ist damit nichts zu verdienen.«
»Weshalb dann Ärger mit Eißfeldt? Warum wart ihr mitten in der Nacht bei ihm?«
»Nun ja«, sagte Schuh muffelig. »Seine Frau war nicht zu Hause, und die Gelegenheit war günstig. Johannes stand mächtig unter Druck von seiner Agnes. Sie hatte für sich die gesunde Ernährung entdeckt und das auf diese aufdringliche Weise, mit der manche Zeitgenossen ihre Erleuchtung der Umwelt an den Kopf hauen.«
»Wußte sie was, womit sie ihm drohen konnte?«
»Oh nein, das nicht, Johannes hat dichtgehalten. Da bin ich ganz sicher. Es war nur so ...« Schuh guckte zur Flasche, guckte Feuer an, ergriff, ohne den Blick von Feuer zu wenden, die Flasche und nahm einen hastigen Schluck. »Es ... wir ... meine Güte, Fehler sind dazu da, daß du aus ihnen lernst. Wir hatten die Diabetiker vergessen.«

»Was soll das heißen?«

»Wie ich's sage. Die müssen bei ihrer Ernährung ja auf den Zuckergehalt der Speisen achten. Auf vielen Packungen steht er ja mittlerweile auch drauf. Nun ja, wir konnten den Zuckergehalt aus einleuchtenden Gründen nicht in der ganzen Deutlichkeit verzeichnen. Ist ja klar, wo wir ... nun ja, also es ist wohl zu Krankheitsfällen gekommen in Uelzen.«

»Bitte? Was heißt Krankheitsfälle?«

»Wieso? Ist doch klar. Einige Diabetiker haben sich um Kopf und Kragen gegessen. Ins Koma gefressen, wie wir Fachleute sagen. Den meisten konnte geholfen werden, die sind ja auf Notfälle vorbereitet, und mittlerweile haben wir das Problem auch gelöst und kennzeichnen die bewußten Speisen mit der Formel ›für Diabetiker nicht geeignet.‹ Das war vielleicht ein logistisches Problem in den jeweiligen Firmen, aber die Teufelskerle werden wirklich mit jedem Problem fertig. Wahnsinn.«

»Sag mal eine Zahl«, forderte Feuer den Forscher auf.

»Was für eine Zahl?«

»Hat es Tote gegeben? Wenn ja, wie viele? Und wie lebst du damit, daß du...« Feuer riß den Kerl in die Höhe und schrie ihn an: »Wie lebst du damit, daß du Menschenversuche betreibst ... du ... du ... du Faschist du?«

»Dagegen verwahre ich mich auf das Entschiedenste«, sagte Schuh und hob beide Hände auf Gesichtshöhe. »Das ist eine unsachliche Unterstellung, die du ...«

»Ich will die Zahlen wissen.«

»Also es soll wohl in der Zeit des Tests zu vier Todesfällen gekommen sein, aber die können natürlich genauso gut auch ohne unsere ... ich meine ohne Genuß von ...« Nun wurde er patzig: »Das wird sich nie nachweisen lassen, warum die ausgerechnet in dieser Zeit den Löffel abgegeben haben. Waren alles Fälle von Alters-Diabetes. Da kommt schon mal eine Verschlimmerung vor. Zwei waren geschwächt durch eine Erkältung, und ...«

»Und deshalb wollte Eißfeldt raus?«

»Hat er wenigstens behauptet. Johannes war der Bastler von uns. Er hat sich im Labor manchmal in winzige Nebenprodukt-Entwicklungen verbissen, das mag ganz putzig sein, aber einen Nutzeffekt hat das natürlich nicht. Den Zucker-Aspekt hat Johannes mehr als einmal aus dem Auge verloren. Mit Geschmacksveränderern hatte er's ganz mächtig. Hat sich einen Spaß daraus gemacht, seiner Frau auf ihrem Vollwert-Trip ordinäre Nahrungsmittel unterzujubeln, die dann vollwertiger geschmeckt ...«

Die Tür wurde geöffnet, und Kommissar Hamann betrat das Labor. Feuer sehen und sauer werden, war für den Beamten eins.

»Sie schon wieder«, knurrte er, »ich sage Ih ...«

»Wie ist es Ihrem Assistenten Pfeiffer ergangen?« unterbrach ihn Feuer.

»Hat zwei Angebote vom Fernsehen und vom Film«, antwortete Hamann. Der Kommissar genoß Feuers skeptischen Blick: »Sie glauben, ich lüge, aber ich lüge nicht. Ein privater Fernsehsender will Herrn Pfeiffer engagieren, damit er in Zukunft die ›Polizeinachrichten‹ betreut. Und ein bekannter Regisseur will Herrn Pfeiffer für einen Kiez-Film haben. Er soll dort einen Polizisten spielen, der in der Unterwelt aufräumt. Wie im Leben eben. Und nun zu Ihnen, Herr Professor Doktor Schuh.«

Schuh erstarrte, Ina Wollkopf streichelte seine Handrücken, und Feuer empfahl sich.

»Scheiße«, murmelte Feuer. Er fürchtete, daß zusätzlich zur Badezimmertür jetzt auch noch seine Wohnungstür klemmen würde. Feuer warf sich mit der Schulter gegen die Tür. Das Geräusch eines stöhnenden Menschen ließ ihn vereisen.

»Axel, meine Güte, Axel.«

Axel Löffler stöhnte.

»Was haben sie mit dir gemacht?« fragte Feuer entgeistert. »War Sabine da?«

Axels Trikot war mit Blut beschmiert. Das Blut stammte aus der Platzwunde über der Augenbraue. Beide Augen waren blau geschlagen, das linke Jochbein konnte gebrochen sein. Die Nase war nicht gebrochen, aber sie mußte furchtbar geblutet haben. Axels untere Gesichtshälfte war rot eingefärbt. Als Feuer die Rippen berührte, schrie Axel auf.

»Was ist passiert, Junge? Red endlich.«

Feuer ignorierte alle Schmerzensschreie und bettete Axel auf das

Sofa im Wohnzimmer. Er hatte lange keinen Mann mehr gesehen, der so hart zusammengeschlagen worden war. Feuer rief einen Krankenwagen.

»Ich habe fast nichts gesagt«, sagte Axel leise. Das Schlucken bereitete ihm Schmerzen, das Reden fiel ihm schwer.

Sie hatten geklingelt und sich als alte Freunde von Feuer ausgegeben, zwei Männer, Dick- und Doof-Assoziation, nur daß der schmächtigere sehr sehnig wirkte und der voluminösere zwar einen Bierbauch hatte, aber dafür trainierte Oberarme. Axel hatte sie hereingebeten, und sie hatten sich dermaßen umgeguckt in der Wohnung, daß Axel schon das Unheil spürte. Praktisch hatten sie die Wohnung durchsucht, und als Axel energisch werden wollte, hatte ihn einer in den Sessel gedrückt, und beide hatten häßliche Bemerkungen über erwachsene Männer gemacht, die mit einem Fußballer-Trikot durch die Weltgeschichte laufen. Axel hatte ihnen seine Lage erklären wollen, aber sie lachten ihn aus. Da fing Axel an, sie nicht mehr zu mögen. Sie drehten ihm ein Ohr um, dann das andere, schlugen auch schon mal wie zur Probe gegen Axels Rippen und auf Axels Wange und fragten immer wieder nach dem Detektiv. Dann auch nach der Reporterin.

An dieser Stelle bekam die Sache für Feuer eine neue Dimension. Bis dahin war es Überraschung gewesen; jetzt war es ein gellendes Gefühl von Gefahr – einer Gefahr, die durch die Stadt lief, wie Dick und Doof aussah, aber zuschlagen konnte. Nein, Messer oder Schlagringe hatten sie nicht dabei, auch keine Schußwaffen. Aber der eine habe einen Zahnstocher dabei gehabt. Erst lachte Feuer schwach, dann wies Axel auf seine linke Wange. Feuer tupfte die Wange ab und schluckte.

»Da haben sie durchgestochen«, flüsterte Axel. »Erst wollten sie durch die Nase stechen. Für den Ring, hat der Dünne gesagt.«

Die Sanitäter arbeiteten schnell und präzise, ihr Anblick tat Feuer wohl. So hätte er jetzt gerne auch gearbeitet.

Feuer rief in der Agentur an und ließ Brechbühl nach einem Schlägerduo befragen. Brechbühl kam an den Apparat:

»Ich kenne die beide einzeln. Einzeln sehen die alle mehr oder weniger so aus.«

»Aber ...«

»Ich gebe das an die Polizei weiter. Ich habe die Verantwortung für meine Leute, und falls du jetzt irgendetwas in Richtung Jagdfieber in dir spürst, bist du nicht der richtige Mann für mich. Kühl und beherrscht und wenn nötig kollektive Arbeit. So arbeitet jede Armee, wenn sie Erfolg haben will. Selbst die Spezialeinheiten bestehen immer wenigstens aus ...«

»Ich habe Angst um Laila. Du hast Axel nicht gesehen. Wer das fertigkriegt, ist auch Frauen gegenüber kein Kavalier.«

»Motiv klar?«

»Für die Suche nach mir? Ich habe an irgendetwas gerührt. Ich weiß nur nicht, an was.« Und erst jetzt, erst in diesem Moment verlor Feuer seinen Tunnelblick. Jetzt roch er die frische Farbe, kroch sein entgeisterter Blick die Rauhfasertapete entlang:

»Oh nein.«

Plastikeimer auf Zeitungen an der Wand, Farbrollen im Wassereimer. Und die Farbe an den Wänden Flieder, verhungertes Lila.

»Sabines Lieblingsfarbe.«

Feuer rief bei Hummel TV an. Frau Flemming sei außer Haus, würde in Sachen Vollwert-Serie filmen. Feuer rief die Autonummer an. Niemand nahm ab. In diesen Sekunden bildete sich bei ihm die Befürchtung aus, daß er zu spät kommen würde. In diesen Sekunden tauchte das verzerrte Gesicht von Schaumann auf, der Paletten-Dieb aus dem Gewerbegebiet Hamm-Süd, wie er gegen den Maschendrahtzaun gepreßt dastand, während die Polizei 300 000 Zigaretten sicherstellte und Feuer in Siegeslaune seine Rolle bei der Festsetzung Schaumanns ein wenig größer machte als es den Tatsachen entsprach. Schaumanns heiße Augen, festgefressen an Feuer; die Handschellen um Schaumanns Gelenke und sein Blick, als sie ihn zum Streifenwagen führten. Von Schaumanns guten Verbindungen zum Kiez wußte jeder. Dick und Doof konnten Schaumanns Rächer gewesen sein.

Das Telefon klingelte.

»Ludwig, wo steckst du denn? Immer nimmt dein depressiver Freund ab und will mit mir über Sabine sprechen.«

»Katja, ich habe im Moment überhaupt keine Zeit.«

»Ich habe einen Interessenten.«

»Wofür?« fragte Feuer entgeistert. »Bist du nicht mehr mit deinem...?«

»Ich meine einen Interessenten für das Haus«, stellte Katja vibrierend klar.

»Ach das«, sagte Feuer. Er wußte nichts, was ihn im Moment weniger interessiert hätte.

»Ludwig, wir müssen das bereden.«

»Nächste Woche, Katja. Nächste Woche bestimmt. Im Moment geht hier alles drunter und so weiter.«

»Wenn es danach geht, wären wir heute noch nicht geschieden, weil wir nämlich noch gar nicht verheiratet wären, weil dir ja schon vor sechs Jahren ständig was dazwischen gekommen ist.«

Feuer gönnte sich ein Grinsen, blickte an die fliederfarbene Wand und hörte auf zu grinsen.

»Ein Geschäftsmann aus Hamburg«, sagte Katja. »Er bietet 180000. 180000, das wären 60000 für dich.«

»Was will er mit dem Haus?«

»Einen Landgasthof eröffnen.«

»Und der heißt ›Zur kapitalen Oberweite‹ oder wie?«

»Pfui, Ludwig. Der Interessent ist seriös.«

»Klar ist der seriös. Zu solchen Verhandlungen schicken sie doch nicht die mit den Tätowierungen auf den Unterarmen.«

»Er sagt, er will einen Vertrag machen. Ich kann aber nicht mit ihm, solange du nicht auch...«

»Quäl dich nicht, Katja. Fifty, fifty.«

»Nie und nimmer. Nur über meine...«

»Adieu.«

»Warte! Paul will dich mal wieder sehen.«

»Das ist nett. Wer war gleich noch mal Paul?«

»Pfui, Ludwig. Wenn das dein Sohn hören könnte.«

»Kann er aber nicht, weil er sicherlich gerade seine Großeltern um den Finger wickelt. Adieu.«

»Halt, warte!«

»Ich warte.«

»Du bist nicht fair, Ludwig.«

»Werd nicht albern. Wieso sollte ich nach dem, was du mir angetan hast?«

»Ich dir? Das nenne ich Realitätsverlust. Ich habe doch nicht...«
»Adieu.«
»Halt, warte. Wenn ich einen Termin beim Notar mache, kommst du dann?«
»Wenn ich es zeitlich einrichten kann.«
»Du bist eine miese...«
»Adieu.«

Feuer fuhr in die Agentur zurück und schickte den verabredeten Anruf zum Verbindungsmann aus dem Polizei-Präsidium. Ilona mußte nur noch den Agentur-Computer einrichten, und schon lief die Meldung auf den Schirm, daß Zugriff zur Kartei bestand. Nacheinander rief Feuer die Namen aller Zuckerspotler ab.
»Dr. Norbert Riff: Geldstrafe über 70000 Mark wegen Steuerhinterziehung; Prof. Dr. Christoph Schuh: Sachbeschädigung von Universitäts-Eigentum (Büro-Mobiliar) sowie Zechbetrug dreimal binnen 24 Stunden): Eva Masuhr: Vier Sitzblockaden, diverse Selbstbezichtigungen, u. a. Abtreibung, Bruch des Beichtgeheimnisses, Veröffentlichung von als ›vertraulich‹ gestempelten Behördenakten, zwei Tierbefreiungsaktionen, tätlicher Angriff auf einen Polizeibeamten im Verlauf von Brokdorf-Demonstration, Einschleichung in Psychiatrische Klinik und anschließende Veröffentlichung eines Artikels in Studentenzeitschrift, Betrug (Reisegepäckversicherung), Besitz von zwei Gramm Marihuana, Verkehrsgefährdung (Fahrradfahren falsche Richtung Einbahnstraße), Geldstrafe wegen Schwarzhören und -sehen, Zwangsgeld Volkszählung, Ladendiebstahl (Kosmetik und Damen-Oberbekleidung), Bibliotheksdiebstahl, Zechprellerei, Körperverletzung (tätlicher Angriff auf Veranstalter eines Schweine-Wettrennens), versuchte Brandstiftung in Pornoladen, Verherrlichung von Gewalt, Falschparken (44mal), Beleidigung (unzüchtiger Anruf in laufende Live-Radiosendung), zweimal geschieden, beide Männer danach in gruppentherapeutischer Behandlung, einer schwul, einer wohnhaft Australien, Tasmanien. Vorsicht: ist bewaffnet, Erbsenpistole.«
Weil er schon dabei war, holte Feuer auch noch Jan-Peter Mahler auf den Schirm:

»In DDR: vier Jahre Haft wegen diverser, hier nicht strafbarer Tatbestände; Bundesrepublik: keine Erkenntnisse.«
Ilona gab ihm ein Zeichen: Sie mußten aus dem Polizei-Computer raus. Feuer schickte ein Danke hinüber, aber er wußte, daß sich ihr Verbindungsmann über die Kiste Calvados viel mehr freuen würde, ganz zu schweigen von der Kollektion Damen-Unterwäsche, die Tita und Ilona jedesmal persönlich aussuchten.
»Schaltet Radio an!« rief Tita von nebenan.
»Hier ist kein Radio«, rief Feuer. Im nächsten Moment knallten nebenan die Lautsprecher:
»... läufigen Schätzungen, die auf Einzelergebnissen aus Großstädten beruhen, ist der Zucker-Verkauf in den letzten 48 Stunden um 70 Prozent zurückgegangen. Wie der Sprecher der Wirtschaftlichen Vereinigung Zucker weiter ausführte, steht damit ein kompletter Wirtschaftszweig vor einer existenzbedrohenden Krise. Der Sprecher erbat sofortige Unterstützung von der Bundesregierung und der Europäischen Gemeinschaft. Weiter forderte er die deutsche Süßstoff-Industrie zu einem Stillhalte-Pakt auf. Marseille. In einem Armenviertel der südfranzö...«
Tarzan kam herein.
»Ich war beim Haus des ehemaligen Buhr. Er war nicht anwesend. Die Nachbarn erzählen nur Nettes über ihn. Vielleicht, daß seine goldene Uhr ein wenig weniger golden sein könnte.«
»Wo hat er das Geld her?« fragte Feuer.
»Frau Bommer ist Getränke-Discountladen-Witwe, mollig, eine Stimmungskanone. Hat sich den Buhr wohl abgeschossen. Vier Häuschen, Mietshäuser.«
Feuer pfiff leise. »Donnerwetter. Hat unser Markus sein spätes Glück gemacht.«
Feuer rief die neuesten Informationen bei Edison ab: »Ich mußte mit dem Wagen für eine Stunde vom Gelände runter. Ich hatte das Gefühl, daß zu viele Leute stehen bleiben. Ich mache neue Schilder rauf: statt ›Weingut Funck‹ ›Konfitüre Lecker‹. Die interkonfessionelle Polizei-Sonderkommission kommt nicht aus den Startlöchern. Kommissar Boguhn verbringt zwei Drittel seiner Arbeitszeit mit telefonischen Streitereien. Wenn er nicht telefoniert, macht er Bemerkungen über deinen Knutschfleck.«

»Ratte«, knirschte Feuer.
»Die Presseabteilung der Zuckerfabrik sucht immer noch nach ihrer Daseinsberechtigung. Dabei hat sie niemand gezwungen, am Samstag zu arbeiten. Ein Redakteur der Lokalzeitung hat angerufen und die Villette gefragt, ob sie weiß, wie man den Detektiv Feuer erreichen kann. Soll ich den Namen des Redakteurs...?«
Edison sollte.
»Dann waren zwei Herren von der Geschäftsführung bei der Villette. Sie haben Ärger mit der PR-Agentur, die die Sympathie-Kampagne für die Zuckerwirtschaft fährt. Ist ihnen alles zu revolutionär, zu amerikanisch, wie es einer ausgedrückt hat. Sie wollen raus aus dem PR-Vertrag, aber es gibt da eine Frau Dr. Siebenhüner, mit der traut sich keiner zu reden. Und nun das Labor. Dieser Hamburger Zahnarzt Mahler hat mit einem der Chemiker telefoniert, er wollte Basedow sprechen. Aber Basedow ist noch nicht zurück.«

»Tachchen, Herr Mahler, haben Sie fünf Minuten Zeit?«
Jan-Peter Mahler entblößte seine Mundmauer.
Er hatte mit zarten Strichen frischen Stacheldrahtverhau aufgetragen. »Sie sehen nicht gut aus«, begann Mahler das Gespräch. »Unfall?« Feuer richtete das Halstuch.
»Sagt Ihnen der Name Basedow etwas?«
Feuer spürte, wie der andere begann, flacher zu atmen.
»Sagen Sie ja«, forderte Feuer ihn freundlich auf. »Ich weiß, daß Sie Verbindungen zur Zuckerfabrik in Uelzen haben. Welcher Natur sind diese Verbindungen? Sie sind doch nicht in der Zuckerforschung tätig.«
»Aber auf einem Gebiet, das mit den Folgeschäden des Zuckerkonsums zu tun hat.«
»Also kollegiale Kontakte?«
»Ausschließlich. Ich kenne Dr. Basedow, seitdem ich hier lebe.«
»Was halten Sie denn so von der DDR?«
»Generell?«
»Erstmal generell.«
»Ein menschenverachtendes Schinder-System, ein tragischer Irrweg der Weltgeschichte.«

»Und speziell?«
»Ich bekämpfe eine Politik, die so tut, als ob es ein Fortschritt ist, mit einem solchen System gute Verbindungen zu haben.«
»Aber wenn's den Menschen hilft?«
Mahler lachte grimmig.
»Die DDR tut doch was für ihre Leute«, fuhr Feuer fort. »Ich habe eine Tante in Rostock, die sagt, daß die Ost-Zahnärzte ihr Fach verstehen.«
Mahler lächelte verächtlich. »Klar. Wenn es darum geht, die Arbeitskraft wiederherzustellen, ist ihnen keine Mühe zu groß.«
»Haben Sie noch irgendwelche Kontakte nach drüben?«
Mahlers lauernder Blick entging ihm nicht. »Ich bin froh, daß ich hier bin.«
»Waren Sie mal wieder drüben in Ihrer alten Heimat?«
»Dieser Staat war nie meine Heimat. Zum Heimatgefühl gehören Liebe, Zärtlichkeit, Sehnsucht, Wärme.«
»Warum so leidenschaftlich?«
»Windelweich«, sagte Mahler nun fast knurrend.
»Meinen Sie mich?«
»Ich meine die Haltung in der Bundesrepublik.«
Feuer sah sich die Bilder in Mahlers Büro an. Zeichnungen von geknechteten und gequälten Menschen, sie besaßen alle einen starken schwarzen Strich. Gesichter hatten sie keine.
Plötzlich riß Mahler die Schreibtisch-Schublade auf und drückte Feuer eine Röntgenaufnahme in die Hand.
»Da haben Sie Ihre menschenfreundliche DDR«, sagte er höhnisch. »So sah mein Gebiß nach zwei Jahren Behandlung aus. Sie haben gesagt, ich sei der seltene Fall, bei dem alles gleichzeitig zu Ende geht. Sie haben gelogen.«

Der Wachhabende im Präsidium verlangte Legitimationen, Vorladungen. Er ließ Feuer zappeln – und dann ließ er ihn passieren. Feuer kannte die kleinen Schikanen seit Jahren. Den Kriminal-Assistenten Pfeiffer traf er beim Leeren seines Schreibtisches an. Pfeiffer befand sich in ausgelassener Laune.
»Sie haben mir Glück gebracht«, rief er. »Ohne Ihre dumme Visage müßte ich an diesem Tisch alt und grau werden.«

»Ich tu, was ich kann«, sagte Feuer.

»Sie haben gar nichts getan. Sie haben sich nur dämlich benommen. Ich habe etwas getan, ich habe meine Pflicht erfüllt, und diese Reporterin war im richtigen Moment zur Stelle. Ab nächsten Monatsersten sind wir Kollegen.«

»Wir beide?«

»Das möchten Sie wohl«, rief Pfeiffer frohlockend. »Ich und Frau Flemming. Zweijahres-Vertrag und eine sagenhafte Dotierung.«

9 000 Mark fand auch Feuer für den Anfang nicht schlecht. Er selbst kam im Moment auf knapp 3 000 brutto, und er mißgönnte Pfeiffer jede einzelne der 6 000 Mark Differenz.

»Sie und im Fernsehen«, knurrte er. »Sie könnten als Double für die Mainzelmännchen auftreten.«

»Neidisch?« rief Pfeiffer und freute sich.

»Deprimiert«, sagte Feuer. »Es gab in diesem Land mal eine Zeit, wo Leistung belohnt wurde.«

»Ich habe doch was geleistet.«

»Ein starkes Stück haben Sie sich geleistet. Ich glaube, ich zeige Sie doch noch an.«

»Nichts für ungut«, sagte Pfeiffer plötzlich und trat so überraschend vor Feuer, daß der zusammenzuckte. Feuer starrte auf die ausgestreckte Hand, schlug zögernd ein und ärgerte sich in der nächsten Sekunde.

»In meinem neuen Job kann man gar nicht genug Freunde haben«, behauptete Pfeiffer. »Gut möglich, daß ich bald auf Sie zurückgreife. Für einen Schnüffler-Report oder in der Richtung. Vielleicht lasse ich auch mal einen privaten gegen einen verbeamteten Ermittler antreten. Sollen überhaupt viel mehr Quiz-Elemente in die Sendung. Die verantwortlichen Herren vom Sender fanden mein Exposé sehr überzeugend. Live-Musik ist klar. Nur über die Studio-Dekoration müssen wir noch reden. Ich bin für ein freundliches Stahlgrau, während die Hummel-Leute eine Gefängniszelle bauen wollen, aus der ich moderieren soll.«

Feuer ließ ihn mit seiner Freude allein. Hamann saß am Fenster und guckte in die Wolken.

»Was suchen Sie da oben?« fragte Feuer.

»Antwort auf offene Fragen.«

»Hat eine der Fragen mit einem gewissen Pfeiffer zu tun?«
Schlagartig zog Müdigkeit in Hamanns Gesicht.
»Und warum kommt diese Sonderkommission mit Niedersachsen nicht in die Gänge?«
»Ich bin 35 Jahre bei dem Verein«, sagte Hamann. »Oder 30, genau weiß es keiner mehr. Ich habe alles gesehen, gehört, gerochen. Mir kann man mit vielen Zumutungen kommen. Aber man soll keine Sonderkommission gründen und mir nicht die Federführung geben. Da werde ich ganz falsch, werde ich da. Dieser Niedersachse will, daß der Sitz der Kommission in seinem Kaff da unten, in ... in ...«
»Uelzen.«
»Den Namen nehme ich nicht in den Mund, solange der Vorschlag nicht in aller Form vom Tisch ist. Das Äußerste, was wir zugestehen, ist eine leichte Südwärts-Verlagerung. Sagen wir bis Harburg. Dahinter ist Zapfenstreich. Dann gründen wir eben keine Sonderkommission. Dann lösen wir den Fall eben nicht. Wäre ja nicht der erste Fall, den wir nicht lösen. Mir persönlich raubt das nicht den Schlaf.«
»Aber die Bevölkerung hat einen Anspruch auf ...«
»Die soll mal ganz stille sein. Wer begeht denn alle diese Verbrechen? Wir oder die Bevölkerung? Na bitte.«
Das Telefon klingelte, Hamann nahm ab. Der Anrufer mußte sehr aufgeregt sein, denn Hamann beruhigte ihn fortgesetzt.
»Bommer ist geflohen«, sagte er dann.
»Warum?«
»Wenn wir ihn haben, werden wir ihm genau diese Frage stellen.«
»Ja, glauben Sie denn im Ernst, daß dieser Handwerker den Eißfeldt ...?«
»Ich habe Handwerker in der Verwandtschaft«, sagte Hamann.
Feuer blickte ihn an, aber das schien schon die Antwort gewesen zu sein. Beide schwiegen, und dann sagte der Kommissar doch noch etwas:
»Wir haben bei unserem Bommer-Besuch eine fremde Mannsperson im Keller des Bommerschen Anwesens sistiert. Der Mann trägt eine Tiger-Unterhose und verweigert die Aussage.«

»Okay, okay«, sagte Feuer müde. »Ich schicke Brechbühl gleich los.«

»Bonn. Die deutsche Süßstoff-Industrie in der Offensive. Wie aus einer am Vormittag veröffentlichten Presse-Erklärung hervorgeht, werden die Preise aller im Handel befindlichen Süßstoffe um 40 Prozent gesenkt. Die neuen Preise gelten ab Montag früh. Marseille. In einem Armenviertel der süd...«
»Sie wieder?« fragte Riffs Sprechstundenhilfe und drehte das Radio leiser.
»Warum sitzen Sie in der Praxis?« fragte Feuer. »Warum tragen Sie Ihrem Verlobten kein Frühstück ans Bett?«
»Wir müssen kurzfristig einige Daten konzentrieren«, sagte die Sprechstundenhilfe. »Den Doktor plagt wohl die Befürchtung, daß die viele Öffentlichkeit nicht nur positive Seiten haben könnte.«
»Ich habe auch nur eine winzige Frage«, sagte Feuer und beugte sich über den Empfangs-Tresen. »Wo logiert Mahler eigentlich, wenn er in Uelzen ist?«
»Bitte was?«
»Jan-Peter. Ich sprach vorhin mit ihm.«
»Ich weiß, wir haben...«, sie räusperte sich.
»Wir sprachen in diesem Zusammenhang auch über Dr. Basedow, weil er ein gemeinsamer Freund von uns beiden ist!«
»Ach!«
»Die Welt ist klein. Ich bin nun quasi auf dem Sprung Richtung Süden, habe eine Verabredung mit Basedow, und wir wollen ihm unbedingt eine Überraschung bereiten. Ich habe den Kofferraum voll mit...« Feuer drehte sich witternd um.
»Nein«, sagte die Sprechstundenhilfe. »Sie auch?«
Feuer nickte bedeutungschwer.
»Zahnpasta im Kofferraum«, murmelte sie.
»Bitte was?«
»Die Zahnpasta, die Jan-Peter immer mitschickt, wenn Graf Spreizer rüberfährt.«
»Ja, wohin denn bloß?«
»Na, in die DDR. Kleiner Grenzverkehr.«

Im Wagen begann er zu schwitzen. Die Wunde am Kopf pochte, und Feuer hatte das Gefühl, als wenn er nicht so scharf sah wie gewöhnlich. Als ihn eine Umleitung im Bereich der Außenalster dicht an die Ausfallstraße führte, nutzte er die Gelegenheit und trieb den Wagen Richtung Uelzen. Autobahn bis Evendorf und dann der Schleichweg über die Militärstraßen. Ihm kamen Traktoren mit leeren Anhängern entgegen, am Straßenrand lagen immer wieder Zuckerrüben.

Redakteur Jacobi war außer Haus. Im Schnellgang studierte Feuer im Zeitungsarchiv noch einmal die Ordner mit den Artikeln über die Zuckerfabrik.

»Vielleicht ist es etwas ganz anderes«, murmelte Feuer. »Vielleicht hängt Eißfeldts Tod mit etwas ganz anderem zusammen. Etwas Brandaktuellem.«

Er fand nur zwei Artikel aus den letzten Tagen. Beides Unfälle wegen herumliegender Zuckerrüben: ein VW-Käfer mit sechs jugendlichen Insassen und ein Motorradfahrer.

Redakteur Jacobi hatte die Nase voll: »Eine Diamantene Hochzeit! Ich hasse Diamantene Hochzeiten. Sie sind noch schlimmer als Goldene Hochzeiten, und die sind schon schlimm.«

»Warum sind die Artikel über den Mord an Eißfeldt nicht in den Ordnern?«

»In die Ordner kommen die Geschichten erst, wenn sie abgeschlossen sind. An Eißfeldt arbeiten wir ja noch.«

»Weshalb wollten Sie mich sprechen?«

»Ich habe Informationen, daß es in Hamburg Vorfälle gegeben hat, die den Verdacht...«

»Ja und? Soll ich Ihnen helfen oder wollen Sie mir helfen?«

Jacobi lächelte ein sympathisches Lächeln. Kaum zu glauben, daß er ein Kollege von Hüdepohl sein sollte. »Wir könnten ein Spiel spielen. Sie berichten mir, was bei euch in der Großstadt kaputtgeht, und ich schiebe Ihnen dafür unsere Heideleichen rüber.«

Feuer berichtete, Jacobi berichtete. Feuer stand auf, wanderte im Büro umher, sah aus dem Fenster – und stutzte.

»Weißer Escort mit Spoilern«, murmelte Feuer. »Und ein Mann mit Sonnenbrille, der an der Hauswand lehnt. Wie ordinär.«

»Die Frage ist doch«, sagte hinter ihm Jacobi, »wie kommt ein Waffenlager unter den Haufen Zuckerrüben?«
»Ein Waffenlager also.«
»Gewehre, Pistolen, Messer, Totschläger und ein paar hundert Schuß Munition.«
»Keine Propagandaschriften?«
»Natürlich Propagandaschriften.«
»Hier«, sagte der Redakteur und grabbelte auf dem Tisch herum. »Die Fotos, die unser Fotograf geschossen hat. Wenn Sie wollen, dürfen Sie eins, auf dem Sie so verkohlt aussehen, mit nach Hause nehmen.«
Während Feuer die Fotos durchblätterte, redete Jacobi weiter, kam vom Hundertsten ins Tausendste. Angeblich mußte er alle Termine mit betagten Jubelpaaren wahrnehmen, weil ihn alle für einen charmanten Hund hielten. Es dauerte ein paar Sekunden, dann bekam Jacobi mit, daß Feuer ihm nicht mehr zuhörte.
»Ist was?« fragte er den Detektiv.
»Habt ihr den in deutlicher?«
»Den da? Was kümmert der Sie? Ein Zuschauer.«
»Habt ihr den deutlicher oder nicht?«
Sie suchten, aber es gab überhaupt nur zwei Bilder, auf denen der Mann zu sehen war. Beide Male stand er weit im Hintergrund, beide Male durch den später entflammten Polizei-Käfer verdeckt.
»Den kenne ich«, murmelte Feuer. »Und ich weiß nicht, woher.«
»Das ist ein schreckliches Gefühl«, sagte Jacobi. »Ich weiß. Aber ich kenne den Herrn nicht.« Feuer schnackte ihm die Fotos ab und rief die Agentur an. Die Bilder, die er vom Brand geschossen hatte, waren zurückgekommen, Tita telefaxte sie durch. Der Gesuchte war auf Bild 18 von insgesamt 24.
Diesmal stand der Mann vor dem Polizei-Käfer. Ein schönes Halb-Profil.
»Wo habe ich den Kerl gesehen?« rief Feuer verzweifelt.
20 Minuten später ließ er das Ortsschild hinter sich und jagte den Wagen in 55 Minuten bis Hamburg. Damit verfehlte er seinen Rekord aus dem Jahre 1977 um drei Minuten. Doch damals war

er betrunken gewesen und hatte einen Iso Grifo unterm Hintern gehabt. 55 Minuten reichten immerhin, um weiße Escorts aus dem Rückspiegel zu entfernen.

»Du siehst vielleicht aus«, sagte Feuer, obwohl er sich einen zarteren Einstieg vorgenommen hatte.
Axel lächelte tapfer. Er war nun oben herum verbunden, und ein Gutes hatte das Ganze ja: Er trug nicht mehr das Inter Mailand-Trikot. Sie plauderten über dies und das, und Feuer ersparte Axel seine Witzchen, die er im Krankenhaus sonst zwanghaft erzählen mußte.
»Die Polizei war da«, berichtete Axel. »Sie haben gesagt, daß der Dicke von den beiden einer vom Kiez ist. Den Dünnen können sie nicht unterbringen. Aber sie sind davon überzeugt, daß sie dich verhauen wollten. Stimmt das, Ludwig?«
»Ach, Axel, du Unglücksmensch. Hier läuft ein großes Ding, und keiner weiß Genaues.«

Diesmal steckte er von der anderen Seite im Stau an der Alster. Feuer trommelte auf das Lenkrad. Und plötzlich sah er das Gesicht in der Umgebung, in der er es kennengelernt hatte.
»Der Schlachthof«, sagte er. »Einer der Anlieferer. Was treibt der Kerl am Rübenfeuer?«
Dann sah er den Escort im Rückspiegel. Feuer fuhr auf dem Ring 2 ein Ausscheidungsrennen gegen den Verfolger. Der andere war ein guter Fahrer. Feuer mußte vier Gesetzesüberschreitungen begehen, um ihn abzuschütteln. Er genoß das Gefühl der Befriedigung bis zum Einparken vor dem Haus. Der zweite Wagen in der Reihe auf der anderen Seite war ein weißer Escort.
Keine Minute später stand Feuer hinter der Gardine in Axels Zimmer und beobachtete den Escort. Er holte den Feldstecher, sah zu, wie der Bursche ausstieg, zu Feuers GTI schlenderte, zweimal um den Wagen herumging und sich dann wieder in den Escort setzte, wo er eine Illustrierte aufschlug und alsbald herzhaft über eine Lesefrucht zu schmunzeln begann. Feuer rief die Agentur an. Brechbühl war dran, und Feuer fiel ein, daß Tita um diese Zeit beim Physiotherapeuten war. Angeblich tat sie dort etwas für ihre

verkrüppelte Hüfte, aber alle Mitarbeiter wußten, was sie dort in Wirklichkeit tat: Sie übte, wie man mit Krücken wirft. Angeblich wirkte in der Praxis ein ehemaliger Diskus-Olympiasieger, aber das konnte auch eine Falschinformation sein. Es wäre nicht das erstemal gewesen, daß sich ein Scherz selbständig gemacht hätte.
Brechbühl aktivierte den Verbindungsmann bei der Kfz-Zulassung. Fünf Minuten später telefonierte er Feuer den Halter des Escorts durch. Wohlfarth, Armin Wohlfarth.
Feuer setzte sich an den Schreibtisch und versuchte, mit Kreisen, Pfeilen, Kreuz- und Querverweisen eine Ordnung in das Chaos zu zwingen. Danach sah der Zettel aus wie die Taktik, die Feuers Ex-Trainer vor jedem Bundesligaspiel an die Schiefertafel gemalt hatte. Hätten die Jungs auch nur zehn Minuten diese Ratschläge befolgt, wären sie mit zweistelligen Niederlagen vom Platz geschlichen.
Feuer rief den Toyota an. Laila war voll auf Phase:
»Hey, geliebter Ziesemann! Hast du in Tannennadel-Milch gebadet und deinen märchenhaften Körper gesalbt? Ich bin in einer Stunde fertig. Wir haben 23 Einstellungen geschafft. Das ist ...«
Feuer wartete geduldig, bis sie ihn zu Wort kommen ließ.
»15 Minuten«, brüllte Laila und warf den Hörer auf.
Feuer trat ans Fenster, sein Schatten schmunzelte sich Seite um Seite durch die Illustrierte. Feuer rief Riff an. Nichts. Er rief Schuh an. Nichts. Feuer wählte die Nummer der Zeitansage, ihn dürstete nach einem Gegenüber am Telefon. Die Stimme erinnerte ihn in ihrer prinzipiellen Ununterbrechbarkeit an Katja. Danach wartete er wieder am Fenster.
Der Toyota parkte vier Häuser hinter dem Escort. Laila instruierte den Kameramann, sie selbst trug das Tonband. Feuer gab ein Handzeichen, Laila winkte zurück. Als sie noch fünf oder sechs Autos vom Escort entfernt waren, begann der Kameramann zu filmen.
Feuer nahm den Feldstecher ans Auge. In dem Moment, in dem Laila an die Scheibe der Fahrertür klopfte, begann der Bursche wie aufgezogen zu kauen. Laila bedeutete ihm freundlich, das Fenster herunterzukurbeln. Der Bursche entdeckte den Kameramann, und

als er danach wieder Laila ansah, war die Chuzpe von ihm abgefallen wie die Haut von der Schlange. Der Bursche steckte in einer traumatischen Falle. Was immer er tat, es waren genügend technische Medien um ihn versammelt, sein Tun aufzuzeichnen. Laila redete auf den Burschen ein, der Kameramann ging um die Kühlerschnauze herum, und jetzt erst hielt der Bursche die linke Hand vors Gesicht, während er mit rechts den Gang reinschlug und einen Start hinlegte, der den Kameramann von den Beinen holte und eine Radfahrerin ins Schlingern brachte. Laila half dem Kollegen auf die Beine, schickte einen Kußmund zu Feuer hinauf und erwehrte sich dann der Radfahrerin, die erregt ein Statement auf Tonband sprechen wollte.

Zwei Minuten später stand Feuer dort, wo der Escort gestanden hatte. »Mein Gott, ich such dich schon seit Stunden, kann gut sein, daß sie auch hinter dir her sind.«

»Bist ein Guter«, sagte Laila und küßte Feuers Gesicht ab. »Mehr«, flüsterte er mit geschlossenen Augen. Doch er öffnete sie, als er das Sirren der Kamera hörte.

»Stell dich nicht so an«, sagte Laila. »Tausend andere Männer wären froh, wenn sie ins Fernsehen kämen.«

»Aber wie sehe ich aus?« rief Feuer. »Dieses selige Gesicht. Und ein Grinsen, als wenn ich nicht bis drei zählen kann.«

»Wir müssen los«, drängelte Laila. »In zwei Stunden solltest du fernsehen.«

»Wann sehen wir uns?« rief Feuer ihr hinterher.

»Irgendwann bei dir.«

»Hast du wieder die Kinder in deinem Bett?« rief Feuer und versuchte, rund 50 Köpfe zu ignorieren, die sich zu ihm umdrehten.

»Greta sagt, heute knacken sie das Bett«, rief Laila zurück. »Du sollst schon den Schampus kaltstellen.«

»Und wenn sie's nicht schaffen?«

»Greta sagt, sie treiben's einfach so lange, bis es knackt.«

»Sie sollten zur Kur fahren, junger Mann«, sagte die reife Dame, an der Feuer auf dem Weg ins Haus vorbei mußte. »Sie sehen gar nicht gut aus.«

»Bonn. Die Wirtschaftliche Vereinigung Zucker hat darauf hingewiesen, daß die für kommenden Montag angekündigte Preissenkung der Süßstoff-Industrie einen bisher einmaligen Fall von wirtschaftlicher Illoyalität darstelle. Wie ein Sprecher sagte, werde die Zucker-Industrie in der kommenden Woche bisher unter Verschluß gehaltene Untersuchungs-Ergebnisse veröffentlichen, die beweisen, daß der Genuß von Süßstoff zu einem dramatischen Anstieg von Krebs-Erkrankungen führe. Bei Blase, Bauchspeicheldrüse und Darm sei eine Erhöhung des Krankheits-Risikos von bis zu 280 Prozent festgestellt worden. Wie der Sprecher weiter mitteilte, sei die Veröffentlichung ein letzter Schritt, den sich die Zukker-Industrie für den Fall vorbehalte, daß die Süßstoff-Industrie ihr angekündigtes Preis-Dumping tatsächlich realisiere. ›Wir wollen keinen Krieg‹, sagte der Sprecher, ›aber wir weichen ihm auch nicht aus‹. Marseille. Die Unruhen in einem Armen...«
Dann folgten die Stadtnachrichten. Die Visage des Burschen im Escort stand sauber auf dem Schirm, und wenn Feuer sein Statement nicht gegen den Wind stehend abgegeben hätte, wäre er noch beeindruckter gewesen. Die Küsserei hatten sie sich verkniffen. Das Telefon klingelte: »Haben sie dir ins Gehirn geschissen oder was?«
»Hallo, Brechbühl. Darf ich dich daran erinnern, daß wir hier nicht in einem Ausbildungslager im Bund...«
»Lenk nicht ab. Eben hat Frau Dr. Siebenhüner angerufen.«
»Hat sie ihr H wiedergefunden?«
»Sie war erzürnt, weil wir unser Mandat benutzen, um Werbung in eigener Sache zu machen. Warum mußtest du in fünf Sätzen dreimal den Namen unserer Agentur erwähnen?«
»Habe ich das getan? Es kann sich dabei nur um einen Fall von unbewußter Identifizierung handeln.«
»Meinst du das im Ernst?«
Feuer brauchte, nachdem er einen Brandsatz in Brechbühls Bunker für Koketterie und Eitelkeit geschleudert hatte, noch zwei Minuten, dann war er kurz davor, zum Vize-Chef ernannt zu werden. Das neueste von Edison aus Uelzen las Brechbühl vom Blatt ab: Kommissar Boguhn hatte mit der Polizei in Hamburg telefoniert. Angebot der Hanseaten: Zwei Campingwagen fahren von Norden

und Süden an die Landesgrenze Hamburg – Niedersachsen heran, bis die Vorderreifen beider Wagen die Grenze berühren. In jedem Campingwagen arbeiten je zwei Beamte in der gemeinsamen Sonderkommission Zuckerwürfel. Niedersachsen will über den Vorschlag nachdenken. – In der Pressestelle der Zuckerfabrik keine Vorkommnisse. – Labor: Basedow nach seiner Rückkehr sehr emsig, insgesamt acht Telefonate. Hegt starke Aggressionen gegen Professor Schuh. Hat offensichtlich erfahren, daß Schuh sich gegenüber dem Privatdetektiv geäußert haben könnte. Schuh hat gegen 14 Uhr das Institut wegen angeblicher Leibschmerzen verlassen.

»Tachchen, Schreber. Wenn du ausgekaut hast, mußt du mich hineinbitten.«
Feuers junger Kollege bat ins Wohnzimmer seiner kleinen Wohnung. Dort redete er sich das Entsetzen über den Schlachthof von der Seele: »Ich träume nachts von dem Geräusch der Motorsäge, mit der sie die Tiere der Länge nach aufschneiden. Ich kriege den Blutgeruch nicht aus der Nase. Und dann die Därme. Was meinen Sie, warum ich Salat esse? Ich hasse Salat. Aber ich kriege keine Wurst mehr runter.«
»Dann übernimm doch den Job im Puff.«
Schreber winkte entsetzt ab: »Da gehe ich nicht hin. Da sind doch Frauen.«
Feuer legte die Uelzer Fotos vom Rübenbrand auf den Tisch.
»Guck dir die Gesichter an. Sag mir, ob du einen kennst.«
Zu Feuers Verblüffung sagte Schreber nach wenigen Sekunden: »Der da.«
Auf den Mann hatte Feuer bisher noch nicht geachtet.
»Den kenne ich aus dem Schlachthof«, sagte Schreber.
»Schlachter?«
»Einer von denen, die anliefern.«
Feuer haßte den jungen Spund für seine Fähigkeit, die Sache noch unübersichtlicher zu machen.
»Der war zweimal da, als Rinder und Schweine angeliefert wurden«, berichtete Schreber. »Hat allen erzählt, daß er unheimlich sauer ist.«

»Und wieso?«

»Weil ihm die Schlachthof-Verwaltung unterstellt hat, er würde nur so tun, als ob er Tiere abliefert, um sich hinterher beschweren zu können, daß sie im Schlachthof verschütt gegangen sind.«

Feuer vergrub das Gesicht in beiden Händen. »Schlachthöfe, Zuckerfabriken, Zahnarztpraxen, was für Schauplätze... Krankenhaus«, murmelte er. »Die vier Diabetiker. Wenn auch nur bei einem Verdacht auf Unregelmäßigkeit besteht, könnten alle Verwandte und Bekannte von dem Typ ein dickes Motiv haben.«

»Gehts Ihnen nicht gut, Herr Feuer?« fragte Schreber mitfühlend.

Feuer riß sich zusammen und deutete auf das Bild mit dem Mann hinter dem Polizeikäfer. »Kennst du den?«

»Tut mir leid«, sagte Schreber mutlos.

»Und mir erst«, sagte Feuer. »Kann ich telefonieren?«

Schreber legte ihm Kugelschreiber und Papier zurecht und stolperte beim Hinausgehen über die Schnur.

»Henning? Hier Feuer, dein lieber Kollege.«

»Ich sage nichts.«

»Kennst du einen Armin Wohlfarth?«

»Kalle Wohlfarth war in den siebziger Jahren Halbrechter bei Teutonia.«

»Ich brauche die Namen von allen Rechtsradikalen, die in der letzten Zeit im Landkreis auffällig geworden sind.«

»Besorg dir ein örtliches Telefonbuch und unterstreiche jeden 20. Namen. Und jetzt laß mich in Ruhe, ich muß arbeiten.«

Schreber stellte eine Tasse Kaffee neben Feuer ab. Feuer nickte huldvoll, und Schreber freute sich.

»Ich habe dich doch seinerzeit um die Aufstellung aller Firmen gebeten, die den Schlachthof anfahren«, sagte Feuer.

»Ich habe den Zettel ordnungsgemäß in Ihr Fach gelegt«, haspelte Schreber.

»Gut, mein Sohn. Ich erinnere mich.«

»Da standen auch die Mäster drauf, die Tiere anliefern.«

»Den Zettel brauche ich.«

»Wann?«

»Gestern.«
Keine 30 Sekunden später fiel die Wohnungstür ins Schloß.
»Angenehmer Kollege«, murmelte Feuer. Dann fiel ihm noch etwas ein, und er nahm den Hörer ab.

»Ich weiß gar nicht, warum ich das mache«, knurrte Dr. Norbert Riff eine halbe Stunde später und schloß die Tür zur Praxis auf.
»Sie tun das, weil Sie ein netter Mensch sind«, sagte Feuer und drängte hinein.
Riff steckte in einem astrein sitzenden Anzug:
»Die Partei feiert, da will man nicht fehlen.«
Feuer nötigte ihn auf den Stuhl vor dem Datensichtgerät. »Ich habe das seit einem Jahr nicht mehr bedient«, sagte Riff quengelig. Erst richtete er ziemlich viel Unfug an, dann wurde er sicherer, erinnerte sich sogar an die Paßwörter seiner Sprechstundenhilfen. Eins lautete »Norbi«, das andere »Musch«. Feuer biß die Kiefer aufeinander, damit ihm keine Bemerkung entfleuchte.
»Habe ich doch gesagt«, sagte Riff, »nur die neue Adresse. Warum sollen wir auch alte Daten mitschleppen?«
Feuer bewegte ihn, diesen und jenen Schrank aufzuschließen, und schon stand ein vergammelter Karteikasten vor ihnen.
»Nie gesehen«, behauptete Riff.
Der Kasten stellte sich als geheime Zweierkiste der Sprechstundenhilfen heraus, mit der sie ihre Angst vor einem Absturz der Computerdaten gedämpft hatten.
»Alles auf Karteikarten«, sagte Riff und lief zartrosa an. »Was das an Arbeitszeit kostet.«
Feuer blätterte das R durch. »Da! Die alte Adresse nur durchgestrichen. Geben Sie den Mädchen einen Kuß von mir.«
Riff schaltete den Computer ab.

Der Altbau hatte Farbe nötig, wirkte aber nicht übermäßig verlottert. Auf keinem Briefkastenschild standen weniger als drei Namen. Die beiden Mädchen im Treppenhaus überschütteten Feuer nicht mit freundlichen Blicken, aber sie stellten ihm auch kein Bein. Er nahm das als gutes Omen. Die Wohnung lag oben. Feuer bereitete sich auf alles mögliche vor, lockerte noch einmal die

Schultern, und dann stand Arne Rieckmann in Jeans und mit nacktem Oberkörper vor ihm. Der Halbnackte sah kiebig, aber nicht aggressiv aus.

»Mein Name ist Ludwig Feuer. Ich bin nicht von der Polizei, ich bin Privatdetektiv. Kann ich Sie kurz sprechen?«

Rieckmann drehte sich um und verschwand in der Wohnung. Feuer folgte ihm, blickte in die offenstehenden Zimmer. Außer Rieckmann hielten sich ein Mann mit grauen Haaren, der aber noch keine 40 war und eine blutjunge Frau in der Wohnung auf. Rieckmann führte ihn in ein Zimmer, das einer weiblichen Person gehören mußte.

»Nett«, sagte Feuer, und Rieckmann lachte. Er setzte sich auf ein Loriot-Sofa, überließ es Feuer, sich einen Platz zu suchen.

»Sie haben zehn Minuten«, sagte Rieckmann, und Feuer begann:

»Sie laufen mir seit einer Woche ununterbrochen über den Weg.«

Rieckmann schwieg.

»Erst im Schlachthof, dann bei den explodierten Zuckerrüben, zwischendurch bei unserem gemeinsamen Freund Riff. Sie begegnen mir leibhaftig und auf Fotos, manchmal laufen Sie auch weg vor mir. Was hat das zu bedeuten?«

Rieckmann drehte sich eine Zigarette und schwieg.

»Ich habe das Gefühl, daß Sie gar nicht wissen, was sich um Sie herum aufbaut. Es hat einen Toten gegeben.«

Rieckmann leckte das Papier ab, klebte, besserte nach, rauchte und sagte: »Sie haben noch acht Minuten.«

»Haben Sie die Praxis von Doktor Riff demoliert?«

Rieckmann rauchte.

»Haben Sie mit den anderen Zerstörungen zu tun? Kennen Sie Eißfeldt und wenn ja, woher? Wo haben Sie die letzten Tage verbracht? Haben Sie ein Alibi für Dienstag Nacht? Was wollten Sie im Schlachthof?«

»Sie haben noch fünfeinhalb Minuten. Aber wenn Sie sich weiter so aufregen, überleben Sie höchstens vier davon.«

Feuer spürte, daß hinter ihm jemand den Raum betreten hatte.

»Ich verrate dich nicht, Rieckmann. Ich bin kein Polizist. Ich ar-

beite im Auftrag einer Detektei, die im Auftrag einer PR-Agentur arbeitet, die wiederum...«
Rieckmann lachte, er lachte Feuer aus. Hinter Feuer gluckste es. Der grauhaarige Mann, der einen Schlagring über die rechte Hand gezogen hatte, kicherte vergnügt in sich hinein. Plötzlich wurde Feuer heiß.
Sie waren zu zweit, und er hatte keine Ahnung, wie viele mittlerweile draußen warteten. Niemand wußte, daß er hier war, außer Riff. Aber der becherte mit seinen Freien Demokraten, hörte sich Zickenjazz an oder machte selber welchen und konnte bestenfalls morgen Feuers Leiche identifizieren.
»Ich verrate dich nicht, Rieckmann.«
»Du hast Angst. Du kommst dir wunder wie schlau vor, aber du hast Angst. Warum hast du Angst?«
Feuer fand Arne Rieckmann nicht unsympathisch. Daß er den Großkotz spielte, nahm er ihm nicht übel. Rieckmann konnte seine eigene Angst auch nicht unterdrücken. Wer so hastig rauchte und die freie Hand unter ein Bein legen mußte, um sie ruhigzustellen, war kein kalt kalkulierender Typ.
»Ihr bedroht mich«, sagte Feuer. »Ihr glaubt, weil ihr zu zweit seid, vielleicht ja auch zu zehnt, könnt ihr mich einschüchtern. Ihr seid Amateure. Ihr könnt mich bestenfalls verprügeln, aber ich glaube nicht, daß ihr das tun werdet, weil ihr...«
»Vier Minuten, knapp vier.«
»Rieckmann, du Vollidiot, du mußt mir weiterhelfen.«
»Er redet zuviel«, sagte der Grauhaarige. »Er regt mich auf mit seinem vielen Reden.«
»Arne, der Kiez steckt in der Sache mit drin. Zwei Schläger sind in der Stadt unterwegs, wenigstens ein Beschatter, die Polizei bildet Sonderkommissionen, sie werden früher oder später auf dich stoßen.«
»Zwei Minuten.«
»Was hast du im Schlachthof getrieben?«
»Gearbeitet«, sagte Rieckmann. Feuer fand die Antwort ungeheuer beruhigend.
»Was? Gejobbt? Fest angestellt? Was weißt du von den verschwundenen Schweine- und Rinderhälften?«

»60 Sekunden.«
»Warum stehst du an diesen brennenden Zuckerrüben, und neben dir steht dieser Schlachter, der...«
Rieckmann stand schon, als er sagte: »Benatelli, der Herr wünscht zu gehen.«
Benatelli griff gleich richtig zu. Er tat Feuer nicht überflüssig weh, aber seine Hand saß eisern um Feuers Oberarm.
»Eine Frage noch«, rief Feuer, als sie bereits im Flur standen. »Wer hat dir damals deine Zähne kaputtgemacht?«
»Laß ihn los, Benatelli«, sagte Rieckmann von der Zimmertür.
Feuer bemühte sich, vernünftig zu atmen, und Rieckmann sagte:
»Sie waren zu viert, und ich war allein. Das war das letzte Mal, daß ich unvorsichtig gewesen bin.«
»Wer, Rieckmann? Wer war das?«
»Wer schon?« Rieckmann lachte unfroh. »Wer schlägt einen, der schwarzes Leder trägt und auf seinem Wagen Aufkleber gegen Tschernobyl, Gen-Forschung und Isolierhaft spazierenfährt?«
»Die Polizei«, sagte Feuer.
Beide Männer lachten. Benatelli schlug Feuer auf die Schulter. »Du bist richtig«, sagte er. »Dumm, aber nett.« Benatelli öffnete die Wohnungstür, und Feuer sah Rieckmann so lange an, bis der fortfuhr:
»Sie waren alle besoffen, hatten auf dem Kiez einen draufgemacht. Ich war nüchtern wie ein Toastbrot. Außerdem mußte ich um drei auf der Arbeit sein. Ich habe praktisch noch geschlafen, deshalb hatten sie alle Vorteile auf ihrer Seite. Der Rest war leicht.«
»Und einer von denen war der Schlachter bei den brennenden Zuckerrüben?«
»Du fragst zuviel. Was willst du mit dem vielen Wissen anfangen? Das kriegst du doch alles gar nicht auf die Reihe.«
»Also lautet die Antwort ja.«
Rieckmann schwieg, und Benatelli stieß ihn fast freundschaftlich aus der Wohnung. An der Haustür begegnete er den beiden Mädchen von vorhin: Eine sagte: »Pisser« und die andere: »Beim zweiten Mal gehst du mit den Füßen zuerst raus.«
Die Auswechslung des durchstochenen Reifens schaffte er in vier Minuten.

Im Wohnungsflur lag die Liste der Schlachthof-Anlieferer. »Gutes Gelingen, Ihr ergebener Schreber.« Feuer liebte dieses Kerlchen. Bevor er sich eine halbe Stunde hinlegte, rief er Edison an. Kommissar Boguhn hatte auf das Angebot der Hamburger reagiert. Er war mit der Campingwagen-Regelung einverstanden, wenn er die Leitung der Sonderkommission übernehmen und die Niedersachsen weisungsbefugt bis zur Farbe der Laufmappen werden würden. Daraufhin hatte Kommissar Hamann in Hamburg aufgelegt. Edison bestand darauf, Feuer das zufriedene Keckern Boguhns vom Band vorzuspielen. Dann kniete sich Feuer in die Sache: drohte, beschwor, lockte, ängstigte, log, versprach, schwor Meineide, aber er tat es für einen guten Zweck. Edison versprach ihm, einen Gasthof anzufahren, sich auszuschlafen und ein Vollbad zu nehmen.

Laila stand um 21 Uhr 48 in der Tür, hing um 21 Uhr 49 an seinem Hals und saß um 21 Uhr 56 auf Feuer, seine Erektion mürbe reitend. Um 21 Uhr 59 wollte der peinlich berührte Feuer das Nachspiel beginnen, aber natürlich lief wieder etwas im Fernsehen, das Laila unbedingt sehen mußte. Feuer nutzte die Zeit, um sich zu genieren.

»Weißt du«, sagte er, während er ihren Rücken streichelte, »ich weiß gar nicht, wie mir geschieht, wenn wir zusammen sind.«

Laila brummte und stellte den Ton des Fernsehers lauter.

»Ich meine«, sagte Feuer, »früher lief das immer problemlos. Da hat sich keine beklagt, wenn du weißt, was ich meine.«

Laila brummte unwilliger, rückte Richtung Fernseher, den Feuer in weiser Einschätzung des Unausweichlichen ans Fußende des Bettes gestellt hatte.

»Es wäre nicht richtig, wenn du ungeduldig werden würdest«, sagte Feuer. Er mußte sich jedes Wort abringen.

Laila beugte sich über ihn: »Hör mir zu, Haselmaus: Wenn ich dich dermaßen errege, daß du's nicht halten kannst, dann nehme ich das in den ersten zwei Wochen immer als Kompliment, capito?«

»Ja dann... ja, dann habe ich ja noch eine gute Woche«, sagte Feuer erleichtert.

»Laß dir was einfallen bis dahin. Wenn dir nichts einfällt, frag die alte Laila. Die hat immer einen Indianertrick auf Lager. Und jetzt halt's Maul. Ich will fernsehen.«
Feuer pulte die tägliche Ladung Fussel aus seinem tiefen Bauchnabel und bewunderte Laila von hinten, während sie fernsah. Leider lag Rieckmann mit im Bett, und Feuer bekam den Kerl nicht rausgeboxt. Laila faßte zwischendurch da- und dorthin, küßte ihn feucht und laut, und Feuer stellte sich vor, daß sie ihm einen Teller Milchreis einlöffeln würde.
Als es klingelte, wachte er auf und erkannte, daß er geschlafen hatte. Laila, die immer noch fernsah, hielt ihm ihr T-Shirt hin. Er schnappte sich den Bademantel, fuhr übers Haar, hatte schon die Hand am Drücker. Erst da war Feuer ganz wach. Es klingelte erneut, Fäuste schlugen an die Tür, und eine Stimme, die er kannte, rief auf eine Art, die er nicht kannte:
»Laila! Mach auf! Bitte bitte, mach auf!«
Feuer blickte nicht mehr durch den Spion. Er öffnete die Tür, einen Wimpernschlag später hielt er den Jungen im Arm. Peer verbarg den Kopf in seiner Halsbeuge und schluchzte. Automatisch streichelte Feuer über den Rücken des Jungen.
»Was soll das?« fragte er Kommissar Hamann, der zwei Schritte tief im Treppenhaus stand. Neben dem Kommissar standen zwei uniformierte Beamte, die Feuer nicht kannte. Plötzlich war Laila neben Feuer. Sie nahm ihm den weinenden Jungen ab, hielt ihn an beiden Schultern:
»Ruhig, Peer. Was ist los?«
Er schrie es heraus: »Greta ist tot. Sie haben Greta ermordet!«
Feuer behielt Hamann im Auge.
»Was soll das?« fragte er.
»Mitkommen«, sagte Hamann, drehte sich um und ging die Treppe hinunter.

Das erste, was Feuer sah, war das zusammengebrochene Bett. Das zweite, was Feuer sah, war das Fenster, durch das er in den nächsten Minuten in die Nacht schaute. Hinter ihm wirkten die Spurensicherer, der Junge weinte und schrie abwechselnd, und als auch Laila nicht mehr mit ihm reden konnte, fanden sich Beamte,

die ihn fortschafften. Dann stand Hamann neben Feuer, legte die Hände auf den Rücken und blickte in die Nacht hinaus.
»Ich weiß noch, wie alles anfing«, sagte Feuer, ohne den Kommissar anzusehen. »Am Anfang stand eine zerschlagene Zahnarztpraxis. Dann war es ein zerschlagenes Labor. Dann kamen, glaube ich, eine Wohnung und ein Büro, es kann auch umgekehrt gewesen sein. Und irgendwann flog es ab. Seitdem habe ich das Gefühl, daß wir alle überflüssig sind. Die Ereignisse machen, was sie wollen. Wir führen Strichlisten, wischen das Blut auf, kratzen das Hirn von den Wänden, suchen die fehlenden Finger, Nieren und Oberschenkelteile dieses Eißfeldt.« Feuer blickte zum Kommissar, dann wieder aus dem Fenster. »Ich habe noch nie so etwas Widerliches erlebt.«
»Ein Stich«, sagte Hamann. »Wenns kein Glückstreffer war, war es ein Profi. Sie war sofort tot. Ich habs dem jungen Mann gesagt, es hat ihm wohl nicht viel geholfen.« Und während sich nun hinter ihnen das Interesse der Beamten Laila und ihrer Kenntnis der Toten zuwandte, sagte der Kommissar: »Das zerbrochene Bett spricht natürlich gegen die Theorie von Profis. Es scheint einen Kampf gegeben zu ha...«
»Kein Kampf«, unterbrach ihn Feuer. »Das haben sie selber fertiggebracht. Außerdem will ich jetzt nach Hause. Mir reicht's.«
»Sie wollten nicht dieses Kind abstechen, sondern Ihre äh...«
»Sagen Sie ja nicht ›Verlobte‹.«
»Es läppert sich«, sagte Hamann. »Zwei Männer besuchen Ihre Wohnung und nehmen, weil Sie nicht da sind, diesen Fußballer. Ein Mann oder mehr besuchen Frau Flemming und nehmen, weil sie...«
»Hat der Junge was gesagt?«
»Es sollen zwei gewesen sein. Ein defensiver und einer, der zugestochen hat. Beides Deutsche. Sie haben den Jungen sofort auf die Bretter geschickt. Er hat von der Tat nichts mitgekriegt. Das ist eine Gnade.«
Feuer drehte sich um, stand vor dem Kühlschrank, hatte keine Ahnung, was er hier wollte. Er setzte sich dann mit dem Rücken zum Bett, und er drehte sich nicht um, als sie Greta in die Wanne packten und hinaustrugen. Laila redete zwischendurch immer wie-

der in ihrer Muttersprache. Feuer spürte, daß sie ihn nicht brauchte. Einerseits war er froh darüber. Andererseits... nach einer Viertelstunde ließen sie von Laila ab. Sie schnappte sich ein paar Klamotten, stopfte sie in eine Art Badetasche, warf Papiere hinterher und wandte sich dem Ausgang zu. Feuer nahm sich vor, so lange sitzenzubleiben, bis sie ihn endlich angucken würde. Aber sie sah ihn einfach nicht an. Er bekam Angst, stand auf, rannte ihr hinterher und bekam noch mit, wie ein Polizeibeamter zu Hamann sagte:
»Hat das nun was zu bedeuten, wenn einer bei 14 Grad Außentemperatur eine Pelzkappe aufhat oder was?«

Feuer schlug seine Augen keine Sekunde vor 11 Uhr 42 auf. Laila saß gegenüber im Sessel, hatte die Beine angezogen, den Kopf auf die Knie gelegt. So saß sie da und blickte ihn an. Sagte kein Wort, blickte ihn nur immer an. Feuer fand es ausgeschlossen, sich ihr in dieser Stimmung nackt zu zeigen. Er zog unter der Bettdecke eine Hose an.
»Es ist komisch«, begann Laila, als sie schweigend Frühstück gegessen hatten. »Bis gestern habe ich an irgendeinem Ende immer gedacht: Das ist alles ein großer Spaß. Ein schräger, schwarzer Spaß, in dem ein Mensch weit weg in einer Fabrik ums Leben gekommen ist. Das war für mich wie Fernsehen. Wie ein Fernsehen, das nicht ich gemacht habe. Sonst wäre ich natürlich ganz heiß...« Sie lächelte unfroh, steckte sich die vierte Zigarette an. »Da gibt es also in diesem schönen Land einen Menschen, der mich töten will. Er findet mich aber nicht und nimmt die, die er kriegen kann. Mit dem Messer in das Herz. Weißt du, das hat mich immer am meisten interessiert, wenn ein Mensch ermordet wird. Was denkt der in der letzten Sekunde? Er sieht ja, was passiert und daß er...«
»Du mußt das jetzt nicht vertiefen«, sagte Feuer vorsichtig.
»Weiß ich doch. Ich mach das freiwillig.«
»Mir ist bisher noch kein Freund abgestochen worden. Ein, zwei Autounfälle, ein Selbstmordversuch, bißchen Krebs Pipapo. Also alles Taten entweder mit Anlauf oder so plötzlich, daß jeder wußte: Schicksal. So dicht wie bei Greta war ich noch nie dran.«

»Ich denke, du bist Privatdetektiv.«

»Ja und? Glaubst du, im Kaufhaus stapeln sich die Leichen?«

»Kaufhaus-Detektiv«, sagte sie verächtlich.

»Ich würde natürlich viel lieber den Mann jagen, der die Formel für das Wundermittel gegen Glatzen erfunden hat. Ich kann nichts dafür, daß mein Job ziemlich undramatisch ist.« Feuer lauschte seinen Worten nach und sagte: »War. Undramatisch war.«

»Das habe ich dir zu verdanken«, sagte Laila plötzlich, und Feuer erschrak.

Das Telefon klingelte.

»Hummel ist sauer, daß ich mich nicht schon längst gemeldet habe«, sagte sie und blickte in den Flurspiegel. »Daß mir das passieren muß: Ein Vorgesetzter zweifelt meine Einsatzbereitschaft an. Feuer, Feuer, ob du nun gerade das Glück meiner reifen Jahre bist.«

»Henning, hier ist Feuer.«

»Ich sage nichts.«

»Gut, dann sage ich dir auch nicht, daß wir eine neue Zuckerleiche haben.«

»Du bluffst, Feuer. Du warst immer ein Bluffer.«

Feuer berichtete von dem Mord, und er sprach darüber, als wenn er Greta mit der Stichwunde in der Brust bestenfalls im Fernsehen gesehen hätte. Feuer wußte, daß er jahrelang mit dem Bild im Kopf herumrennen würde. Jedenfalls wurde Boguhn in Uelzen für seine Verhältnisse geradezu gesprächig. Er ließ sogar zu, daß Feuer ihm die Liste mit den Namen der Mäster vorlas, die den Hamburger Schlachthof anfuhren. Beim Namen »Hans Busse« grunzte er besonders vernehmlich. Dann kam er zu seinem Lieblingsthema:

»Um neun haben wir Agnes Eißfeldt festgenommen. Sie steht unter dem dringenden Verdacht, an der gewaltsamen ...«

»Gut, gut. Wo war sie in den letzten Tagen?«

»Früher hatten die Frauen einfach bessere Ausreden. Wenn ich mich da zum Beispiel an Heike ... Sie sagt, sie hat einen Selbsterfahrungs-Kursus mit Vollwertkost und der Möglichkeit, um zwei oder vier Tage zu verlängern, mitgemacht. Sie hat um zwei Tage verlängert.«

»Das läßt sich doch nachprüfen.«

»Tun wir. Wir prüfen auch nach, ob man im Verlauf einer Nacht von Nordhessen nach Uelzen und wieder zurück kommt. Alibi hat sie nämlich keines. Dafür sagt sie, hat sie 80 neue Rezepte.«

»Aber sie muß doch schockiert gewesen sein, was mit ihrem Mann...«

»Das war sie hinterher. Wurde plötzlich blaß und fiel um wie ein Besenstiel. Jetzt ist sie zur Beobachtung im Krankenhaus.«

»Was macht euer Hussein?«

»Der Kameltreiber nennt Namen und Namen und hört gar nicht wieder auf. Langsam glaube ich, außer mir und dem Propst hat er alle prominenten Leute auf seiner Einfluß-Liste gehabt. Die haben übrigens auch zusammen gebacken, wenn sie sich bei ihm getroffen haben. Plätzchen und Kekse und Brot. Das muß man sich mal vorstellen. Ausgang des 20. Jahrhunderts treffen sich erwachsene Menschen und backen Brot.«

»Und die Sonderkommission?«

»Hamburg stellt sich stur. Das kann ich gerade gut ab. Ich bin der liberalste Mensch der Welt. Aber wenn einer rechthaberisch wird, kann ich ja sowas von stur werden.«

»Letzte Frage: die brennenden Zuckerrüben.«

»Also die Rüben in Brand gesteckt haben die Autonomen. Das Waffenlager darunter rechnen wir einstweilen den Autonomen zu. Ich könnte mir gut vorstellen, daß...«

»Aber Henning, die würden doch niemals...«

»Kennst du die Autonomen?«

»Nee.«

»Na siehst du. Das macht sie ja so unberechenbar, diese tückische Logik, der sie anhängen. Übrigens sind die Zucker-Aktien am Freitag kurz vor Börsen-Schluß um 38 Punkte gefallen. Unsere Zeitung schreibt schon besorgte Kommentare. Jetzt haben sie natürlich Angst, daß denen ihre Gratis-Aktien in den Keller...«

»Kannst du das noch mal wiederholen?« fragte Feuer verdutzt.

Boguhn kicherte. »Mich wollten sie auch mit einer Handvoll beglücken damals. Aber ich habe ihnen was gehustet. Ich stehe auf Bundesschatzbriefe. Ich muß das Gefühl haben, daß der Bundeskanzler persönlich mit seinem Vermögen...«

»Jacobi, was gibts denn?«
»Tschuldigung, daß ich Ihren freien Tag störe. Als Redakteur braucht man bestimmt...«
»Ich habe keinen freien Tag, ich habe Kinder.«
»Oha.«
»Zwei.«
»Das Schicksal setzt den Hobel an, wo es will. Ich mache auch ganz schnell. Stimmt es, daß die Zuckerfabrik ihre Aktien in netter Form unters Volk gestreut hat?«
»Also das Volk besitzt die Papierchen nun gerade nicht. Wenn ich mich dagegen unter meinen Kollegen umschaue... ist aber ein netteres Präsent als immer diese Kugelschreiber oder Gänse oder Kornflaschen oder was hier in der Heide unter Herzlichkeit läuft.«
»Und wer hat die so, diese Papierchen? Nur die Presse?«
Jacobi lachte. »Das wäre etwas kurz gezielt. Ich kenne mehr als einen Angehörigen der Stadtverwaltung, der...«
»Aber warum tun die das? Was versprechen die sich davon? Ist das schon Bestechung oder noch Klimapflege?«
»Bestechung«, wiederholte Jacobi verdutzt. »Bei uns wird doch niemand bestochen. Ich verstehe die Präsente als Aufforderung, in der Aufmerksamkeit nicht nachzulassen, wachsam zu bleiben, republikanische Tugenden, Sie verstehen. Ich bin sicher, die leitenden Herren der Fabrik wären die ersten, die sich entschieden dagegen verwahren würden, wenn jemand meint, nur weil er vier oder fünf Scheinchen... also wirklich, ihr habt eine schmutzige Phantasie in der Großstadt.«

Feuer hatte nicht pfeifen wollen, der Pfiff kam ganz von allein.
»Das ist ein Büro«, sagte er staunend. »Da können wir unseren Stall an die Straße stellen.«
»Na, wenigstens ein positiv berührter Mensch heute«, murmelte Dr. Anke Siebenhüner und goß zwei Amaretto ein.
»Das ist italienisch, nicht wahr?« erkannte Feuer mit Kennermiene.
»Fast. Finnisch. Saarinen, Aalto, Kukkapuro und Wirkkala, wenn Sie's genau wissen wollen.«

Feuer schluckte und hielt sich am Glas fest. Die Siebenhüner verschwand Kette rauchend hinter ihrer Schreibtisch-Landschaft und führte hintereinander vier Telefongespräche. Dann stöpselte sie etwas am Telefon aus und ließ sich zurücksinken.
»Sie haben mir gar nicht gesagt, daß Sie ehrenamtlich in der Telefonseelsorge arbeiten«, sagte Feuer. In Gegenwart dieser Frau bemühte er sich um geistreiche Sätze.
Anke Siebenhüner lachte bitter: »Denen geht der Arsch auf Grundeis.« Sie stürzte den Schnaps hinunter. »Mein Weltbild hat zur Zeit die Form eines Zuckerhuts. Und jetzt kommen Sie und wollen ...«
»Ich habe wichtige Fragen«, sagte Feuer und genoß den Anblick der gestreßten Frau. Wenn sie aussah, als ob sie im nächsten Moment mit der Schreibtischlampe werfen würde, wirkte sie noch attraktiver.
»Wichtige Fragen«, wiederholte sie matt. »Was können Sie schon für Fragen haben?«
»Es hat eine Tote gegeben.«
»Eine Tote! Sie halten eine einzige Tote für ein Problem? Mann Gottes, ich verhindere hier vorbeugend einen Massenselbstmord!«
»Na, na, ich denke, Sie machen Werbung.«
»Das habe ich auch mal gedacht, obwohl PR ja nun doch etwas eleganter ist als ... lassen wir das. Jetzt betreibe ich jedenfalls Psychologie. Im Akkord. Seelenmassagen.« Mühsam ignorierte sie das stumme Leuchten von immer mehr Lämpchen auf ihrer Telefonanlage. »Wir haben Umsatzrückgänge zu beklagen«, rief sie. »Sie machen sich ja keine Vorstellung, wie es in den oberen Etagen der Zucker-Wirtschaft aussieht. Ich sage nur ›Verzweiflung‹. Da gehen Karrieren zu Ende. Da werden biografische Skizzen vernichtet, da brechen Hausfinanzierungen zusammen, die Wahl von Internaten muß storniert werden. Ehepartner begehren auf, Nebenfrauen machen sich mopsig, weil der nächste Urlaub nicht nach St. Moritz, sondern nach Borkum gehen soll.«
»Aber das gibt sich doch wieder.«
»Sehen Sie, Feuer, das liebe ich so an Subalternen. Von nichts eine Ahnung, aber zu allem eine Meinung. Ich habe darauf bestanden,

daß ich direkt unter der Vorstandsebene sitze. Da erkennt man Lügen am schnellsten und riecht es, wenn die Seidenhemden wässrig werden. Nackte Angst, mein Lieber. Das ist keine vorübergehende Krise. Wenn in Kalbfleisch irgendwelche Chemie gefunden wird, dann essen die Leute zwei Monate weniger Kalbfleisch oder gar keines, aber dann beruhigt sich das wieder. Nehmen Sie die Würmer im Fisch. Nehmen Sie die Hysterie nach Tschernobyl. Wer wollte denn damals noch Wild essen? Oder Pilze? Gibt sich, Feuer, gibt sich alles wieder. Aber das hier beim Zucker, das hat eine ganz andere Qualität. Das ist nicht Tschernobyl, hier geht's ans Eingemachte. Wenn die Süßstoff-Industrie durchkommt mit ihren Schlägen, dann erholt sich mein Auftraggeber davon nicht mehr. Wir gehen seit Jahren argumentativ auf dem Zahnstein. Sehen Sie sich doch die Anzeigen an! Wir fahren die Kalorien-Schiene, weil das unser allerletztes Argument ist. Seit Jahren kein einziges Gramm Umsatzsteigerung pro Kopf der Bevölkerung mehr. Es muß Sie zwar nicht interessieren, aber wenn Sie Helden des Alltags suchen, Sie werden sie in den Vorstandsetagen unserer Zuckerfabrik in diesen Stunden finden.«

»Am Sonntag?«

»Es könnte der letzte Sonntag sein, den die Herren an ihrem Arbeitsplatz verbringen dürfen. Draußen läuft die Rübenernte auf vollen Touren, und drinnen weiß keiner, ob auch nur eine Tüte Zucker davon jemals verkauft wird. Zeitbomben, Feuer. Sie und ich sitzen auf Zeitbomben. Wenn die Süßstoffler morgen früh die Preise senken, dann ist die Sache gelaufen. Dann werden wir beide unsere Honorare bestenfalls aus der Konkursmasse bekommen.«

Feuer nippte am Amaretto. Der zweite schmeckte schon besser.

Die Telefonanlage war mittlerweile eine Lichtorgel.

»Ist es wirklich so ernst?«

»Ernster, viel ernster. Sind Sie gläubig?«

»Wie bitte?«

»Beten Sie. Beten Sie für sich und für mich. Beten sie für 10 000 Beschäftigte der Zuckerindustrie. Beten Sie für 78 000 Rübenanbauer. Ich will nichts dramatisieren, aber es ist schon mehr als eine Volkswirtschaft vom Kollaps eines einzigen Wirtschaftszweiges in

den Abgrund gerissen worden. Ich sage nur Weimar. Denken Sie an meine Worte.«
Feuer dachte an Weimar. Aber er bekam die Zusammenhänge nicht in aller notwendigen Klarheit auf die Reihe. Und dann wurde er blaß! »Sie hat keinen Schlüssel!«, rief er, stellte das klebrige Schnapsglas mitten auf die Unterlagen der Siebenhüner und verließ fluchtartig den Raum. Die PR-Frau nahm den Telefonhörer ans Ohr und sagte seufzend, bevor der Anrufer ein Wort sagen konnte:
»Aber natürlich verstehe ich Sie.«

Sie saß auf der zweiten Treppenstufe von oben und sah für ihre Verhältnisse klein und schutzbedürftig aus. Feuer riß sie in die Höhe, umarmte sie, und er hätte es nicht ungern gesehen, wenn sie bei dieser Gelegenheit etwas geweint hätte. Doch Laila sagte nur:
»Sie wollten, daß ich einen Bericht über den Mord mache. Einsdreißig und viel persönliches Empfinden.«
Feuer schloß die Tür auf und sagte grimmig lachend: »Das kann denen nichts schaden, wenn sie einmal im Jahr sehen, daß es Leute gibt, denen sie nicht...«
»Ich habe es gemacht.«
»Was hast du gemacht?«
»Ich habe einen Bericht von einsdreißig gemacht. Mit viel persönlichem Empfinden. Meinem und Peers. Da bleibt kein Auge trokken.«
Feuer wußte, daß er jetzt voraussichtlich sehr moralisch werden würde. Er hatte den Mund schon diesbezüglich geöffnet, da warf er, bevor er sich aufblies, noch einen Blick in Lailas Gesicht. Er klappte den Mund wieder zu, sie ließ den Kopf gegen sein Schlüsselbein sinken und sagte:
»Es ist mein Traumjob. Es ist mein Traumjob. Es ist mein Traumjob. Das darf ich nie vergessen, und morgen ist heute schon gestern.«
Sie stieß den Kopf immer wieder gegen Feuers Schlüsselbein, und so tat ihm zu allen anderen Teilen auch noch dieser Knochen weh.

»Wir müssen dich irgendwo verstecken«, sagte Feuer. »Wir können nicht beide hier in der Wohnung bleiben. Die kennen sie.«
»Die kommen nicht noch mal«, behauptete Laila.
»Ich riskiere nichts. Schon gar nicht, wenn eine zweite Person im Spiel ist.«
»Ich ziehe zu einer Freundin. Frauke aus der aktuellen Redaktion hat...«
»Nicht diese Stadt«, sagte Feuer.
»Willst du mich ausweisen?«
»In Sicherheit bringen.«
»Vielen Dank, aber ich kann alleine...«
Er kniete sich rein, sie hielt dagegen, sie wurden beide laut. Den Durchbruch brachte Feuers Satz: »Spätestens nach dem Film heute abend werden sie sich auf den Weg machen.«

Sie sahen die Nachrichtensendung gemeinsam. Als Feuer entdeckte, daß Laila sein Statement nach dem Escort-Zwischenfall hineingeschnitten hatte, ging er hoch. Laila packte demonstrativ ihre Habseligkeiten, stand in kurzem Rock und kurzer Lederjacke vor ihm, schleuderte die Tasche auf den Rücken und rief:
»So nicht, Vati! Such dir für deine Beschützer-Trips kleine, grüne Mädchen. Denen gefällt vielleicht sogar dein Quickie im Bett. Hört man ja immer, daß die Aufmerksamkeits-Spanne beim heutigen Menschen maximal drei Minuten beträgt. Aber drei *Minuten,* Feuer. Nicht drei Sekunden!«
Das Telefon klingelte. Brechbühl erleichterte sich verbal, und Feuer bestritt jede Verantwortung für den Fernsehbericht. Er legte auf, das Telefon klingelte erneut.
»Endlich«, rief Katja, »ich habe schon hundertmal...«
»Nein, Katja. Du hast nicht hundertmal. Du hast auch nicht annähernd hundertmal.« Während sie auf den Hundertmal bestand, blickte Feuer zwischen dem Telefon und Laila hin und her. Dann hatte er die Idee.
Fünf Minuten später saßen sie in seinem Wagen. »Es ist überhaupt nicht primitiv«, sagte Feuer werbend.
»Ist ein Fernseher da?«

Im Hummel-Haus luden sie einen Fernseher ein. Der Chef vom Dienst versprach Laila, alle aktuellen Sendungen auf Cassette zu ziehen und ihr sofort zuzuschicken. »Oh Gott«, sagte Laila kurz vor Mitternacht. »So habe ich mir das immer in meinen schlimmsten Träumen vorgestellt.«

Feuer führte das Haus vor und wunderte sich, wie positiv er ihr die Hütte ausmalte. Dabei atmete jeder Nagel in der Wand und erst recht das Bild am Nagel den Geist Katjas. Feuer hatte nichts gegen Gemütlichkeit, aber Katjas zwanghafter Drang, alles, was nicht schnell genug floh, mit Ethnokitsch aus Naturfasern zu verschönern, hatte im Haus auf Lampenschirme, Wandteppiche und Tagesdecken übergegriffen. Laila schloß das Fernsehgerät an, stellte die Kanäle ein, drehte sich um und sagte:

»Wo habt ihr denn das Telefon versteckt?«

Feuer lächelte noch, als er sagte: »Aber Laila. Telefon im Wochenendhaus.« Dann äußerte sich Laila zu dem Problem, und Feuer lächelte nicht mehr. Sie beruhigte sich erst wieder, als es einen passablen Spätfilm gab. Feuer las währenddessen die Tageszeitungen, die er in Hamburg gekauft hatte. Alle vier Blätter berichteten auf Seite eins über die bedrängte Lage der Zucker-Wirtschaft. Zwei von ihnen boten eine Serie über »Lebensmittel – Sterbemittel?« und »Der Stoff, aus dem unser Essen ist.« Eine Zeitung war beim zweiten Teil, eine schon bei der vierten Folge angelangt.

»Es sieht nicht gut aus, liebe Frau Siebenhüner«, murmelte Feuer. »Es sieht gar nicht gut aus.« In allen Zeitungen fand er halbseitige und ganzseitige Anzeigen der Zucker- und Süßstoff-Industrie. »Zucker – Natur, die auf den Feldern wächst« stand gegen »Süßstoff – moderne Süße für moderne Menschen.«

Feuer trat vors Haus. Das laufende Fernsehgerät spritzte weißblaues Licht auf die Holzterrasse, und er konnte das Herz erkennen, das er vor ungefähr 80 Jahren für Katja in den Balken geschnitzt hatte. Feuer versuchte, die vollkommene Stille draußen zu überhören.

Er erwachte von einer Kapelle, die im Fernsehgerät ein Stück heavy metal spielte. Laila machte ihr Ich-weiß-gar-nicht-ob-du-mit-mir-in-einem-Raum-bist-Gesicht, und Feuer gab im Stillen zu,

daß Katjas Vorratswirtschaft auch ihre guten Seiten hatte. Er bereitete einen sinnlos überladenen Frühstückstisch. Er wollte nicht viel essen, aber er wollte viel Eßbares sehen. Auf dem Fensterbrett in der Küche lag Werbung, lag die örtliche Tageszeitung, und auch zwei Drucksachen sah Feuer. Er warf einen Blick auf die Anschrift. Ihn interessierte, ob Katja seinen Namen getilgt hatte. Feuer starrte den Adreß-Aufkleber an, rief Laila und gab ihr die Briefe.
»Würdest du das bitte mal vorlesen?« Er lachte schon vorher. Laila las:
»Edith und Markus Bommer, An der Sandwüste 4.«
Feuer warf sich Skorpas aus der Tüte ein und lachte. Das Lachen tat ihm gut, es machte starr gewordene Gesichtszüge wieder geschmeidig.
»Wir gehen jetzt einen Besuch machen«, sagte Feuer und erzählte Laila auf den 400 Metern Fußmarsch zum Haus Numero 4, was sie wissen mußte. In der Einfahrt stand ein Audi 200 mit behäkelter Klorolle auf der Hutablage. Laila kannte keine behäkelten Klorollen. Sie bestritt, daß ein Mensch außerhalb geschlossener Anstalten auf den Gedanken verfallen könne, eine Rolle Toilettenpapier zu umhäkeln.
Feuer umrundete dann das Haus, sah auf der Terrasse nach. Leer, aber es war auch nicht warm und windstill genug, um draußen zu sitzen. Feuer spähte durch die Terrassentür. Der Mann trug einen weißen Rollkragen-Pullover, neben ihm stand eine Flasche Scharlachberg. Seine Hose war aus Popeline oder einem ähnlich furchtbaren Stoff. Der Raum war mit schweren Möbeln und schweren Teppichen zugestellt, die Farben dunkel, das Zimmer wirkte wie vollgeschissen. Der Tisch vor Bommer war mit Papieren und Mappen und Aktenordnern bepackt, und als Feuer an die Glastür klopfte, fuhr der Mann so sehr zusammen, daß ihm mehr als ein Blatt vom Tisch fiel. Bommer stand auf, drückte sich an die Schrankwand und äugte Richtung Zimmertür.
»Aufmachen«, rief Feuer, Laila erschien neben ihm. »Ich bin nicht von der Polizei«, rief Feuer, und Bommer lachte höhnisch auf.
»Du bleibst hier«, sagte Feuer zu Laila und ging ums Haus. Er ließ den Finger auf dem Klingelknopf. Bommers Gesicht war fast so weiß wie sein Rollkragenpullover.

»Bitte nicht klingeln«, flüsterte er, »ich halte das nicht aus.«

»War der Geschmack Ihrer besseren Hälfte, der Vierklang, wie?«

»Woher wissen ...?« Bommer verstummte, und Feuer studierte im Wohnzimmer die Papiere. »Haben wir ein klitzekleines bißchen die Steuer behumpst? Das zeugt nicht von tadellosem Gemeinschaftsgefühl.«

»Ich stelle mich«, flüsterte Bommer. »Wenn man sich meldet, bevor sie einen auf den Kanthaken nehmen, kommt man straffrei raus.«

»Hat Ihnen das Ihr Anwalt gesagt?«

»Mein Steuerberater.«

Bommer griff sich an den Rollkragen und zog ihn von der Kehle ab. Feuer ging zur Terrassentür, ließ Laila herein. Dann brachten sie den bebenden Mann zum Reden. Das Haus hatten sie vor einem knappen Jahr gekauft, das war nach Feuers Zeit im Wochenend-Domizil gewesen. Die Formalitäten waren über einen Strohmann gelaufen, deshalb war ihnen die Polizei bis jetzt nicht drauf gekommen. »Warum sind Sie bloß geflohen, als die Polizei zu Ihnen gekommen ist?« fragte Feuer.

»Erst steht ein Mann vor der Tür und behauptet, er käme von einer Detektiv-Agentur. Er sagt, daß alle hinter mir her sind, aber ich solle mich nicht aufregen. Na, da habe ich mich erst recht aufgeregt. Und Edith hat gesagt, das hätte ich nun davon. Dabei hat Edith gerade gut reden. Sie hat schon die beiden Häuser in Barmbek an der Steuer vorbeigeschmuggelt. Und dann fing dieser Detektiv mit der Zuckerfabrik an. Darauf kann ich ja gerade gut, das habe ich ihm auch gesagt, und dann kam die Polizei. Ich ab durch die Kellertür. Wenn ich vor drei Jahren auf Edith gehört hätte, hätten wir uns ausgerechnet die Kellertür gespart. Als wenn ich es geahnt habe.«

Bommer trank einen Scharlachberg, fiel aufs Sofa, und Feuer erzählte ihm von Eißfeldt. Bommer war entsetzt:

»Ich und jemanden ermorden? Jetzt, wo es mir so gutgeht wie noch nie im Leben?«

Als er kapiert hatte, daß er sich der Polizei zur Verfügung stellen mußte, durfte Feuer Kommissar Boguhn anrufen. Er ließ es sich nicht nehmen, persönlich ins Grüne herauszukommen, und Feuer legte ihm bei der Gelegenheit Laila ans Herz.

»Ich bin morgen zurück«, sagte Feuer in Katjas Haus. »In ein, zwei Tagen haben sie den Mörder, wirst es sehen. Mörder fangen können sie. Das ist ungefähr das einzige, was sie können.«

»48 Stunden«, sagte Laila. »Keine Stunde mehr.«

Er küßte sie, und sie ging gleich wieder so ran, daß Feuer zügig aufbrach.

»Ach wie nett«, sagte Feuer und hob seinen Schuh aus dem Farbfleck. »Da wird sich Frau Villette aber freuen.«

Der Maler malte unverdrossen weiter, die Möbel im Büro der Pressesprecherin waren in die Raummitte gerückt worden.

»Wo kann ich sie denn finden?« fragte Feuer.

Der Maler blickte ihn an, gelangte wohl zu der Erkenntnis, daß er um eine Äußerung nicht herumkommen würde und sagte: »Zu Hause.«

»Ist sie krank?«

»Entlassen.«

»Ach«, sagte Andrea Villette und trat zwei Schritte nach hinten.

Feuer fand es nicht in Ordnung, daß sie um 14 Uhr noch diesen Bademantel trug. Der Mantel gefährdete Feuers einwandfreie moralische Position zusätzlich dadurch, daß Andrea Villette eine Boxerhündin besaß, die ein riesiges Spielkalb war. Das Tier sprang in regelmäßigen Abständen auf Feuers Schoß und versuchte in der Zwischenzeit, Andreas Bademantelgürtel zu ermorden. Der Gürtel löste sich von Minute zu Minute mehr. Nun hätte nur noch gefehlt, daß die hochgesteckten Haare Andreas in den freien Fall übergegangen wären. Dann hätte die Pressesprecherin gar nicht fortgesetzt auf ihrem Brillengestell herumzubeißen brauchen, dann wären die Hosen von Feuer abgefallen wie die Kelten seinerzeit in der Schule von den Römern.

Man plauderte, Feuer drückte sein Bedauern aus.

»Wer weiß, wozu es gut ist«, sagte die Villette mit falscher Munterkeit, ging in die Küche und kam mit einer Flasche Wein zurück. Sie holte den Korken raus und becherte zielstrebig den Rebensaft

weg. Feuer kam sich vor wie ein Ferkel. Bisher hatte er sich frühestens hinterher wie ein Ferkel gefühlt und das auch nicht jedesmal.
Plötzlich wollte der Hund raus, und Feuer sah sich schon mit dem Vieh peinlich berührt von Baum zu Baum ziehen und zwischendurch einen Rüden von Rosa – so hieß die Hündin – herunterschubsen. Doch Andrea hatte das Tier zum selbständigen Gassigehen abgerichtet. Kaum war die Tür hinter der freudig japsenden Rosa ins Schloß gefallen, prallten Feuer und Andrea aufeinander wie zwei Magneten. Der Bademantelgürtel fiel, und ehe Feuer Gelegenheit erhalten hatte, mit seinen Hosen über kreuz zu geraten, war ihm Andrea schon hilfreich zur Hand gegangen. Sie erledigten es vor dem Sofa, und Feuer hatte währenddessen ständig den Geruch von Hund in der Nase. Andreas Akustik tat dem von Laila gebeutelten Mann in Seele und Lende gut. Zwei kurze Blicke auf die Uhr an Andreas Grundig-VHS-Videorecorder zeigten blanke acht Minuten, die der Geschlechtsverkehr im strengeren Sinne währte. Feuer fühlte sich leicht wie eine Feder, und Andrea hatte ja schon gestrahlt, als er vorhin nur vor der Tür gestanden hatte. »Na bitte, geht doch«, murmelte er beruhigt. Wäre es ergonomisch im Moment nicht so unpassend gewesen, hätte er Andrea am liebsten die Hand geschüttelt.
»Wow«, sagte sie. Den Film hatte Feuer auch gesehen, er wußte nur den Titel nicht. »Mehr«, sagte Andrea. Den Film hatte Feuer auch gesehen, und er wunderte sich, daß Andrea solche Filme ansah. Rosa scharrte an der Tür, und Feuer brachte seine Weichteile in Sicherheit. Als der Hund das Wohnzimmer betrat, saßen sie wie Pennäler nebeneinander auf dem Sofa und jeder hatte die Hand auf den eigenen Knien. Andreas Wangen brutzelten in schwerem Rot, und die hektischen Flecken auf dem Hals versetzten Feuer in Entzücken. Laila schwitzte noch nicht einmal danach.
Rosa erhielt zur Feier des Tages eine Handvoll steinharter Ringe, die sie zu Feuers Überraschung nicht auf eine Kette zog, sondern auffraß. Während Feuer putzmunter war und nichts von dieser niederschmetternden Trauer über den erneuten Verlust von Reproduktionskraft in sich spürte, wurde Andrea nun besinnlich,

süffelte zügig die Weinflasche aus und sprach plötzlich von Otto, diesem Schuft.

»Wir waren verlobt«, sagte Andrea und guckte irgendwie milchig.

»Ich war verheiratet«, sagte Feuer. Daß er zweimal verheiratet gewesen war, wollte er sich für einen dramatischeren Anlaß aufsparen.

»Verlobt«, sagte Andrea und tat nun doch das, was die Frauen sich einfach nicht verkneifen können: Sie griff seinen Scheitel an, und Feuer dankte dem Herrn, daß die letzte Haarwäsche nicht länger als zwei Tage zurücklag. »Verlobt. Ich und Otto. Das wäre was geworden. Weißer Zucker und Leder.«

»War Otto ein Stier?«

Feuer hatte die Frage scherzhaft auf das Leder bezogen wissen wollen und lauschte bestürzt Andreas Worten: »Ach ja, das möchte ich schon sagen. Otto war ein ganz Wilder. In der ersten Zeit habe ich mehrere Male krank gefeiert, weil wir einfach nicht aus dem Bett gekommen sind.« Andrea verwüstete Feuers Haar: »Aber er war leider nicht nur im Bett so wild. Immer mit dem Kopf durch die Wand. Ich habe Otto gesagt: Laß das, das endet sonst noch böse. Aber Otto ließ sich nichts sagen.«

»War er Rennfahrer, dein Otto?«

»Motorrad ist er natürlich auch gefahren. Beruflich hat er mal dies gemacht und mal das. Zum Schluß hat er für eine Spedition gearbeitet. Bundesgebiet – Berlin und runter in die Stuttgarter Region. Manchmal auch nach Frankreich. Dann hat er uns immer Käse mitgebracht. Ach Otto.«

Feuer widmete sich dem Bademantel-Ausschnitt Andreas. Er ließ sich beliebig weit aufschieben, diese Mechanik gefiel Feuer.

»Schweine-Otto haben sie ihn genannt«, sagte Andrea plötzlich, und Feuer dachte, daß sie nun in die Details der Bettaufenthalte steigen würde. Es handelte sich aber nur um den Inhalt von Ottos Lastwagen, wenn er nach Berlin fuhr.

Nach der ersten Flasche Wein kam eine zweite Flasche Wein, dann kam Kaffee, dann kam Rosa ins Badezimmer, und Feuer kam in Andrea. Danach mußte er sich Fotos von Otto angucken, und dann durfte er mit Andrea duschen. Aber vorher mußte Rosa aus dem Badezimmer. Langsam wurde der Hund sauer. Er hatte sich gerade auf dem Sofa zusammengekringelt, als plötzlich nackt und naß Feuer hereinsprang. »Ich glaub's nicht«, rief er. »Fotos sagen eben doch mehr als 1 000 Worte. Wenigstens sagen sie zwei: Arne Rieckmann.« Feuer blickte ein Foto an. »Das ist schweinemäßig geil«, sagte er zufrieden. »Und jetzt macht sich Vattern auf die Strümpfe.«

»Guten Tag, mein Name ist Eißfeldt.«
»Ach, Ihrer auch?« antwortete die Schwester am Empfang.
»Ihrer denn auch?« fragte Feuer perplex.
»Meiner nicht. Aber alle Reporter, die heute schon hier waren, hießen überwiegend Eißfeldt.«
Feuer suchte alles heraus, was er über Eißfeldt wußte. Die Schwester lächelte gleichbleibend höhnisch. Aber als er das Grundstück im Vorort Westerweyhe beschrieb, über die netten Kollegen in der Zuckerfabrik Bescheid wußte und gar noch lobende Worte über Agnes Eißfeldts 80 neue Vollwert-Rezepte fand, hatte er die Schwester gekeilt.
Zwei Minuten später betrat er das Zimmer, in dem die Witwe lag. Sie war wunderbar blaß, ein harter, trockener Typ mit einem reich verzierten Nachthemd-Kragen, der gar nicht zu diesen Zügen passen wollte. Aber noch weniger paßte Kommissar Boguhn. Zwar war an seinem Kragen nichts verziert, doch sein Gesicht war triumphierend.
»Zu spät, Kollege. Möchtegernkollege«, sagte er feixend.
»Sieht fast so aus«, erwiderte Feuer schlecht gelaunt.
»Sie sagen nichts«, forderte Boguhn die Witwe auf.
»Aber Sie haben doch eben gesagt...«
In diesem Moment wurde die Tür geöffnet, ein Arzt erkundigte sich nach dem Befinden. Er bestand darauf, daß auch Boguhn und Feuer antworteten, dann ging er lachend ab. Feuer nagte an der Unterlippe, betrachtete Boguhns Haarwirbel, und dann riß er die Tür auf.
»Herr Doktor! Auf ein Wort!«
Der Arzt war begierig auf einen Klönschnack, er hielt Feuer offensichtlich für einen Kollegen des Kommissars. Der Doktor bat

Feuer in eine Rauchecke, wo er Zigaretten offerierte – und diesmal nahm Feuer ein Stäbchen.

»Wir sind da auf etwas gestoßen«, begann Feuer.

Der Doktor gab Scherze zum besten, der Mann wirkte überhaupt ausgesprochen albern, gab auch ungefragt zu, daß eine Schwester zum Geburtstag einen Umtrunk veranstaltet habe. Feuer entschloß sich, in dieser Stadt an diesem Tag nicht krankenhausreif zu werden. Er hatte keine Lust auf einen fidelen Operationssaal.

»Es handelt sich um den Zucker-Skandal«, sagte Feuer vorsichtig. »Die anonymen Flugblatt-Schreiber, Sie verstehen.«

»Ich würde Flugblätter nur anonym schreiben«, rief der Doktor. »Ich war schon Legastheniker, als das Krankheitsbild noch gar nicht erfunden war.«

Während er vor sich hin juxte, fuhr Feuer fort: »Uns sind konkrete Hinweise zugegangen, daß die Kampagne gegen den Zucker verschärft werden soll. Die Täter wollen nun an alle Krankheiten heran, die tatsächlich oder angeblich durch hohen Zuckerkonsum verursacht oder mitverursacht werden. Zum Beispiel der Diabetes.«

Der Doktor wog abwägend den Kopf.

»Haben Sie in letzter Zeit etwas bemerkt? Ich meine, sind im letzten sagen wir halben Jahr bei Ihnen verstärkt Diabetiker abge... beziehungsweise verschieden?«

»Sie meinen gestorben.«

»Oder das, ja.«

»Nichts, was die Statistik sprengen würde«, antwortete der Mediziner und ließ sich lang und breit über Durchschnittswerte, Extremwerte und andere statistische Sperenzien aus, bevor er auf die Wahrscheinlichkeitsrechnung kam, um beim Lottospielen zu enden.

»Also würden Sie es bemerken, wenn in kurzer Zeit irgendeine Todes- oder auch nur Krankheitsursache im Krankenhaus ansteigen würde?« fragte Feuer.

»Wir haben bei Schneefall Brüche und Verstauchungen, beim Schützenfest Schnittwunden, und im Herbst rutschen gerne Radfahrer auf glitschigem Laub aus.« Er wollte wohl schon das Thema wechseln, fügte aber noch hinzu: »Und wenn die Kampagne läuft,

also die Zuckerrüben-Ernte, dann haben wir natürlich auch noch die Stürze, die durch herumliegende Rüben verursacht werden.«
»Bei Radfahrern.«
»Bei denen. Vor allem aber bei Motorradfahrern. Wir haben erst vor ein paar Tagen den letzten Kandidaten hereinbekommen. Ich kann Ihnen sagen, wenn Sie so eine Rübe im richtigen Winkel erwischen, dann heben Sie ab wie Eddie der Adler. Aber nicht totzukriegen, die Jungs. Gestern ist mir einer mit einem frischen Schädelbasisbruch für ein paar Stunden abgehauen. Schädelbasisbruch, das muß man sich mal vorstellen...«

»Bonn. Am ersten Tag des bundesweiten Verkaufs preiswerter künstlicher Süßstoffe verzeichnet die deutsche Süßstoff-Industrie einen steilen Umsatz-Aufschwung. Wie der Verband in einer Bilanz des ersten Verkaufstages mitteilt, waren in vielen Läden bereits mittags Süßstoffe in fester und flüssiger Form ausverkauft. Supermärkte, Drogerien und Apotheken reagierten mit eigens gestalteten Schaufenstern auf den pikanten Produkt-Wettkampf, den die Öffentlichkeit seit einer Woche gebannt verfolgt. Am frühen Nachmittag schwärmten in vielen Städten Verteiler aus und verschenkten an Passanten und Autofahrer die erste Nummer der Zeitschrift ›Kandis‹. Darin wird über die angeblich krebserregende Wirkung von Süßstoff berichtet. Der Zeitung beigeklebt waren je zwei Stück Würfelzucker. Gegen 15 Uhr erwirkte der Verband der Süßstoff-Industrie die Beschlagnahme von ›Kandis‹. In mehreren Städten im ländlichen Raum kam es zu spontanen Demonstrationen von Zuckerrüben anbauenden Landwirten.«
Hinter einer dieser Demonstrationen zockelte Feuer lenkradtrommelnd her. Er zählte 35 Traktor-Gespanne, die die Bundesstraße mit einer Geschwindigkeit von 25 Stundenkilometern befuhren.

Um 21 Uhr 35 betrat Feuer die Räume der Agentur. Tarzan Lehmann hatte Spätdienst. Er stand mit Tablett und zwei Tassen Kaffee vor Ilona, stellte alles ab, verschwand und kehrte mit einer dritten Tasse für Feuer zurück. In Ilonas Leben gab es seit 36 Stunden einen Lehrer für Biologie, Physik und Tarifrecht, der drauf und dran war, Ilonas kriminellen Oberprimaner im Amt des

Liebhabers abzulösen. Tarzan erzählte Schwänke aus dem Puff, Feuer kreiste um den Mord an Eißfeldt, den Mord an Greta und die Heimsuchungen der Zuckerwerber. Er fühlte sich zerschlagen und matschig, und er hatte kein Mandat für Ermittlungen in Uelzen. Wenn er kein Ergebnis lieferte, würde er jeden Tropfen Benzin selbst bezahlen müssen. Und angesichts der Hotelrechnungen würde Brechbühl wieder von seinem Lieblingsplan anfangen: ein Sturmzelt für jeden Mitarbeiter der Agentur.

»Da ist was für dich mit Eilboten gekommen«, sagte Tarzan nebenbei. Uninteressiert zog Feuer den Umschlag mit dem Lineal heran, öffnete dann aber doch zügig.

»Dieser Redakteur Jacobi aus der Provinz wollte mir eine Gefälligkeit erweisen«, sagte Feuer. »Endlich jemand, der die Zusammenarbeit sucht und nicht das Weite.«

Jacobi hatte die neuesten Ausgaben der Lokalzeitung und ein paar Gesprächsnotizen beigelegt.

»Laß dir doch den Verstand nicht trüben und halte dich an Runkelrüben«, deklamierte Feuer.

»Gehts los?« fragte Ilona.

»Das war ein echtes altes Dichterwort« antwortete Feuer und blätterte weiter in den Zeitungen. Langsam wünschte er sich selbst, daß dieser unsägliche Hussein für alle Untaten südlich der Elbe zuständig... Tarzan grabschte ihm die Zeitung weg.

»Komm Tarzan, nerv nicht«, forderte Feuer ihn auf. Die Theoriebegeisterung des Kollegen war allgemein gefürchtet.

»Kenn ich«, rief Tarzan. »Den hier kenne ich.«

Feuer nahm ihm die Zeitung weg. »Klar, aus unseren Zeitungen in Hamburg. Das ist der Tote aus Uelzen.«

»Nix Zeitung«, sagte Tarzan. »Ich lese doch gar keine Zeitung.«

In dieser Sekunde fiel die bisherige Schlaffheit von Feuer ab. »Der war im Puff«, rief Tarzan, und Feuer raufte sich die Haare. Katja hatte es gemocht, wenn er mit zerstrubbelten Haaren vor ihr...

»Gevögelt wird immer«, behauptete Ilona und warf nun auch einen Blick auf das Foto von Eißfeldt.

»Nix gevögelt«, sagte Tarzan. »Der ist immer gleich nach hinten durch.«

»Das fällt für mich noch unter Vögeln«, sagte Feuer grinsend.
»Hinten sind im ›Chez Muschi‹ die Büros«, stellte Tarzan klar.
»Du meinst, der wollte nicht...«
»Also ich habe den bestimmt zweimal gesehen, und da sah er mir nicht danach aus, als wenn er einen Aufstand in der Ho...«
Feuer sprang auf: »Tarzan, wir gehen in den Puff.«
Im Auto sagte er dann: »Laß die Damen weg. Erzähl mir vom Besitzer.«
»Es gibt einen Geschäftsführer, der heißt Wohlfarth.«
»Würdest du das bitte wiederholen?«
»Armin Wohlfarth. Wieso? Das ist aber nicht der Besitzer. Ich habe Informationen, daß der Laden mehreren Leuten gehört. Alles seriöse Bürger, die nicht wollen, daß ihre stille Beteiligung bekannt wird.«
»Wie viele Besitzer?«
Tarzan zuckte die Achseln: »Sechs oder sieben, habe ich läuten hören.« Er holte ein Messer aus der Tasche und fing an, sich die Fingernägel zu reinigen.
»Und der Geschäftsführer, was ist das für einer?«
»Ich habe den in den letzten Tagen nicht gesehen«, antwortete Tarzan. »Ist wohl auf Dienstreise. Die Arbeit macht jetzt – du wirst lachen – eine Frau. Das sind hochprofessionelle Leute, die halten Kopf und Muschi genau auseinander. Da können wir noch was von lernen.«
Tarzan hatte vier Kisten Rüttgers Club im Wagen. Zwei lud er Feuer auf, so kamen sie ohne scheele Blicke durch den Hintereingang in das Puffgebäude. Der Verkehr hielt sich in Grenzen, in der Stadt war keine Messe. »Nur unsere Rohrleger sind wieder da«, sagte Tarzan.
»Erzähl.«
»Es geht die Mär, daß die Ansiedlung von neuen Betrieben regelmäßig hier zwischen den Firmen-Managern und den zuständigen Nasen von der Wirtschaftsbehörde ausgekungelt wird. Eins der Mädchen hat mal Betriebswirtschaft studiert. Sie sagt, sie überlegt, ob sie nicht ins Studium zurück geht. Die jonglieren da mit Summen, da muß sich eine arme Nutte jahrelang für zurücklegen.«
»Zeig mir jetzt, wie ihr den billigen Sekt aufpeppt.«

Tarzan blickte ihn an. »Wo denkst du hin! Ich bin eine knappe Woche hier. Da lassen die Neulinge nicht ran.«
»Und wer weiß was?«
»Wohlfarth. Aber Wohlfarth ist nicht da. Und dann natürlich Ina. Aber die wird nichts sagen.«
»Ina«, sagte Feuer und guckte die Bar im Ruheraum der Angestellten durch. »Ich kenne auch eine Ina. Aber die ist das Gegenteil von dieser Welt hier. Heißt Wollkopf hinten.«
Tarzan blickte ihn pikiert an. »Ina heißt Wollkopf.«
Und Feuer schüttete sich den Drink in die Luftröhre.
Tarzan wollte ihm in den Arm fallen, aber Feuer war jetzt nicht mehr aufzuhalten. Er klopfte flüchtig an die Tür mit dem großkotzigen Schild »Privat« und war im nächsten Moment auch schon drin. Ina Wollkopf fuhr in die Höhe, Professor Doktor Christoph Schuh blieb auf der Schreibtischkante sitzen und streichelte, weil ihn Inas streichelnde Hand verlassen hatte, seinen rechten Handrücken eben selbst.
»N'Abend Herrschaften.« Feuer versuchte, innerlich zu sortieren, was auf ihn einstürmte.
»Jetzt ist alles aus«, sagte der Professor gleichmütig.
Ina setzte sich in den hochlehnigen Chefsessel und übernahm erneut das Streicheln des Professoren-Handrückens.
»Die Kreativität der Labor-Leute«, sagte Feuer halb anerkennend, halb verblüfft. »Ihr habt beim Herumspielen ein Mittelchen gefunden, das aus Wasser Wein macht.«
»Was fragen S... was fragst du? Du weißt doch alles«, murmelte Schuh. Er blickte Ina an und sagte: »Verzeih. Ich bin dafür nicht geschaffen.«
»Wofür?« fragte Feuer.
»Ich würde sagen, wir brechen das hier ab«, schaltete sich Ina ein.
Aber Schuh war so hinüber, daß er für Ermahnungen nicht mehr zu erreichen war.
»Alles geht irgendwann zu Ende«, sagte er und schluckte.
»Daß Sie so einen Job haben«, sagte Feuer zu Ina. »Oder ist das eine Aushilfstätigkeit?«
»Alles streng legal«, erwiderte Ina Wollkopf und warf ihm diesen

wahnsinnigen Blick zu, der immer so aussah, als wenn sie ihn haarscharf über die Gläser einer Brille werfen würde – nur daß sie keine Brille trug. »Die Arbeit in einem Frauenbetrieb ist eine gute Sache«, fuhr Ina lächelnd fort. Dann sagte sie, Schuh anblickend: »Und wenn man die richtigen männlichen Beschützer hat, kann nichts mehr schiefgehen.«
»Ach«, sagte Schuh mit erbärmlicher Stimme. »Ich war dir keine große Hilfe.«
Feuer trat dicht an den geknickten Akademiker heran und legte ihm vertraulich eine Hand aufs Knie. »Laß es raus, wenns dich quält, Christoph. Laß es raus. Wir sind nicht von der Polizei.«
»Chrissi!« sagte Ina Wollkopf zuckersüß warnend.
Schuh blickte sie schief an und sagte dann: »Sie beliefern alle Puffs in Norddeutschland.«
»Chrissi!«
»Die Grenze ist der Main«, fuhr Schuh fort. »Sie haben es gemacht wie die Aldi-Brüder. Einer kriegt den Norden und einer den Süden.«
»Wer?« fragte Feuer und war aufs neue verblüfft. Ina Wollkopf sah exakt so aus wie Marilyn Monroe. Sie schien ihr noch ähnlicher zu sein als beim letzten Zusammentreffen.
»Wir haben es in Brausetabletten appliziert«, sagte Schuh. »Außen Aspirin mit Vitamin C und einer Kelle Vitamin E. Darauf stehen die Gäste im Puff. Innen ein Kern mit dem Mittel.«
»Aber wie wirkt das Zeug?« fragte Feuer.
»Es ist eine Kombination aus Aromastoffen und Betäubung der Geschmacksknospen auf der Zunge. Das hat ja auch eine psychologische Komponente. Wenn du als Bordell-Kunde weißt, daß die Pulle Schampus 280 Mark kostet oder 400, dann schmeckt dir das Zeug auch dementsprechend, also wenigstens nach 150 Mark.«
»Männer lassen sich so leicht verführen«, sagte Ina Wollkopf. »Auch beim Trinken.«
»Und wer steuert das?« fragte Feuer.
Schuh wies auf Ina.
»Sehr gut, Christoph«, sagte Feuer und streichelte bekräftigend die Patellar-Sehne. Schuhs Unterschenkel zuckte. »Und nun sag mir, wie Eißfeldt damit zusammenhing.«

»Wie wohl? Wie die meisten von uns. Er wollte raus. Aber sie haben darauf bestanden, ihm immer weiter Geld auf sein Sonderkonto ... Du bittest sie auf Knien, kein Geld mehr nehmen zu müssen«, sagte Schuh schaudernd. »Aber das Geld kommt und kommt. Es ist schrecklich.« Der Professor verbarg das Gesicht in beiden Händen.
»Aber davon stirbt man doch nicht«, sagte Tarzan fassungslos.
»Ich schon«, stöhnte Schuh. »Ich habe ja schon Tag und Nacht diese Angst wegen Ina, daß mir meine Frau ... sie guckt immer so zickig zu Hause, weil ich so oft in den ... also hierher gehe.«
Feuer wandte sich an Ina. »Wo ist denn euer Vorturner?«
Ina Wollkopf hatte nun ein vollkommen automatisches Lächeln aufgesetzt. »Wo steckt Wohlfarth?« wiederholte Feuer. »Auf Ibiza? Beim Sommer-Ski? Red endlich!«
Ina Wollkopf holte aus und verpaßte Feuer die Ohrfeige seines Lebens.
»Aua, aua«, sagte Schuh und verzog das Gesicht.
In diesem Moment schrie draußen eine Frau, und ein Mann antwortete ihr leiser. Ina Wollkopf stand ohne Eile auf und verließ den Raum. Schuh, Feuer und Tarzan blickten ihr hinterher. Dann ließ sich Tarzan in den Chefsessel fallen und ruckelte genüßlich in ihm herum. Der Professor murmelte unverständliches Zeug in seinen Zweitagebart, und Feuer sah sich im Raum um. Was da auf dem Sideboard stand, konnte eine Kartei oder Gästeliste sein. Feuer gönnte sich ein schnelles Durchblättern und sagte mehr als einmal »Oha« und »Pfui«. Dann las er den Namen Spreizer und dahinter die Adresse des Hamburger Hotels.

»Entschuldigen Sie die späte Störung, Herr Graf, hier sind zwei Herren. Sie sagen, sie haben einen schönen Gruß von Herrn Mahler und es wäre eilig.«
Der Graf wollte sich mit ihnen in der Bar treffen, und Feuer teilte Tarzan das bißchen, das er wußte, in aller Eile mit. Als Spreizer vor ihnen stand, waren beide beeindruckt: Ein Patriarch, weit über 70, er hatte was von Stewart Granger.
»Was liegt an, meine Herren?«
»Kleine Panne«, sagte Feuer und wurde sich peinigend deutlich

bewußt, auf wie dünnem Eis er sich bewegte. »Sie werden von dem Ärger in der Praxis von Mahlers Freund Riff gehört haben.« Der Graf nickte, der Ober brachte zwei Cognacs für Feuer und Tarzan und ein eiskaltes Bier für Spreizer.

»Sie haben sicher auch von den Scherereien um die Zucker-Wirtschaft gehört«, fuhr Feuer nach dem Trinken fort.

Spreizer nickte. Tarzan stand auf, griff kurz, aber nicht anzüglich an den Genitalbereich, und Spreizer wies ihm den Weg.

»Mahler hat beim letzten Mal schon so was verlauten lassen«, sagte er zu Feuer. »Ich darf davon ausgehen, daß Sie ein Freund unserer Sache sind?«

Feuer nickte heftig.

»Sonst läßt es sich Mahler ja nicht nehmen, die Lieferung auf meinem bescheidenen Anwesen zu übergeben. Nur diesmal, sagt er, sei er unabkömmlich. Er fürchtet wohl, daß die Polizei bei der Suche nach den Tätern in der Praxis Riff aus Versehen einen Blick in seine Räume werfen könnte.«

»Wann ist denn die nächste Lieferung fällig?« fragte Feuer vorsichtig.

»Morgen. Ich treffe mich früh mit Mahler oder...«

Plötzlich glomm Mißtrauen in seinen Augen auf, und Feuer legte Kohlen nach: »Ich bin Privatdetektiv. Ich arbeite für die Zucker-Wirtschaft. Wir wollen natürlich vermeiden, daß wir unabsichtlich der Polizei in Ihrem Fall die Arbeit abnehmen.«

»Korrekt, junger Mann«, lobte Spreizer. »Sehr korrekt. Daran mangelt es in diesem Land neben so vielen anderen Dingen ja hauptsächlich: an jungen Menschen, die wissen, wo der Gegner steht und wo der Freund steht.«

Tarzan kam zurück, setzte sich, und Feuer bestand darauf, eine zweite Runde zu spendieren. Spreizer ließ sich diesmal einen Longdrink kommen, der giftgrün war. Er schmatzte genüßlich und sagte: »Mmh, fein. Wenn die Brüder die Farbe sehen würden, würden sie ganz gierige Äuglein bekommen.«

»Wieso das?« fragte Tarzan.

Spreizer beugte sich vertraulich nach vorn, ließ die Augen kreisen. Aber am Nebentisch saß nur eine Lektorin oder Verlegerin und fuhr einem jungen Mann durchs Haupthaar, mit dem sie über die

zahlreichen Striche sprach, die Feuer am Rand der Manuskriptseiten auf dem Tisch erblickt hatte.
»Erich mag am liebsten Pfefferminz«, sagte Spreizer.
»Erich mag Pfefferminz?« wiederholte Feuer verdutzt.
»Das liegt an Margot«, fügte Spreizer hinzu. »Margot soll die Pfefferminz-Pasta schon zum Frühstück essen. Auf Brot!«
Feuer und Tarzan blickten sich an.
»Ja, das glauben Sie nicht, was?« rief Spreizer amüsiert. »Willi könnte Dönekens erzählen. Bei Stoph hat alles überhaupt am besten geklappt.«
Hochzufrieden nippte Spreizer an seinem Drink. Der junge Mann am Nebentisch schien nun zu schluchzen.
»Ich kann das alles eigentlich immer noch nicht glauben«, sagte Feuer lauernd und hoffte inständig, daß Tarzan nicht dazwischenquaken möge.
»Ist ja auch unglaublich, was sich unser Freund Mahler da ausgedacht hat«, sagte Spreizer.
Der junge Mann sprang auf und eilte hinaus. Die Lektorin oder Verlegerin rief ihm »aber Johannes« hinterher. Dann ergriff sie die Manuskriptblätter, ging am verdutzten Keeper vorbei hinter die Theke und pfefferte die Blätter dort in ein Gefäß, daß es krachte. Die Frau bezahlte mit Kreditkarte.
»Aber wie kommt er nur auf sowas?« fragte Feuer.
Der Greis wurde immer munterer, hüpfte in seinem Sessel auf und ab.
»Nett mit Ihnen«, sagte er. »Netter als die Damenbegleitung, die einem in dieser Stadt geboten wird. In Mecklenburg habe ich mich nie gelangweilt. Das fing alles erst nach 45 an. Von wegen freier Westen!« Er schnaubte höhnisch und beugte sich nach vorn: »Bei dem Krenz soll es auch schon langsam losgehen. Wird auch Zeit, soll ja Honeckers Nachfolger werden, soviel man hört.«
»Und womit heizen wir den Jungens drüben ein?« fragte Feuer spielerisch.
»Mit der Karies, der Karies, der Karies«, trällerte der Greis. »Und Paradontose. Mehr ja leider noch nicht. Mahler kommt ja mit diesem Wurzellöser nicht zurande.«
Feuer raubte Tarzan eine Zigarette, und Spreizer sagte: »Rauchen

Sie ruhig. Stört mich gar nicht.« Er gluckste und sagte mehr zu sich als zu den anderen: »Dieser Teufelskerl hat meinem Leben noch einmal einen Inhalt gegeben.«

»Kleiner Grenzverkehr«, warf Feuer in seinen Redestrom ein.

»Sie sagen es, junger Freund. Zweimal im Monat. Die Vopos kennen mich schon. Was sie noch nicht kennen, ist der doppelte Boden. Oben das halbe Pfund Kaffee für Tante Anni und darunter 24 Tuben Zahnpasta.«

»Und die sind ...«, sagte Feuer nun fast flüsternd.

»... immer für den gleichen«, bestätigte Spreizer. »Muß eine extrem hohe Stelle im Politbüro sein. Manche sagen ja, Honeckers Margot reißt sich die Tuben selbst unter den Nagel und saugt zur Feier des Tages gleich eine aus. Soll sie, kommt sie eben als nächste unters Messer.«

»Also wirklich«, sagte Tarzan.

»Ja, ja«, lachte Spreizer und bestellte eine dritte Runde.

»Mahler hat nur 2 und 2 zusammengezählt«, fuhr Spreizer fort. »Wenn wir sie nicht direkt angreifen können, müssen wirs guerillamäßig tun. Und wo kannst du deinen Feind besser treffen als da, wo es ihm am meisten wehtut? Ich sage immer: entweder in die Eier treten oder mit dem Zahnarzt drohen. Ist doch so.«

Feuer und Tarzan hielten es kaum noch aus.

»Nach allem, was wir wissen, befindet sich das gesamte Politbüro seit vier Jahren permanent in Behandlung. Die sind sowas von verzweifelt. Die wollten schon einen Fachmann aus Beverly Hills einfliegen lassen. Aber der kommt von den Beißerchen dieser Filmstars nicht los. Ist ja auch netter, Barbra Streisand in den Rachen zu gucken als Erich Honecker.« Spreizer lachte. »Mahler hat eine Vision, das hat meinen hohen Respekt. Nur eines würde mich interessieren«, sagte Spreizer und kicherte albern. »Wie schafft es dieser Teufelskerl, die kleinen gemeinen Bakterien durch die winzige Öffnung in die Tuben zu befördern?«

Viertel nach eins saßen sie im GTI.

»Sag mir, daß es nicht wahr ist«, stöhnte Feuer, und Tarzan meinte irritiert: »Ich habe die ganze Zeit nicht gewußt, ob der spinnt oder ob er die Wahrheit sagt. Was hat er denn nun? In seinem Zimmer habe ich außer diesen furchtbar farbenfrohen Socken nichts von Belang gefunden.«

»Vor einer Woche hätte ich gesagt: Hau, mittelschwerer Hau. Nachdem ich Mahler kennengelernt habe, würde ich sagen: Er könnte die Wahrheit gesagt haben.«

»Dieser Zahnarzt führt einen privaten Krieg gegen die DDR-Häuptlinge, weil er aus der DDR stammt.« Tarzan schüttelte den Kopf.

»Ein ehemaliger – wie hat er es genannt? – Zuckerrüben-Baron, dem sie nach 1945 in der Ostzone das Gut enteignet haben, hilft ihm dabei. Und wo wohnt der Mann? In einem Dorf östlich von Uelzen. Weißt du, Tarzan, langsam glaube ich, dieses Gerede von New York und Tokio und Shanghai, daß das die Metropolen der Welt sind, das ist alles kalter Kaffee. Erst kommt Uelzen, und dann kommt eine Weile gar nichts.«

Feuer hatte den Wagen sicherheitshalber zwei Straßen entfernt geparkt.

Das Mädchen öffnete die Tür. In der Wohnung duftete es nach Kräutertee. Rieckmann trat aus der Küchentür: »Die Greifer geben sich die Ehre.«

Im nächsten Moment wurde eine andere Tür aufgerissen, Benatelli stand in Boxer-Shorts mit nacktem Oberkörper im Flur.

»Otto«, sagte Feuer. »Otto Mattern alias Benatelli, Schweine-Otto in der Ledermontur. Diese verdammten grauen Haare.«

»Na, na, keine Beleidigungen«, sagte Otto lachend, und Feuer knurrte: »Schönen Gruß von Andrea.«

Rieckmann lachte noch mehr als Otto. Feuer und Tarzan durften in die Küche kommen und kriegten einen Tee.

»Ich glaube, ich hab's jetzt soweit«, sagte Feuer.

»Laß hören«, forderte ihn Rieckmann auf.

»Also dich schlagen ein paar besoffene Schlachter zusammen, und du hast danach keine Zähne mehr. Dafür eine Stinkwut. Du suchst die Kerle und findest sie in Uelzen oder bei Uelzen. Ich habe der Uelzer Polizei eine Liste mit den Namen aller Anlieferer vorgelesen. Von Hans Busse aus Hanstedt II glauben sie, daß er...«

Rieckmann klatschte Beifall, und Tarzan kriegte die Augen nicht von dem Mädchen los. Otto ging sofort blickmäßig dazwischen.
»Busse ist eine ganz miese Ratte«, knirschte Rieckmann. »Ob Kälber, Schweine oder Leute. Dessen Leben spielt sich zwischen Hormonspritzen und Kameradschaftstreffen ab. Nur daß die Kameraden immer jünger werden. Die sind 14, 16, 17. Da wächst was ran.«
»Gut«, sagte Feuer, »nun inszenierst du deine Rache. Autoreifen durchstechen ist nicht dein Ding, jedenfalls nicht in diesem Fall. Du schaffst es, die Schweine umzuleiten.«
»Und Rinder«, sagte Otto. »Vergiß mir die Rinder nicht.«
»Da dich der Mäster ja kennt, muß ein anderer ran. Das ist Otto. Otto fährt Schweine vom Bundesgebiet nach Berlin. Otto lädt die Schweine auf und legt den Gang ein. Dann fährt Otto, ja, weiter bin ich noch nicht. Jedenfalls kommen die Viecher nicht an, und was passiert nun mit ihnen?«
»Die Schlachthof-Leute sagen, die Tiere kommen an, werden geschlachtet und verschwinden dann«, sagte Rieckmann grinsend.
»Aber dann der brennende Rübenhaufen, und du bist in der Nähe. Wie geht das zusammen?«
Tarzan war kurz davor, dem Mädchen seine Tiger-Unterhose vorzuführen.
»Also hör zu, Meister«, sagte Rieckmann. »Als ich diesen Schläger ausgekundschaftet habe, haben mir Freunde aus der Gegend geholfen. Busse hat Kontakte zu diesem pensionierten Oberstudienrat, bei dem sie im Garten vor ein, zwei Jahren ein paar Ballermänner und ganz viel Hitler-Literatur gefunden haben. Busse hat viel, viel mehr Waffen. Und er ist unheimlich schlau. Glaubt, das Lager auf dem Feld kriegt die perfekte Tarnung, wenn er einen Freund und Glaubensgenossen überredet, seine Rüben über dem Versteck zu stapeln. War wohl eine Bierlaune von den Kerlen. Naja, und plötzlich gab es diese skandalöse Gewalt gegen Zuckersachen ...« Rieckmann grinste »... überall lodern kleine Feuerchen auf, das war unsere Chance. Du steckst das eine an, um das andere zu treffen.«
»Glaubt dem kein Wort«, knurrte Otto. »Rieckmann lügt. Rieckmann lügt immer. Er wartet ab, was passiert und baut es dann in sein Weltbild ein.«

»Otto, was redest du denn? Willst du unserem Besuch die Stimmung verderben? Er giert doch nach Räuberpistolen.«
»Also war die Explosion Zufall?« fragte Feuer.
Rieckmann lachte, und Otto sagte zu Tarzan:
»Guck woanders hin.«
Die beiden Verehrer des Mädchens wurden schnell laut, Feuer griff sich den Kollegen und schob mit ihm ab.
Zwei Straßen bis zum Wagen. Um diese Stunde guckte Feuer jeden Entgegenkommenden ein wenig näher an – erst recht den, der plötzlich abtauchen wollte und hinter einem geparkten Pkw verschwand.
»Aber Pfeiffer«, rief Feuer. »Hier ist nicht das Rotlichtviertel.«
Pfeiffer kam in die Senkrechte und sagte keck: »Ich bin im Dienst. Ein guter Einstand ist die halbe Miete.«
»Na denn gute Verrichtung.«
»Danke«, sagte Pfeiffer.

Viertel nach drei, als Feuer mit Tarzan an dem großkotzigen Haus in der Elbchaussee klingelte. Keine Reaktion. Sie ließen nicht nach, und dann meldete sich die Sprechanlage: »Haut ab, ihr besoffenen Hunde.«
»Guten Morgen, gnädige Frau«, rief Feuer. »Wir sind alte Freunde von Armin Wohlfahrt. Sind heute Nacht spontan von Frankfurt hochgebrettert und wollten...«
»Armin ist nicht da.«
»Wo steckt er denn, der alte Haudegen?«
»Im Krankenhaus. Gute Nacht.«
»Meine Güte, was hat er denn? Hat er sich einen Trip...«
»Auf einer Rübe ausgerutscht, der Idiot.«

Im Wagen schaltete Tarzan den Polizeifunk ein und sagte:
»Edison läßt aber auch nach.«
Feuer fand die Empfangsqualität zufriedenstellend, und während sie noch stritten, sagte die Lautsprecherstimme:
»Paß bloß auf, wo du sie hinfaßt, Hansi! Das sind Autonome!«
»Ach«, sagte Feuer, »kriegt man in Hamburg jetzt den Polizeifunk aus Uelzen rein?«

»Wir stehen Ecke Friedensalle-Bergiusstraße«, kam es aus dem Lautsprecher. »Gleich neben dieser ekelhaften Filmkneipe. Die Kleine will was und will auch wieder nichts.«

»Zentrale an Hummel 98. Wie viele hast du schon geschluckt heute?«

»Wenn ichs dir doch sage! Sie sagt, man hätte ihre Genossen oder großen Brüder hops genommen, einen Schwarzen und einen Grauen, und jetzt sagt sie plötzlich nichts mehr.«

»Hey!« rief Tarzan und rappelte sich hoch. »Spielen wir Karussell oder was?«

Feuer wendete den GTI, ohne rechts und links zu gucken. Autos bremsten, ein Taxi rauschte ausweichend auf den Bürgersteig, und Feuer drosch den Wagen wieder Richtung Ottensen.

»Da«, rief Tarzan. »Da steht sie mit den Bullen!«

Feuer parkte wild ein und stieg voll in die Eisen, als der BMW vor ihm plötzlich zurückstieß. Der teuer gewandete und spärlich behaarte Fahrer war sofort draußen und regte sich unheimlich über Feuers Fahrstil auf. Feuer stieg aus und überlegte, ob er dem Lümmel einen Finger ins Auge stechen sollte. Tarzan war einsatzbereit. Und plötzlich sagte die Begleiterin des BMW-Typen:

»Vertragt euch lieber.«

Feuer starrte Katja an, Tarzan starrte Feuer an, und der aufgeblasene BMW-Fahrer trat zu Katja, umarmte sie und sagte: »Keine Angst, Kleines.«

»Kleines«, wiederholte Feuer fassungslos. »Tarzan, er sagt ›Kleines‹ zu meiner Ex-Frau, und sie rammt ihm dafür nicht das Knie in den Unterleib.«

Plötzlich schrie das Mädchen beim Streifenwagen, Feuer und Tarzan stürmten los. Sie sah die Männer kommen und warf sich Feuer an den Hals. Tarzan stand eingeschnappt daneben, und Feuer sagte zu den blutjungen Cowboys:

»Der Schwarze und der Graue melden sich zurück. Alles roger. Man sieht sich.«

Während die Polizisten noch nach etwas Graufarbenem an Feuer und Tarzan suchten, drängte Feuer das Mädchen zum GTI ab. Zum Glück begann sie von allein zu reden:

»Ein Kerl stand vor der Tür, Namen hat er keinen genannt, aber

Arne und Otto kannten ihn. Er hat nach Schnaps gerochen, dann hat er eine Pistole gezogen und gesagt, er wolle Arne und Otto was zeigen. Und dann sind sie los.«
Die Wohnungstür stand offen, sie drängten in den Flur, und Feuer, der sich immer noch über den Kräutergeruch wunderte, steckte die Nase in die Küche. Neben dem Herd hing ein Stück Schiefertafel, daneben ein Stück Kreide und ein Schwamm, beides an einem Bindfaden. Groß und quer stand »Busse« auf der Tafel.
»Stand das vorhin schon dran?« fragte Feuer.
Das Mädchen schüttelte den Kopf, und Feuer fragte: »Kannst du Blut sehen, Tarzan?«

In den ersten Minuten lachte Tarzan ja noch, dann wurde er stiller und stiller. Und später wurde er auch blaß.
»Das ist ja schlimmer als im Puff«, murmelte er. »Dieser Blutgeruch.« Sie verließen die Schlacht-Halle, Feuer guckte die Lieferwagen und Lkws durch, die Tiere angeliefert hatten oder Fleisch abholten. »Du rechts, ich links«, kommandierte er. »Wenn an einem Wagen der Name Busse steht, sind wir richtig.«
An keinem Wagen stand Busse, aber Tarzan hatte, als sie sich fünf Minuten später trafen, einen kleinen Trost mitgebracht: »Ein Wagen mit Uelzer Kennzeichen war dabei.«
Feuer ließ sich den Wagen zeigen, ein verschmutzter Ford Scorpio. Er knackte die Tür in 25 Sekunden, und Tarzan trat unruhig von einem Bein aufs andere. Nichts auf den Ablagen, nichts im Handschuhfach. Feuer knackte auch den Kofferraum.
»Ach du liebe Scheiße«, sagte Tarzan. »Ist das ein Schützenverein auf Tournee oder was?«
»Das ist Busse«, sagte Feuer. »Los jetzt.«
Sie rannten durch die Hallen, sie wollten in den Kühlraum, da stellten sich ihnen zwei Schlachter in den Weg. Feuer erklärte, daß er dienstlich hier sei. Sie verschränkten die Arme vor der Brust und machten keinen Platz.
Tarzan leckte sich über die Lippen, und Feuer wiegelte ab. Sie verschwanden nach links, schlugen sich an der Brühwanne vorbei seitlich Richtung Ausgang, und während hinter ihnen ein Schwein nach dem anderen von der Brühwanne mit dem heißen Wasser in

den Abflammofen transportiert wurde, beobachteten Feuer und Tarzan die beiden Schlachter. Sie rauchten Zigaretten, einer öffnete die Tür des Kühlraums, um sich gleich darauf sichtbar fröstelnd wieder zu seinem Kollegen zu stellen. Dann ertönte ein kurzes akustisches Signal, und die beiden gaben sofort ihren Posten auf.

»Was glaubst du, was da drin ist?« fragte Tarzan, als sie mit schnellen Schritten auf den Kühlraum zugingen. Feuer öffnete die Tür, orientierte sich und sagte:

»Das.«

Die drei Männer in den Kitteln hatten Rieckmann und Otto mit den Füßen nach oben an die Haken gehängt. Rieckmann war nackt, Ottos Kleidung blutdurchtränkt.

Als der nächste brutale Tritt Rieckmanns Kopf fast aus dem Rumpf trieb, gingen Feuer und Tarzan dazwischen. Erst jetzt sah Feuer ihre Gesichtsmasken, aber der Bursche, den er sich ausgesucht hatte, trug seine Maske nach dem zweiten Hieb nicht mehr. Der Anblick der letzten Minute verlieh Feuer die Wut, die er brauchte, um das Gesülze von fairem Kampfstil zu vergessen. Er arbeitete mit Tiefschlägen, Tritten und beidhändig geschlagenen Salven erst zum Kopf und dann gegen Leber und Magen. Keiner der drei Gegner war schwach, aber sie hatten wohl nicht mehr mit ernsthafter Gegenwehr gerechnet. Feuer hatte noch nie so mies gekämpft, trotzdem hatte Tarzan seinen Mann eher erledigt. Der dritte floh mit taumelnden Schritten aus dem Kühlraum.

»Wahnsinn!« ertönte es hinter ihnen. Ex-Polizist Pfeiffer trat von einem Bein aufs andere, dirigierte hektisch Kamera und Ton in andere Positionen und rief: »Das ist ja noch besser als die bisherige Show. Ihr seid Gold wert, Jungs.«

Feuer und Tarzan verständigten sich mit einem Blick, dann legte ein mörderisch hochgerissenes Knie in den Genitalbereich Pfeiffer auf den Boden. Er spuckte, schrie, krümmte sich, und Feuer sagte zum erblaßten Kameramann:

»Da liegt doch ein wunderbares Motiv, oder?«

Sie holten erst Rieckmann, dann Otto von den Haken. Otto war bei Bewußtsein und Tarzan rannte los, um Polizei und Arzt zu alarmieren.

Feuer ging zu Pfeiffer, stieß ihn rüde mit dem Fuß an, und Pfeiffer brachte sein Gesicht in Sicherheit.
»Warum hast du die Faschos auf Rieckmann gehetzt, Pfeiffer?«
»Meine Chance«, stöhnte er. »Meine große Chance. Wer mit so einer Sensation startet, ist ganz oben beim Fernsehen. Du kriegst nur einmal die Chance. Ich will meine nutzen. Dich bring ich auch ganz groß raus. Wie du die Jungs fertiggemacht hast. Astrein.«
Feuer stieß erneut zu, und der Kameramann sprang, als er an ihm vorbeiging, zwei Meter zur Seite. Feuer war fast schon draußen, da fiel ihm noch etwas ein. Er ging zu Otto zurück, Rieckmann rührte sich immer noch nicht, aber er hatte jetzt seine Kleider über den Blößen liegen. »Otto, wo sind nun diese Viecher ums Leben gekommen, verdammt noch mal?«
»In Stederdorf«, flüsterte er. Er mußte einen Schlag auf den Kehlkopf bekommen haben. »In dem Dorf, in dem Hussein wohnt. Wir haben es jedesmal als Hausschlachtung deklariert.«
»Und wo ist das Fleisch geblieben?«
»Na wo wohl? Das war doch der Sinn der ganzen Aktion. Das ist jedesmal an Bedürftige rausgegangen. Hamburg, Großraum Hamburg.«
»Ach, und die Bedürftigen kennt ihr persönlich?«
»Wir kennen eine Sozialarbeiterin, die die Adressen besorgt hat.«
An der Tür zum Kühlraum kamen Feuer die Sanitäter entgegen. Sie erfaßten die Situation mit einem Blick, und der eine brüllte los: »Sind Sie bescheuert, den Mann da drin liegen zu lassen? Da herrscht Frost da drin.« Aber Feuer blickte nicht aufs Thermometer, er blickte auf die weißen Käppis der Sanitäter.

52 Minuten von Hamburg bis Uelzen – neuer persönlicher Feuer-Rekord. Er hatte einen Hasen in die Wiesen geschleudert, hatte einem dutzend Kindern einen Horror-Schulweg beschert, und er hatte sieben oder acht Rübengespanne geschnitten.
»Bonn. Trauer und Entsetzen in der bundesdeutschen Zuckerwirtschaft! In den Nachtstunden ereignete sich eine der tragischsten Selbstmord-Serien in der Geschichte der Bundesrepublik. Arbeiter der Frühschicht fanden beim Arbeitsantritt in sieben Zuckerfabri-

ken die Leichen von sieben Direktoren und leitenden Angestellten. Es handelt sich dabei um die Zuckerfabriken Kalkar-Appeldorn, Bedburg und Euskirchen in Nordrhein-Westfalen, Plattling in Bayern sowie Nörten-Hardenberg, Königslutter und Lehrte in Niedersachsen. Alle sieben hinterlassen Familie und einen Abschiedsbrief, der nach ersten Erkenntnissen der Polizei den gleichen Wortlaut trägt. Darin offenbaren die Verschiedenen, daß sie die dauernde Diskriminierung des Zuckers nicht länger ertragen konnten. ›Zukker war die Würze unseres Lebens‹, lautet der Tenor der sieben Dahingegangenen. Alle Zuckerfabriken der Bundesrepublik werden heute eine Feierschicht zum Gedenken an die Opfer der Anti-Zucker-Kampagne einlegen, auch wenn ein Abschalten der Produktionsanlagen Umsatz-Ausfälle in Höhe von 11,42 Millionen Mark verursachen wird. In spontanen Willensbekundungen verpflichtet sich die betroffene Belegschaft der Zuckerfabrik Plattling, eine Sonderserie von 500 Kilotüten mit schwarzem Hagelzucker aufzulegen. In handschriftlichen Zusätzen verabschieden sich die sieben Toten von ihren Angehörigen und geben der Hoffnung Ausdruck, daß ihr Opfer nicht umsonst sein möge. ›Ich will bei meinen Rüben sein‹, schreibt Friedhelm S. aus Kalkar-Appeldorn. Und Dr. Peter D. aus Lehrte bittet die Kollegen, seine sterblichen Überreste durch die Anlagen zur Saftgewinnung, Saftreinigung und Safteindickung zu schicken, damit er nach der Kristallisation sowie dem Durchqueren der Schnitzelpresse und Trocknung in Form einer Kilotüte feinster Puder-Raffinade an seinem ersten Todestag auf seinen über alles geliebten Pflaumenkuchen gestreut werden kann. Wie das lebensmittel-hygienische Institut in Hannover mitteilt, prüfen Experten derzeit, ob für Peter D. eine Ausnahme von den strengen hygienischen Vorschriften der Zucker-Produktion gemacht werden kann. Marseille. Schon wieder...«

»Halt! Sie können doch nicht einfach ...« rief die Schwester am Empfang. Aber Feuer konnte. Er stürmte in den zweiten Stock, fragte einen blutjungen Pfleger, dann stand er im richtigen Zimmer. Armin Wohlfarth lag erster Klasse, neben ihm saß Ina Wollkopf.

»Können Sie fliegen?« fragte Feuer verdutzt.

»Fliegen auch. Aber meistens fahre ich Auto.«
Wohlfarths Kopfverband war schneeweiß und groß. Er kontrastierte aufs lieblichste mit dem grobschlächtigen, nicht unsympathischen Gesicht des Bordell-Geschäftsführers.
»Herr Wohlfarth?« gönnte sich Feuer als Auftakt-Floskel.
»Armin, halt den Mund«, forderte Ina den Verletzten auf.
»Richtig«, sagte Feuer. »Er muß sich ja schonen. Ich rede für ihn mit, okay?«
Feuer stellte sich ans Fußende und ergriff die Bettumrandung.
»Also, Herr Wohlfarth, Sie sind der raffinierteste von allen. Sie waren lange Zeit gar nicht vorhanden und doch irgendwie mitten unter uns.«
»Was sabbelt der?« fragte Wohlfarth.
»Herr Wohlfarth, in fünf Minuten wird durch diese Tür die örtliche Polizei treten. Sie wird Sie wegen Mordes festnehmen. Wollen Sie wissen, warum?«
»Halt den Mund, Armin«, kommandierte Ina.
»Ich habe Ihren Unfall zweimal in der Hand gehabt«, sagte Feuer.
»Die Lokalzeitung hat ein funktionierendes Archiv. Nur nachdenken muß man noch selbst.«
»Ich hole einen Arzt«, sagte Ina, ging zur Tür, ohne aber den Raum zu verlassen.
»Ich weiß nicht in allen Einzelheiten, warum Sie mit Eißfeldt aneinandergeraten sind«, fuhr Feuer fort. »Aber Sie sind es. Sie kannten die Damen und Herren Wissenschaftler ja alle ganz gut – jedenfalls die, die für Ihre Schnapsvorräte so preiswerte Lösungen entwickelt haben. Eißfeldt wollte aufhören mit diesen Späßchen, und deshalb fahren Sie am späten Abend mit Ihrem besten Freund, der Kawasaki von Hamburg nach Uelzen. Sie treffen sich mit Eißfeldt auf dem Fabrikgelände, vielleicht im Labor. Es wird unharmonisch, eskaliert, und Eißfeldt kriegt von Ihnen ein Gift untergejubelt. Er stirbt daran. Sie legen die Leiche im Vorratsbunker ab; und dann sind Sie schon auf der rasanten Rückfahrt Richtung Norden – bis die Rübe kam. Es folgte die rasante Rückfahrt ins Krankenbett. Und da liegen Sie nun vor mir wie ein aufgeschlagenes Buch.«

»Der Hauch eines Beweises wäre nicht schlecht«, sagte Ina Wollkopf von der Tür. Sie wirkte immer noch imponierend beherrscht.
»Auch das«, entgegnete Feuer munter. Er hatte jetzt keinen Zweifel mehr. »Der Zeitpunkt Ihrer Einweisung: die Nacht, in der Eißfeldt ermordet wurde. Die Wahl eines Motorrads als Transportmittel: Ein Zuckerfabrikler hat dem Klang Ihrer Zylinder hingebungsvoll gelauscht.«
Ina Wollkopf ließ den Türdrücker los.
»Gehirnerschütterung, Prellungen, Rippenbruch, Sie liegen fest, Wohlfarth. Weit weg vom Schuß. Die Musik wird in Hamburg gespielt, und da sind ein genialer Detektiv und seine nicht weniger geniale Geliebte dabei, Ihnen auf die Schliche zu kommen. Sie dürfen das nicht anderen überlassen, schon der Besuch von Dick und Doof in meiner Wohnung endet ja peinlich. Wer hat Sie in der Nacht, in der Greta starb, begleitet? Denn Sie waren in Hamburg. Ein Arzt aus diesem Hause war so nett, mir Ihre Abwesenheit in nämlicher Nacht zu bestätigen.«
»Verpiß dich, du Wichser«, sagte Wohlfahrt leise.
Aber Feuer war gut dabei. »Gretas Freund hat zwei Männer gesehen. Einer hat eine Mütze getragen. Eine Mütze bei 14 Grad Außentemperatur. Etwas overdressed. Das waren Sie, Wohlfarth. Mütze nicht gegen Kälte, sondern als Sichtschutz gegen den Verband. Der junge Mann brennt auf eine Gegenüberstellung. Und wer war der zweite Mann, Wohlfarth? Und wer hat zugestochen? Reden Sie, Wohlfarth!«
»Stimmt das, was Sie sagen?« fragte Ina und trat an Feuer heran. Er antwortete nicht, sie riß ihn am Arm herum. »Stimmt das, was du redest?«
»Mädchen, du hast im Moment Pause, auch wenn es dir schwerfällt.«
Und dann sagte Ina Wollkopf: »Wohlfarths Golem heißt Mahler.«
»Der Zahnarzt Mahler?«
»Der hat doch einen Hau«, flüsterte Wohlfarth. Feuer hatte gar nicht mehr damit gerechnet, daß er noch den Mund aufmachen würde.

»Woher bitte kennen Sie diesen Mauerbauer?« fragte Feuer.
Wohlfarth schloß die Augen, und Ina sagte: »Über Dr. Riff. Norbert ist stellvertretender Vorsitzender des Arbeitskreises Gesundheit und Soziales.«
»Und was ist der da?« fragte Feuer verdutzt und wies auf das Bett.
»Der? Der ist Vorsitzender des Arbeitskreises Gesund...«
»Und in welcher Partei?«
Ina deutete zwischen Daumen und Zeigefinger einen halben Zentimeter an.
»Ach, in der Partei«, sagte Feuer.
»Mahler war übrigens im ›Chez Muschi‹, als ihr auch da wart. Wegen ihm bin ich rausgegangen.«
»Deshalb hat die Frau geschrien«, murmelte Feuer. »Er hat den Mund aufgemacht und sie nicht vorgewarnt.«
»Und jetzt ist er unterwegs«, sagte Ina Wollkopf.
»Wohin?« fragte Feuer wenig interessiert.
»In das Haus, in dem Laila Flemming ist.«

»Wenn ich zu spät komme, tu ich dir was an«, knurrte Feuer, als er die Kreisstadt hinter sich gelassen hatte. Ina Wollkopf schwieg.
»Ich tu dir was an«, knurrte Feuer. Er fand grimmigen Gefallen an den Worten, und er fuhr wie eine gesengte Sau. Er hängte auch den Streifenwagen ohne Probleme ab.
»Sitz nicht so da!« blaffte Feuer seine Begleiterin an. »Sag was! Red was!«
»Fahr schneller, Detektiv! Mahler hat große Angst, daß diese Vollwert-Tante ihn im Fernsehen bloßstellt. Er hat gesagt, bevor er sich gegen einen Westspion in irgendeinem Ostknast austauschen läßt, sitzt er lieber im freien Westen seine Strafe ab.«
Feuer änderte den Fahrstil von waghalsig in verbrecherisch. Er durchquerte kein Dorf mit weniger als 90 km/h. Nur einmal verriß er den Wagen. Das war Sekunden, bevor er Ina fragte:
»Könnte ich vielleicht mal erfahren, woher dieser wildgewordene Dentist die Adresse von dem Haus hat?«
»Von Katja«, sagte Ina und blickte geradeaus.

»Das darf ja wohl nicht wahr sein.«

»Er spioniert dich seit Tagen aus. Er war als Kunde in der Detektiv-Agentur und hat unauffällig rumgefragt. Mit einer Gebiß-Attrappe über der Mauer. Und dann hat er Kontakt zu deiner Ex-Gattin aufgenommen. Gab sich als Interessent für das Heide-Haus aus. Ich war mit. Wir sehen uns zur Zeit tatsächlich nach passenden Häusern für Klubs auf dem Lande um. Naturnah vögeln, das geht gut zur Zeit.«

Feuer drückte aufs Gas. Die Angst um Laila nahm ihm die Luft. Nervös schaltete er das Radio an.

»... meldet sich das Verkehrsstudio. Uelzen. Stau auf der nördlichen Umgehungsstraße. Nach einem Motorradunfall landet in diesen Minuten der Rettungshubschrauber. Im Zusammenhang mit der ärztlichen Versorgung des verunfallten Mannes kam es zu einem Zwischenfall. Angeblich trug der verletzte Zweiradfahrer beim Eintreffen des Rettungsfahrzeuges bereits einen Kopfverband. Daraufhin soll es zu einem Handgemenge zwischen den sich veralbert fühlenden Sanitätern und ...«

Feuer schaltete aus und legte den Wagen in die Kurve. Er fuhr eine halbe Stunde und ein paar Minuten, er bog auf die Schotterstraße ab, pflügte durch die Spurrinnen, daß es staubte. Dann schrubbte er den Wagen, bevor sich der Wald zur Lichtung öffnete, rechts ran und sprang heraus. Von hier waren es keine 100 Meter mehr. Ein kleiner Lancia stand vor dem Haus, und Feuer, der geplant hatte, sich anzuschleichen, brach durch die Schonung wie ein Hirsch.

»Laila«, rief er. »Laila, Achtung! Laila, paß auf!« Er war so froh, daß er Lärm machen konnte. »Laila!« brüllte er, stürmte durch die angelehnte Haustür, stürmte an der Küche vorbei, am Schlafzimmer vorbei.

Sie waren im Wohnzimmer – alle drei.

Feuer starrte auf die Szene, hinter ihm kam Ina herein.

»Hallo«, sagte Laila und hob kurz den Kopf, um ihn sofort wieder auf die Knie der angezogenen Beine zu legen.

»Das ist ja wohl ein neuer Rekord«, sagte Feuer und betrachtete die beiden Männer auf dem Fußboden. »Wie hast du die Kerle ausgeknockt?«

»Ging ganz leicht«, sagte Laila. »Der mit der Berliner Mauer im Mund hat sich an Boguhn angeschlichen, weil er dachte, ich sei der Kommissar. Damit war schon mal einer weg. Dann bin ich hinter der Tür aufgetaucht, und Mahler hat einen Schreck bekommen, und herumgezetert hat er, daß jemand seine Zahnpastamission stört und das seist bestimmt du gewesen, und er hat den Kommissar mit dir verwechselt, und dann hat er einen Schritt rückwärts gemacht, und dabei ist er so furchtbar ausgerutscht, daß ...«
»Terracotta«, sagte Feuer. »Katja war ganz wild drauf. Wir sind beide zwanzigmal auf den Fliesen ausgerutscht.«
Plötzlich klingelte ein Telefon, Feuers Kopf fuhr hektisch herum.
»Der Dienstwagen von dem Polizisten steht hinterm Haus«, sagte Laila, während Ina in der Küche Kaffee kochte.
»Feuer? Du alter Lustmolch, wo steckst du?«
»Hallo, Tita, ich habe jetzt wirklich keine ...«
»Feuer, behaupte nicht, du arbeitest an dem Fall.«
»Und wieso nicht?«
»Der Fall ist geklärt.«
»Welcher Fall bitte genau?«
»Dein Fall. Der Fall der zerstörten Praxen, Büros und Küchen.«
»Ach. Und wer war's?«
»Moment, ich lese vor. Die Täter heißen Cornelia Riff, Else Schuh, Siegfried Masuhr, Oberkirchenrat Ortwin Alt und Lola Heine, Ex-Frau von Karsten Heine.«
Feuer setzte sich seitlich auf den Fahrersitz, ließ die Beine aus dem Wagen hängen. Im Haus pfiff ein Wasserkessel, und eine männliche Stimme rief:
»Was machen Sie denn mit dem Knüp...?«
Dann war es still, und Tita sagte:
»Sie sind alle heute morgen von einem Vollwertkost-Intensiv-Seminar zurückgekommen. Sie sagen, sie haben die unmoralische Zucker-Haltung ihrer Gatten, Ex-Gatten, Ex-Gattinnen und Kollegen nicht mehr ertragen. Sie sagen weiter, sie haben alle Aktionen untereinander abgestimmt. Das erste Flugblatt sei auch von ihnen. Sie übernähmen die volle Verantwortung, aber sie würden mit ihren diversen Partnern reden. Und wenn die nicht unverzüg-

lich ihren Lebenswandel änderten, würden in nächster Zeit noch viel, viel mehr Praxen und Büros flachgelegt werden. Feuer, hörst du mir überhaupt noch zu? Feuer! Feuer, du Kreatur, sofort meldest du dich bei deiner Chefin!«

Laila stand in der Terrassentür, sie hielt in einer Hand ein Stück Kaminholz und in der anderen eine Kamera. Sie hob erst das Holz, dann die Kamera, zuckte hilflos lächelnd mit den Schultern, und Feuer lief auf sie zu. Er umarmte sie, als ob er sie nie mehr loslassen wollte.

NORBERT KLUGMANN, geboren 1951 in Uelzen, Studium in Hamburg. Schreibt seit 1976 Kriminal- und andere Literatur, davon einiges zusammen mit Peter Mathews, außerdem Drehbücher. Aus seiner langen Veröffentlichungsliste seien hier die zuletzt erschienenen Titel erwähnt. *Der Dresdner Stollen*, 1989. *Das Pendel des Pentagons*, 1990 und *Krieg der Sender*, 1991 sind die letzten Phil Parker-Romane. Außerdem publizierte er *Niebuhr & Marks*, 1989 und *Neues aus Wortleben*, 1991.